Knaur.

Im Knaur Taschenbuch Verlag ist bereits folgendes Buch der Autorin erschienen:
Zuckerstangen

Außerdem erschien im Knaur Taschenbuch Verlag Lilly Meerbuschs Kurzgeschichte *Roter Lack* im erotischen Lesebuch *Meine feuerroten Stilettos* (herausgegeben von Lola Lindberg).

Über die Autorin:
Lilly Meerbusch, Jahrgang 1974, ist Schriftstellerin aus Leidenschaft und lebt in der abgeschiedenen Stille Norddeutschlands, um dort ihrer blühenden Phantasie freien Lauf zu lassen. Lilly Meerbusch freut sich immer über nette Reaktionen auf ihre Romane ZUCKERSTANGEN und SEIDENSTRÜMPFE. Schreiben Sie ihr: lilly.meerbusch@web.de
Mehr Informationen im Internet: www.lilly-meerbusch.de

Gerne empfehlen wir Ihnen weiteren sinnlichen Lesestoff – schreiben Sie einfach eine E-Mail mit dem Stichwort »Seidenstrümpfe« an: leidenschaft@droemer-knaur.de

Lilly Meerbusch

Seidenstrümpfe

Ein erotischer Roman

Knaur Taschenbuch Verlag

Gerne empfehlen wir Ihnen weiteren sinnlichen Lesestoff – schreiben Sie einfach eine E-Mail mit dem Stichwort »Seidenstrümpfe« an: leidenschaft@droemer-knaur.de

Besuchen Sie uns im Internet:
www.knaur.de

Originalausgabe August 2009

Ein Unternehmen der Droemerschen Verlagsanstalt
Th. Knaur Nachf. GmbH & Co. KG, München

Redaktion: Angela Troni
Umschlaggestaltung: ZERO Werbeagentur, München
Umschlagabbildung: Corbis / zefa
Satz: Adobe InDesign im Verlag
Druck und Bindung: CPI – Clausen & Bosse, Leck
Printed in Germany
ISBN 978-3-426-50356-0

2 4 5 3 1

1. Kapitel

Orgasmus

1 cl Amaretto
2 cl Baileys
1 cl Kaffeelikör

Alles in den Shaker geben und gut durchschütteln.
Als Garnitur 2 Esslöffel leicht angeschlagene Sahne
und etwas Kakaopulver.

Die Frau steht am Fenster, das lange rote Haar fällt ihr über die Schultern. Sie ist nackt bis auf ein Paar weiße Seidenstrümpfe, deren Spitzenränder sich wie Fesseln an die Oberschenkel schmiegen und sie keinen Zentimeter rutschen lassen. Ihr Körper reflektiert leicht in der hohen Scheibe, so dass sie selbst ihre schlanke Taille, das ausladende Becken und die festen Brüste sehen könnte – wenn sie denn wollte. Doch ihr Blick schweift über die Skyline von Köln mit den Domtürmen, die sich wie spitze Titten in den Himmel recken, und es scheint, als suche sie etwas in den roten Wolken, deren Licht ihrer blassen Haut einen rosigen Schein verleiht. Sie genießt den Gedanken, dass auf der Straße vielleicht Männer stehen, die sie beobachten und einen Steifen kriegen. Aber sie schaut nicht nach unten, um es zu überprüfen.

»Komm«, raunt eine Stimme hinter ihr. Obwohl der Mann, dem sie gehört, ein gutes Stück von ihr entfernt ist, kommt es ihr so vor, als berührte er sie – mit Blicken und mit diesem einen Wort, das fordernd und vielversprechend zugleich ist.

Noch einen Moment lang genießt sie den Anblick des Abendhimmels und das Gefühl, ihn warten zu lassen, bis sein Schwanz vor Ungeduld prickelt. Dann dreht sie sich um. Er liegt auf einem Bett unweit des Fensters. Unter seinen muskulösen Oberkörper hat er ein Kissen geschoben, doch was ihren Blick am meisten anzieht, ist sein Schwanz, der wie ein Fahnenmast von den Hüften absteht. Die Frau ist beeindruckt von Länge und Dicke des Lustinstrumentes und spürt mehr denn je die Feuchte ihrer Säfte an den Schamlippen.

Der Mann scheint zu merken, dass sie total geil ist, dass sie ihn in sich spüren will, jeden einzelnen Zentimeter tief in ihrer Pussy. Einladend reckt er ihr das Becken entgegen und fordert sie noch einmal auf. »Komm.«

Dieser erneuten Einladung kann sie nicht widerstehen. Mit langsamen, lasziven Bewegungen tritt sie an das Bett und verschmiert ihren Honig auf den Schenkeln, doch das Gefühl gefällt ihr.

Zunächst besteigt sie das Bett, dann ihn. Sein Schwanz pulst ungeduldig an ihrem Venushügel, sein Sack ist groß und gespannt.

»Ist das alles für mich?«, fragt sie und wiegt seine Hoden in der Hand. Sie fühlen sich vielversprechend an.

»Wenn du willst.«

Sie lächelt. Und ob sie will! Sie könnte eine kleine Kostprobe von ihm mit den Lippen nehmen, aber sie spürt, dass die Spannung ihren Höhepunkt erreicht hat. Daher hockt sie sich über ihn, und ihre Lippen geben dem strammen Kopf seines Penis einen Honigkuss.

Der Mann stöhnt auf. Er hofft auf mehr, doch sie zieht sich schnell wieder zurück.

»Zuerst müssen wir noch was erledigen«, sagt sie, erhebt sich, so dass sie über ihm steht, und rollt den Seidenstrumpf vom rechten Bein herunter.

Der Mann sieht sie fragend an. Die Antwort bekommt er nur wenige Sekunden später, als die Frau nach seinen Händen greift, den Strumpf um die Gelenke schlingt und sie dann sanft nach oben zieht. Der Mann setzt ihr keinen Widerstand entgegen. Nachdem sie ihn an das Kopfteil des Bettes gefesselt hat, streichelt sie ihm über die Brust und gibt ihm endlich, wonach er sich sehnt.

In genussvoller Langsamkeit lässt sie sich auf ihn sinken und spürt, wie sich der geäderte Schaft Raum in ihrem Innersten schafft. Obwohl ihr danach ist, einen wilden Ritt hinzulegen, ihn wieder und wieder gegen die Matratze zu stauchen, bis es ihnen kommt, bewegt sie sich kaum und schwelgt in dem Gefühl, wie er in sie hinein- und wieder herausgleitet. Das geht eine ganze Weile so, und während sich der Himmel hinter der Scheibe allmählich verdunkelt, schwingen sie sich dem Orgasmus entgegen. Die Frau merkt, wie der Schwanz in ihr zu pochen beginnt, und sie merkt auch, wie das süße Ziehen in ihrem Schoß zunimmt und jeden Augenblick zu explodieren droht. Just in dem Moment hält sie inne. Ein Geräusch, vertraut und störend, lenkt sie ab und zieht sie wie eifersüchtige Hände von ihrem Lover weg …

»Verdammter Wecker!«, murrte Katja, als sie aus den Federn schreckte und benommen nach dem piependen Störenfried schlug. *Warum muss er genau dann klingeln, wenn ich kurz vor dem Höhepunkt stehe? Ist das etwa ein Zeichen dafür, dass ich allmählich frigide werde?*

Nachdem der Wecker zu Boden gefallen war und das Klingeln aufgegeben hatte, setzte sie sich auf und blickte sich um. Helles Morgenlicht fiel durch das große Fenster, Spatzengezwitscher drang von draußen herein. Die Wohnung aus ihrem Traum war verschwunden. Es musste irgendein Penthouse gewesen sein, in Köln zwar, aber sie war sich sicher, dass sie es noch nie betreten hatte. Wie kam sie nur darauf? Wollte ihr Unterbewusstsein ihr damit etwas sagen? Dass sie sich vielleicht eine andere Wohnung suchen sollte, weil diese hier sie nicht mehr zufriedenstellte?

Um diese Frage würde sie sich später kümmern. Jetzt griff sie nach ihrer schwarz gerahmten Brille, um alles noch ein bisschen klarer sehen zu können, und wälzte sich aus dem Bett, in dem sie wie immer nackt gelegen hatte. Dann trat sie in den Lichtkegel, den die rote Morgensonne auf die Dielen ihres Schlafzimmers malte.

Dort streckte sie sich kurz und huschte in Richtung Badezimmer, wobei die Sonnenstrahlen über ihren Körper strichen wie die flüchtige Hand eines vorbeieilenden Liebhabers. Sie war sich sicher, dass auch heute alles so laufen würde, wie sie es gewohnt war. Als das Wasser aus der Dusche auf sie niederprasselte, schloss sie die Augen und ging ihren Tagesablauf durch. Um 10 Uhr das wöchentliche Meeting, um 14 Uhr die Besprechung mit dem Stofflieferanten. Besondere Überraschungen würde es dabei nicht geben, denn seit Jahren hatten sie dieselbe Firma bei der Hand, weshalb höchstens mal die Vertreter wechselten. Besonders attraktive Exemplare waren nicht darunter, deshalb beschränkten sich die Gespräche auf das Sachliche und dauerten zudem nicht besonders lange.

Nachdem Katja fertig war, schlüpfte sie in eines der Kostüme ihrer eigenen Kollektion, ein grünes, das die Farbe ihres Haars bestens zur Geltung brachte. Natürlich würde sie der eine oder andere Kollege wieder als irischen Kobold bezeichnen und fragen, wo sie ihre *tin whistle* gelassen habe, doch solche Scherze war sie gewohnt und hatte daher meist eine passende Antwort parat.

Noch einen Kaffee aus dem Kühlschrank, eine schreckliche, aber effektive Methode, um wach zu werden, dann verließ Katja das Haus und erwischte wie immer pünktlich die Straßenbahn, die sie in die Kölner Innenstadt brachte.

Hektische Betriebsamkeit, gedämpft durch einen Hauch Stil, Eleganz und kühle Selbstbeherrschung erwarteten die Designerin, als sie durch die Drehtür des Modehauses Cologne Fashion trat. Das Unternehmen hatte eine ziemlich lange Tradition in der Rheinmetropole. Zunächst hatte der Firmensitz auf der »schäl Sick« gelegen, wie die eingesessenen Kölner die rechtsrheinische Hälfte der Stadt nannten, mit zunehmendem Erfolg hatten die Firmeninhaber die Zentrale dann auf die »richtige« Seite verlegt. Diesen Umstand kannten mittlerweile nur noch wenige Mitarbeiter. Katja gehörte zu ihnen, und gewissermaßen war der Aufstieg von Cologne Fashion auch ihrer gewesen, denn sie hatte gleich nach dem Studium in dem Unternehmen angefangen und sich nach oben gearbeitet.

Mit einem Becher – diesmal heißem – Kaffee, den sie aus dem Coffeeshop an der Ecke hatte, lief sie in Richtung Empfangstresen.

»Guten Morgen, Frau Weber«, rief ihr der gepflegt aussehende junge Mann zu, der gerade damit beschäftigt war, auf seine Computertastatur einzuhacken.

Katja erinnerte sich noch genau, wie sie sich zum ersten Mal begegnet waren. Er hatte sie scherzhaft gefragt, ob sie mit Gerry Weber, dem Modefürsten, verwandt sei. Sie hatte schmunzelnd geantwortet, dass sie dann wohl nicht hier, sondern in Westfalen wäre, und seitdem kamen die beiden hervorragend miteinander aus. Der Rezeptionist versorgte sie mit dem neuesten Klatsch und Tratsch, und sie brachte ihm ab und an Kirschkuchen mit, den er besonders gern mochte.

»Guten Morgen, Herr Feldmann«, antwortete sie, und sogleich fiel ihr wieder das neue große Plakat über dem Empfangstresen ins Auge, auf dem das aktuelle »Gesicht« der Firma abgebildet war. Das Riesenposter hing seit drei Tagen hier und zeigte Cindy Lacroix, die eigentlich Cindy Berger hieß und aus Troisdorf stammte, aber dank ihrer Kurven, ihres breiten Lächelns und gewiss einiger unanständiger Sexspiele Karriere im internationalen Modelbusiness gemacht hatte.

Sie war das neue Aushängeschild von Cologne Fashion, eine Entscheidung, die Katja nicht besonders gut gefiel. Wenn es nach ihr gegangen wäre, hätte sie jetzt eine andere Dame betrachtet, eine, die weniger künstlich, aber umso mehr sexy aussah. Doch leider war sie nicht der Boss, der Marketingleiter und der Vorstand. Als Chefdesignerin hatte sie, was die Werbung anging, nun mal kein Mitspracherecht.

»Sie haben sich noch immer nicht an Cindy gewöhnt, nicht wahr?«, fragte Thorsten Feldmann, als er ihren Blick bemerkte.

»So würde ich es nicht nennen«, gab Katja diplomatisch zurück. »Allerdings wird es wohl noch eine Weile dauern, bis sie mir nicht mehr auffällt.«

»Vielleicht wechselt es schon bald wieder. Sie wissen ja, wir sind im Umbruch.«

Oh ja, das waren sie! Seit die Firmenspitze Neuerungen angekündigt hatte, wunderten sich Katja und ihre Kollegen über gar nichts mehr.

Es war ein allseits bekanntes Geheimnis, dass sich das große Label Starlight für die kleine Firma interessierte. Solange der Firmengründer die Hand auf Cologne Fashion hatte, hätte sich niemand auf diesen Handel eingelassen, doch vor ein paar Wochen war er gestorben, und seither stand die Führungsetage in Verhandlungen mit dem Magnaten.

Veränderungen bedeuten nicht zwingend was Schlechtes, sagte sich Katja, und wenn sie ehrlich war, juckte es sie in den Fingern, etwas Neues auszuprobieren. Bisher hatte die Chefetage auf dem firmentypischen Stil bestanden, der nicht viel Raum für Extravaganzen gelassen hatte. Tag für Tag hatte Katja ähnliche Kostüme und Hosenanzüge entworfen und in Produktion gegeben. Lediglich in den Pausen erlaubte sie sich die Verrücktheit, ausgefallenere Modelle zu zeichnen. Die Skizzen wanderten meist direkt in ihre Tasche und zu Hause in ihre Zeichenmappe, in der sie sämtliche Entwürfe seit dem Studium aufbewahrte. Vielleicht war jetzt ihre Zeit gekommen …

Der gläserne Fahrstuhl brachte sie in die fünfte Etage, wo sich ihr Büro befand und die Mitarbeiter für den Zuschnitt angesiedelt waren. Sie hatte gestern ein paar neue Modelle herausgegeben und war gespannt, wie sie auf den Figurinen aussehen würden. Natürlich erwartete sie keine Überraschung, aber diesmal hatte sie sich erlaubt, den Schnitt der Revers und der Taschen an den Blazern ein wenig zu verändern. Außerdem hatte sie ein beinahe revolutionäres Material aufgetan. Es war eine Mikrofaser, die weich wie Seide war, so aussah und sich so anfasste, allerdings normal gewaschen werden konnte und zudem nicht gebügelt werden musste. Anstatt des bei Cologne Fashion typischen Blaus hatte sie einen changierenden Pflaumenton gewählt, der je nach Lichteinfall entweder pink oder dunkelblau schimmerte. Für Partys mit wechselnden Lichtverhältnissen war das sicher interessant.

»Guten Morgen, Frau Weber«, tönte ihr Sylvia Neidschütz, die Herrin der Nähmaschinen, fröhlich entgegen. Unter dem

Arm hatte sie eine große Rolle blauen Satin, den sie besonders gern für Abendkleider benutzten. Eigentlich holten die Laufburschen den Stoff, aber ab und an ließ sie es sich nicht nehmen, selbst im Lager vorbeizugehen. Sie gab ehrlich zu, dass sie einen Fetisch für Stoffe hatte, und wie alle, die für die Mode lebten, konnte Katja sie gut verstehen.

»Guten Morgen Sylvia, wir sehen uns dann heute Nachmittag«, entgegnete Katja und verschwand hinter ihrer Bürotür. Auf ihrem gut aufgeräumten Schreibtisch lag eine blaue Mappe mit dem Logo der Firma. Was sich darin verbarg, konnte sich die Chefdesignerin denken, wahrscheinlich hatte man ihr vorab einige Stoffmuster zukommen lassen. Darum wollte sie sich allerdings später kümmern, jetzt musste sie erst einmal die Entwürfe ihrer Designer begutachten und ihre eigenen Ideen für die Präsentation vorbereiten.

Kaum hatte sie sich hinter dem Schreibtisch niedergelassen, klopfte es an der Tür.

»Herein!«, rief Katja, ohne den Blick vom Computerbildschirm zu lassen, auf dem gerade das Betriebssystem hochfuhr und früher oder später das Fenster für die Passworteingabe erscheinen würde.

»Hi, Katja«, ertönte eine Stimme, die ihr nur allzu bekannt war. Es war Mona aus der Werbeabteilung. Die junge Frau war die wichtigste Informationsquelle der Designerin, denn wenn es irgendwelche Veränderungen gab, erfuhr es ihr Büro als Erstes.

»Hi, Mona, was führt dich zu mir?«, fragte Katja und setzte ein verbindliches Lächeln auf. Mit geschultem Blick musterte sie das Outfit ihrer Kollegin und fand den grauen Rock und die weiße Bluse ein wenig zu streng für diesen Frühlingstag.

»Ich wollte dich warnen«, entgegnete Mona, während sie sich vor dem Schreibtisch aufbaute.

Katja zog die Augenbrauen hoch. »Warum? Ist etwas im Busch, oder habe ich etwas angestellt, von dem ich nichts weiß?«

»Keins von beidem, nehme ich an. Ich wollte dir nur sagen, dass heute angeblich ein paar Vertreter von Starlight bei der Besprechung dabei sind. Sie wollen sich ein Bild von den Designern hier machen, und ich kann mir gut vorstellen, dass sie dich als Chefdesignerin besonders unter die Lupe nehmen werden.«

Katja konnte nicht sagen, dass sie das kaltließ, doch sie wollte sich von der Neuigkeit auch nicht über die Maßen beunruhigen lassen.

»Sollen sie ruhig, mein Kostüm ist knitterfrei«, gab sie daher nur salopp zurück und blickte ihre Kollegin prüfend an. »Oder gibt es einen konkreten Grund zur Besorgnis?«

»Uns werden Veränderungen ins Haus flattern, aber das weißt du ja schon.«

»Das ist nicht zu übersehen, sogar wenn man das Gebäude betritt, grinsen sie einen mit silikonaufgespritzten Lippen an.«

»An deiner Stelle würde ich heute nichts gegen Cindy sagen, die Starlight-Leute stehen total auf die Frau. Du hättest mal hören sollen, wie sie uns die Ohren vollgeschwärmt haben! Ich könnte mindestens ein Dutzend Models aufzählen, die hübscher sind, aber Cindy ist nun mal angesagt.«

»Danke, dass du nicht hipp gesagt hast«, entgegnete Katja. »Das Wort kann ich schon nicht mehr hören.«

Mona grinste, dann klopfte sie einmal kurz auf den Tisch. »Halt die Ohren steif. Sobald es etwas Neues gibt, sage ich dir Bescheid.« Damit verschwand sie aus dem Büro.

Katja richtete den Blick wieder auf den Bildschirm. Wie sehr oft am Morgen öffnete sie den Ordner mit dem Namen Allgemeines, den sie mit einem Passwort gesichert hatte. Ihre besten Einfälle. Phantasievolle Abendroben und Kostüme, außerdem Anzüge, Krawatten und extravagante Gehröcke. Vielleicht war ihre Zeit schon bald gekommen. Und am Ende war unter den Herren von Starlight sogar einer dabei, der ihr gefiel.

Trotz Monas Warnung lief der Tag besser, als sie gedacht hätte. Die Vertreter von Starlight waren doch nicht so furchterregend wie erwartet, und die Führungsriege hatte wegen ihres pflaumenfarbenen Revolutionsstoffes auch keinen Anfall bekommen. Ihre Präsentation war sogar ziemlich gut verlaufen, jedenfalls war Katja dieser Meinung, und bisher hatte sie sich noch nie getäuscht.

Etwas fürs Auge unter den Starlights hatte sie allerdings nicht ausmachen können. Die Männer wirkten kalt wie Marmorstatuen, und trotz der durchweg geschmackvollen Outfits und Duftwässerchen fühlte sie sich zu keinem einzigen sexuell hingezogen. Aber es bestand noch Hoffnung. Die Gerüchteküche, von Außenstehenden Schneiderei genannt, wartete mit der Neuigkeit auf, dass schon am nächsten Morgen ein neuer Chef hereinschneien würde, zusammen mit einer ganzen Riege hoffnungsvoller Jungtalente, die demnächst hier arbeiten sollten.

Katja hatte die Nachricht nicht sonderlich beunruhigt, denn sie wusste, dass sie sich vor den Neulingen nicht zu verstecken brauchte. Da sie zudem gut mit Menschen umgehen konnte, zweifelte sie auch nicht daran, dass sie mit ihnen auskommen würde. Außerdem lautete ihre Devise: Abwarten und Tee trinken. Kein neuer Mitarbeiter konnte so schlimm sein, dass man sich wünschte, ihn aus dem Fenster zu werfen.

Zu Hause angekommen, nahm sie die Post aus dem Kasten, schenkte ihr aber keine weitere Beachtung, sondern legte sie nur auf dem Tischchen neben der Tür ab. Sollte es ihr heute nicht gelingen, einen passenden Mann fürs Bett aufzutreiben, würde sie sich damit die Nacht um die Ohren schlagen, alle Rechnungen zu bündeln, die Werbung wegzuwerfen und die wenige persönliche Post zu studieren. Doch jetzt war erst einmal Feierabend, und wie der Name schon sagte, sollte man ihn feiern. Oder zumindest begießen.

Natürlich würde sie nicht in ihrem strengen Kostüm losziehen, und schon gar nicht mit der Brille auf der Nase. Katja mochte das Gestell, denn es verlieh ihrem Gesicht einen professionellen Zug, aber für heiße Liebesnächte bevorzugte sie Kontaktlinsen.

Rasch schlüpfte sie aus den Kleidern und huschte nur in ihrer Seidenunterwäsche zum Kleiderschrank. Dort fing sie an, in den behängten Kleiderbügeln zu blättern wie in den Seiten eines großen Buches.

Ihr Lieblingskleid musste in die Reinigung, das rote war eindeutig zu viel für eine kleine Runde in der Cocktailbar, das lange schwarze war eher etwas für Empfänge und die Minikleider noch immer ein wenig zu luftig für einen Frühlingsabend. Schließlich entschied sie sich für ein Top und einen glänzenden schwarzen Rock, der stramm um ihre Schenkel saß und einen Knackpo machte.

Die Strumpfhose tauschte sie gegen ihre Seidenstrümpfe aus, und als sie das Nylon an den Beinen glatt strich, musste sie lächeln. Nicht alle, aber einige ihrer Liebhaber machten näher Bekanntschaft damit. Viele Männer mochten es nicht, beim Sex gefesselt zu werden, einige dagegen schon, und diesen Genießern gönnte sie das Vergnügen. Es war eine ihrer Marotten, die noch dazu so tief in ihr drinsaß, dass sie sogar davon träumte. Vielleicht würde sie ja heute auf einen Mann treffen, der nicht zu ihr wollte, sondern sie zu sich mitnahm. In dieses traumhafte Penthouse …

Als Katja fertig war, warf sie einen letzten prüfenden Blick in den Spiegel. Der Vorteil ihres Haars war, dass sie es nur durchbürsten musste, damit es lag. Obwohl sie bereits vierzig war, brauchte sie bislang auch nicht mit Farbe nachzuhelfen. Natürlich fand sich das eine oder andere graue Haar in dem grellen Rot, aber das konnte sie sich kurzerhand ausreißen, ohne gleich kahle Stellen auf dem Kopf zu riskieren.

Nachdem der Sitz der Frisur sichergestellt war und ihre Füße in den schwarzen Pumps steckten, griff sie nach dem Handtäschchen, in dem alles für eine heiße Bar- oder Clubnacht steckte, und verließ die Wohnung.

Auf dem Weg nach unten rief sie sich ein Taxi. In diesem Aufzug in die Straßenbahn zu steigen, bedeutete nämlich, mehr als eindeutige Angebote zu bekommen, noch dazu meist von Männern, von denen sie gar keine Angebote bekommen wollte. Wie sie in ihrer Anfangszeit in Köln festgestellt hatte, begnügten sich einige Männer nicht mit Worten, sondern ließen ihre Hände sprechen. Einige Schimpftiraden und übergezogene Handtaschen später hatte Katja eingesehen, dass sie abends besser das Taxi nehmen sollte.

Da der Taxistand ganz in der Nähe war, rauschte der eierschalfarbene Wagen heran, sobald sie die Tür passiert hatte. Katja kannte den Mann hinter dem Steuer. Es war Hans, ihr Stammfahrer. Sie hatte die Gelegenheiten, bei denen er sie chauffiert hatte, sei es nun zum Flughafen oder einfach nur zur Bar, nicht gezählt, aber wahrscheinlich hatten sie die

Hundert längst überschritten. Hans war immer freundlich und nervte sie nicht wie andere Taxifahrer mit bohrenden Fragen nach ihrem Beruf oder ihrem Wissen über Aktienkurse.

»Na, Frau Weber, wohin geht es denn heute?«

Angesichts ihres Aufzuges sah Hans das natürlich, dennoch machte er sich einen Spaß daraus, sie jedes Mal zu fragen.

»Ins La Fleur, wie immer am Mittwoch«, entgegnete sie und schwang sich auf den Beifahrersitz.

»Brauchen Sie auch einen Wagen zurück?«

Diese Frage kam ebenfalls nicht von ungefähr. Die meisten Männer, die sie abschleppte, hatten selbst einen Wagen, mit dem sie zu ihrer Wohnung fuhren.

»Mal sehen. Wenn es schlecht läuft, ganz sicher, für den Fall habe ich Ihre Nummer gespeichert.«

Hans ließ den Blick über ihr Outfit gleiten und schüttelte den Kopf. »Ich glaube, ich kann Feierabend machen. Abgesehen davon, dass es bei Ihnen nie schlecht läuft, sehen Sie heute rattenscharf aus, da sagt sicher keiner nein. Jedenfalls keiner, der noch bei Verstand ist.«

Katja lächelte. Das Kompliment freute sie, wenngleich der Taxifahrer zu den wenigen Männern zählte, mit denen sie nie etwas anfangen würde. Dass er verheiratet war, stellte dabei nicht mal das Haupthindernis dar. Hans war einfach ein Kumpeltyp, einer, bei dem sie es sich nicht vorstellen konnte, wild auf ihm zu reiten oder von ihm gestoßen zu werden. Das war auch gut so, denn sie schätzte seine Dienste als Fahrer, und das sollte auch so bleiben.

Mit der Liebe ist es wie mit einem guten Cocktail, pflegte Enrico immer zu sagen, seines Zeichens Barmann in Katjas

Lieblingsbar La Fleur. Das richtige Rezept, gediegene Zutaten, nicht zu viele, denn das verdirbt den Geschmack. Die Flüssigkeiten ineinanderfließen lassen, alles gut durchschütteln und danach genießen.

Das Problem dabei war nur: Woher bekam man das richtige Rezept? Und woher die Hauptzutat – einen Mann, der sich nicht als Maraschinokirsche mit Wurmstich erwies?

Katja kannte sich mit wurmstichigen Männern aus. Auch mit abgestandenen, fad gewordenen und jenen, denen jegliche Spritzigkeit abhanden gekommen war. Ihren Champagner unter den Herren hatte sie bisher noch nicht gefunden. Dafür waren viele Alcopops darunter: schnell, spritzig, süß, allerdings klebten die einem irgendwann den Magen zu. Nein, sie brauchte etwas Richtiges – die ideale Mischung zwischen herb und süß, etwas, das einem nicht über wurde.

Das La Fleur war nicht gerade der beste Ort, um einen Mann fürs Leben kennenzulernen. Hier konnte man bestenfalls einen One-Night-Stand abschleppen, der ohne Flecken zu hinterlassen am nächsten Morgen wieder verschwand. Dennoch ging Katja nach der Arbeit gern hierher, um sich auf den Feierabend einzustimmen. Meist wegen der Drinks und fast immer wegen Enrico, der sie aufmunterte, wenn sie down war, und der sie wieder auf den Boden zurückholte, wenn sie Höhenflüge hatte – und manchmal auch wegen eines Kerls zum Vernaschen.

»Einen Orgasmus bitte«, sagte Katja mit einem breiten Grinsen, als sie ihr schwarzes Seidenhandtäschchen auf den Tresen legte und auf den Barhocker kletterte. Sie hatte eine gewisse Übung darin, das wackelige Gebilde mit Stilettos zu besteigen, ohne dass ihr Rock mehr als den Spitzenrand ihrer Strümpfe preisgab.

Der Ruf nach dem Orgasmus war so etwas wie ein privater Witz zwischen ihr und dem Barkeeper. Als sie die Bar das erste Mal betreten hatte, hatte sie die Cocktailkarte durchgelesen, und der Drink war ihr sofort ins Auge gesprungen. Als sie ihn bestellt hatte, hatte Enrico frech gegrinst. »Aber sicher doch, möchten Sie ihn von mir oder soll ich den Herrn nebenan fragen?«

Das hatte das Eis zwischen ihnen gebrochen. Wie sie schon nach kurzer Zeit herausgefunden hatte, wäre Enrico ohnehin nur bereit gewesen, ihr den Orgasmus in Cocktailform zu bescheren. Für die echten Orgasmen bevorzugte er nämlich gutaussehende Männer, die dann auch seinen Strohhalm zu sehen bekamen und seine Sahne schlürfen durften.

Katja bedauerte das so manches Mal, denn Enrico wäre genau ihre Kragenweite gewesen. Ende dreißig, dunkelhaarig, schlank und groß. Nicht der Mann fürs Leben, dafür aber für Nächte, die nach Zuckerwatte schmeckten. Doch so war er ihr ein guter Freund, vielleicht der beste von allen, und es hatte durchaus etwas für sich, gemeinsam über die Bettqualitäten von Männern lästern zu können.

Enrico mischte den Orgasmus mit geübten Handgriffen und gab einen ordentlichen Klecks Sahne obendrauf.

»Du willst mich wohl mästen?«, fragte Katja vorwurfsvoll und deutete auf den Sahneberg.

»Wo denkst du hin?«, entgegnete der Barkeeper, denn auch dieses Spielchen war er bereits gewohnt. »Außerdem kann an eine Bohnenstange wie dich ruhig was ran. Oder willst du, dass sich die Kerle beim Stoßen blaue Flecke holen?«

»Du hast gut reden«, entgegnete sie, nahm einen Löffel Sahne und schob ihn sich genussvoll in den Mund. »Frauen haben immer nur die Wahl, dick oder dünn zu sein, während Männer schlank sein und trotzdem Muskeln haben können, die die Stöße abfedern. Manchmal bin ich richtig neidisch auf dich, weißt du das?«

Enrico lächelte geschmeichelt. »Nun lass mal gut sein und komm ja nicht auf die Idee, ins Fitnesscenter zu rennen. Wenn es etwas Unerotisches auf der Welt gibt, dann Frauen mit Muskeln.«

»Du vergisst Männer in verwaschenen Jogginganzügen«, konterte Katja.

Der Barkeeper nickte. »Stimmt, die habe ich ganz vergessen. Aber ich denke, muskulöse Frauen sind schlimmer. Männer können unter einem schlabberigen Jogginganzug immer noch einen Wahnsinns-Body haben.«

»Da hast du recht, und ich habe ganz bestimmt nicht vor, mir Muskelpakete anzutrainieren. Es sei denn, du mästest mich wirklich noch.«

»Keine Sorge, ich bin kein Spielverderber.« Enrico zwinkerte ihr zu, dann nahm ihn ein anderer Gast in Anspruch.

Katja hatte Zeit, Schluck für Schluck den Tag Revue passieren zu lassen. Es war kein guter, jedoch auch kein ausgesprochen schlechter Tag gewesen. Eher Durchschnitt, der nach einem Highlight schrie. Doch woher nehmen und nicht stehlen? Noch immer geisterte ihr der erregende Traum vom Morgen durch den Kopf. Seltsamerweise packte er sie dermaßen, dass es zwischen ihren Beinen zu kribbeln begann. War es eine Vorahnung? Witterte sie bereits das Testosteron, das sich ihr näherte?

Der Mann, der sich wenige Schlucke später auf den Barhocker neben ihr schwang, war von der Sorte Schokoladenlikör. Braungebrannt, süß und sicher ungemein süchtig machend. Nicht die richtige Mischung – jedenfalls auf den ersten Blick –, doch auf alle Fälle ein Genuss, den sie sich zum Feierabend gönnen konnte. Stellte sich nur die Frage, ob er eher etwas für Enrico war oder für sie.

Das Lächeln, mit dem er sie kurz darauf bedachte, ließ immerhin ein wenig Hoffnung aufkommen, dass er nach weiblicher Begleitung Ausschau hielt. Dass er ein Suchender war, hatte sie sogleich erkannt. Die Art, wie er sich hinsetzte und zunächst unbeteiligt tat, um dann den Blick suchend durch die Gegend schweifen zu lassen, verriet es ihr.

Männer oder Frauen – worauf stehst du?, fragte sich Katja im Stillen, während sie ihn beobachtete. Als sein Blick auf ihr verweilte und sich die weich geschwungenen Lippen teilten, wusste sie, dass er Frauen bevorzugte. Zumindest heute.

»Hallo«, sagte er zu ihr, nicht schmierig und nicht verklemmt, sondern genau im richtigen Tonfall.

»Hey«, entgegnete sie lässig, nahm noch einen Schluck und leckte sich effektvoll über die Oberlippe. »Sie habe ich hier noch nicht gesehen.«

Es gab bessere Anmachsprüche, aber dieser hier war die sicherste Methode, wenn man damit die Wahrheit sagte.

»Das ist wohl wahr, ich bin zum ersten Mal da. Ein Freund hat mir den Laden empfohlen.«

»Dann kommen Sie wohl nicht aus Köln?«

»Nein, allerdings werde ich sicher eine Weile hier bleiben. Da ist es gut zu wissen, wo man gute Drinks bekommt.«

Während Katja sich noch fragte, was dieser Mann wohl beruflich machte, und damit den Grund für sein Hierbleiben suchte, rauschte Enrico heran.

»Hallo, was kann ich für Sie tun?«, fragte er, und ihm war anzusehen, dass der Unbekannte ihm ebenfalls gefiel.

Jetzt kam die Entscheidung. In wessen Bett würde er landen? Seltsamerweise verspürte Katja eine leichte Aufregung, dabei wusste sie noch nicht einmal, ob der Fremde mit ihr überhaupt etwas anfangen würde.

»Bringen Sie mir einen Manhattan«, antwortete der Mann mit neutraler Miene, worauf Enrico Katja mit einem ihrer Geheimzeichen bedeutete, dass sie sich ihn schnappen sollte. Dann bereitete er den Drink zu.

»Sie haben also länger in der Stadt zu tun«, knüpfte sie an ihr Gespräch an.

Der Unbekannte nickte. »Ja, ich denke schon, dass meine Arbeit hier eine Weile dauern wird.«

Genauso, wie Katja es verstand, sich auf den Hocker zu setzen, ohne zu viel zu zeigen, konnte sie auch den Eindruck erwecken, dass ihr Rock rein zufällig ein Stück höher rutschte. Zufrieden stellte sie fest, dass der Mann die Bewegung des Stoffes registrierte und sein Blick länger als angebracht dran hängenblieb.

Sie wusste nicht genau, ob er nur Haut oder bereits den Ansatz ihres Slips sah, auf jeden Fall war er jedoch so abgelenkt, dass er die Ankunft des Manhattan nicht mitbekam. Dafür bekam Katja das Grinsen des Barmannes mit, das ihr ohne Zweifel sagte, dass sie ein kleiner Teufel sei.

Vielleicht fand das auch der Unbekannte. Doch es schien ihm zu gefallen, jedenfalls ergriff er nicht gleich die Flucht vor ihr.

»Ich bin übrigens Philipp«, stellte er sich vor und reichte ihr die Hand. Der Drink stand noch immer unbeachtet neben ihm.

»Katja.« Sie nahm seine Hand und war erstaunt darüber, wie weich sie sich anfühlte. Nicht, dass sie schrumplig ausgesehen hätte, aber bei einem Typen wie ihm stellte sie sich eher eine glatte und harte Hand vor, eine, die zupacken konnte, wenn es sein musste.

Die Hand war weich, als wäre sie feine Arbeiten mit viel Fingerspitzengefühl gewöhnt. *Vielleicht ist er Uhrmacher,* kam es Katja in den Sinn. *Oder Künstler.* Sie blickte ihm direkt ins Gesicht. Sah so ein Künstler aus? Womöglich war er Schauspieler? Da hier in Köln mehrere Fernsehsender ansässig waren, die zahlreiche Serien produzierten, kamen regelmäßig neue Schauspieler in die Stadt. Vielleicht war er ja einer von ihnen. Sie konnte ihn sich gut als Kommissar oder Herzensbrecher vorstellen.

»Ich schätze mal, Sie sind öfter hier«, sagte er, nachdem er ihre Hand wieder losgelassen hatte.

»Soll das heißen, dass ich wie eine Schnapsdrossel aussehe?«

»Nein, ganz gewiss nicht«, wehrte er ab. »Sie wirken nur wie jemand, der sich hier bestens auskennt.«

Katja fragte sich, wie er darauf kam, doch wahrscheinlich wollte er nur ein wenig Konversation betreiben.

»Wenn Sie etwas über Köln wissen wollen, fragen Sie mich ruhig. Bis zu einem gewissen Grad kenne ich mich tatsächlich hier aus. Aber kommen Sie mir nicht mit der Frage, wo man den Dom finden kann. Wenn Sie den nicht sehen, müssen Sie schon etliche von denen da intus haben.«

Sie deutete auf den Drink, und erst jetzt schien Philipp wieder in den Sinn zu kommen, dass er etwas zu trinken bestellt hatte. Er griff nach dem Glas, und sie prosteten sich zu.

»Ich denke, wir sollten du sagen«, schlug Katja schließlich vor. »Immerhin sind wir jetzt Saufkumpane.«

»Nichts dagegen«, entgegnete Philipp, und nachdem er sein Glas abgestellt hatte, deutete er auf ihr Glas. »Was ist das eigentlich?«

»Ein Orgasmus«, entgegnete Katja mit einem süffisanten

Lächeln. Der Cocktail war eigentlich ein alter Hut, doch irgendwie schaffte es der Name immer wieder, die Menschen erschrocken oder überrascht dreinschauen zu lassen. Philipp machte da keine Ausnahme – dabei erschien er gar nicht prüde.

»Wenn du willst, kannst du auch einen haben.«

Zufrieden stellte sie fest, dass seine Augen sich weiteten. Er zog die Augenbrauen hoch, und Katja war sich sicher, dass er nicht an das Getränk dachte. Aus den Augenwinkeln registrierte sie Enricos breites Grinsen, doch wenn man eine Beute am Haken hatte, sollte man sie nicht wieder loslassen.

Sie spielte einen Moment am Saum ihres Rockes, dann ließ sie die Hand wie zufällig auf Philipps Oberschenkel gleiten. Seine Beinmuskeln fühlten sich interessant an, beinahe so, als würde er sie mit Radfahren oder Joggen trainieren. Als sie merkte, dass er sich nicht zurückzog, ließ sie die Hand dort, wo sie war, federleicht wie ein Vogel, der sich verirrt hatte.

»Meinst du das so, wie ich es verstanden habe?«

»Finde es doch heraus …« Katja öffnete herausfordernd die Lippen, und ihre Hand glitt an seiner Leiste entlang bis zu seinem Schritt. Bereits jetzt fühlte sich seine Männlichkeit sehr vielversprechend an. Katja tippte, dass sein Schwanz erigiert mindestens zwanzig Zentimeter lang war und damit genau die richtige Länge für ein solides Lustinstrument hatte.

»Hast du einen Wagen?«

Sie beobachtete, wie sein Kehlkopf auf und ab wippte, als er gegen die Trockenheit in seinem Mund anschluckte.

»Ja, natürlich«, presste er schließlich hervor.

»Gut, worauf warten wir dann noch?«

Der Mann wirkte einen Moment unschlüssig, vielleicht fragte er sich, ob dieses Angebot etwas kosten würde. Katja reizte der Gedanke, dass er sie womöglich für eine Hure hielt. Offenbar war es ihm egal, was sie war – Hauptsache, er konnte ein paar scharfe Stunden verbringen. Er beeilte sich, das Geld aus seiner Börse zu zerren und neben das halbvolle Glas zu legen. Dass einer der Scheine hinter die Theke flatterte, schien er gar nicht zu bemerken.

Enrico bekam natürlich mit, dass der Mann völlig von der Rolle war, und als seine Freundin ihn ansah, hob er mit einem bewundernden Nicken den Daumen.

Katja machte die vereinbarte Geste für »Beim nächsten Mal bist du wieder dran«, dann verließ sie mit ihrem Fang die Bar.

Die Ledersitze des Wagens schmiegten sich erregend an ihren Hintern und übertrugen die Vibrationen des Motors geradewegs in ihre Pussy. Philipp fuhr einen Z3, dasselbe Auto, das auch schon mal in einem James-Bond-Film zu bewundern war. Er selbst passte mit seinem Aussehen durchaus in solch einen Streifen, aber Katja entging nicht, dass er nervös war. Man könnte annehmen, dass ein Mann wie er es gewohnt war, Frauen aus einer Bar mitzunehmen, doch vielleicht hatte er bislang nur wenige Damen getroffen, die ähnlich offensiv vorgegangen waren wie sie.

Das Navigationsgerät, das einen bläulichen Lichtschein über Philipps markantes Profil legte, lotste ihn zielsicher in ihre Straße bis vor ihr Haus.

Katja hatte sich mittlerweile so sehr an den Geruch des Wagens gewöhnt, dass es ihr nichts ausgemacht hätte, es gleich hier zu treiben. Doch sicher hatte das Motorengeräusch einige Nachbarn schon neugierig gemacht, und auch wenn hier jedermann vorgab, sich nicht um den anderen zu kümmern, würde sie ihr bestes Abendkleid darauf verwetten, dass die Leute mit den Nasen an den unbeleuchteten Fenstern klebten. Freien Live-Porno wollte sie ihnen nicht bieten.

Katja stieg aus und lotste Philipp durch den Hauseingang und die Treppe hinauf. Immerhin gab es hier keine alte Dame, die bei jedem Geräusch im Hausflur neugierig den Kopf aus der Tür streckte.

An ihrer Wohnung angekommen, schloss sie auf und machte Licht. »Nur herein!«, sagte sie mit einer einladenden Geste.

»Hier wohnst du also«, sagte er, während sie den Schlüsselbund klirrend auf den Telefontisch warf.

Die kleine rote Lampe des Anrufbeantworters blinkte, doch Katja ignorierte es. Wer auch immer ihr etwas mitzuteilen hatte, konnte es tun, wenn sie mit diesem heißen Kerl fertig war.

»Klein, aber fein«, entgegnete sie auf seine Feststellung und überholte ihn auf dem Weg durch den Flur. Sie spürte, dass er ihr auf den Hintern starrte, und genau so sollte es sein.

»Was macht eine Frau beruflich, die in solch einem Kleinod wohnt?«

»Das wird nicht verraten.«

Katja hätte beinahe hinzugefügt, dass es sich für One-Night-Stands nicht gehörte, solch eine Frage zu stellen, aber sie schluckte die Bemerkung rechtzeitig hinunter.

»Willst du was trinken?«

»Nein, danke, der Manhattan wirkt noch nach.«

Offenbar wollte Philipp etwas ganz anderes. Was würde er wohl dazu sagen, wenn sie ihn direkt ins Schlafzimmer führte? Er trottete ihr hinterher, offenbar schien er nicht zu erwarten, dass sie ihn in eine Folterkammer lotste.

Katja war eigentlich stolz auf ihr Schlafzimmer. Es war nicht so luxuriös wie das in ihrem Traum, doch mit den weißen Möbeln und zartblauen Wänden konnte es sich sehen lassen. Das Bett in der Mitte war breit und gut gefedert, so dass man nichts befürchten musste, wenn man allzu wild zur Sache ging.

Die weiße Calla vor dem Fenster brauchte mal wieder etwas Wasser, aber das nahm Katja nur beiläufig wahr. Philipp schien es ganz zu entgehen, denn tatsächlich wirkte er ein wenig überrascht darüber, dass sie ihn direkt hierher gebracht hatte.

»Du bist keine Frau, die gern Zeit verliert«, sagte er, und es war eher eine Feststellung als eine Frage.

Katja war nicht nach Reden zumute. Sie packte ihn bei den Revers seines Jacketts und zog ihn an sich. Sein Körper war warm und pulsierte vor Kraft. Als ihre Lippen sich trafen, durchfuhr es sie wie ein Stromschlag, mit dem Unterschied, dass ihr nicht die Haare zu Berge standen und sie schleunigst von ihm wegwollte.

Sie presste ihre Hüften an seine, um unmissverständlich klarzumachen, was sie beabsichtigte, und daran, dass er nicht zurückwich, erkannte sie, dass er es ebenfalls wollte. Jedes Wort wäre in diesem Augenblick zu viel gewesen. Sie spürte, wie sein Schwanz wuchs und versuchte, seinem Gefängnis aus Viskosegemisch zu entkommen. Noch einen Moment lang küssten sie sich, nahmen den Mund des anderen vollkommen ein, dann lösten sie sich wieder voneinander.

»Machst du das mit allen Männern so?«

»Mit vielen.«

Katja hatte kein Problem damit zuzugeben, dass sie ein kleines Sexmonster war.

»Ich schätze mal, dass du nicht viel davon hältst, dabei zu reden.«

»Kommt ganz darauf an.«

Wieder küssten sie sich, dann packte Katja ihn bei der Krawatte und zog ihn zum Bett. »Zieh dich aus«, forderte sie.

Philipp sah keinen Grund, ihrer Aufforderung nicht zu folgen, und Katja beobachtete, wie er aus Hemd und Hose schlüpfte. Was sich unter seiner weißen Calvin-Klein-Unterwäsche abzeichnete, war schon ziemlich interessant.

»Willst du nicht mitmachen?«, fragte er lächelnd, während er die Daumen in den Bund der Unterhose schob.

»Ich will erst sehen, was du zu bieten hast.«

»Es wird sicher mehr, wenn du mir zeigst, was mich unter deinen Sachen so alles erwartet.«

»Okay!« Mit einer lasziven Handbewegung knöpfte Katja ihren Blazer auf, dann entledigte sie sich des Tops. Dita von Teese wäre wegen dieses Strips zwar gewiss nicht neidisch in ihrem großen Champagnerglas versunken, aber Philipp schien die Vorstellung zu gefallen – jedenfalls wenn es nach dem Kumpel zwischen seinen Beinen ging. Nachdem auch der Rock zu Boden geglitten war, stellte Katja sich vor ihn hin wie ein Model, das sich am Ende des Laufstegs im Blitzlicht präsentiert.

Seine Reaktion war überragend. Der Stoff konnte die geballte Kraft seines Schwanzes nicht länger bändigen. Rasch zerrte Philipp sich das Stück Stoff von den Hüften und trat zu ihr. Während sie sich küssten, zog er Katja an sich, so dass sie nur wenig später das Gefühl hatte, auf einer Fahrradstange zu sitzen. Sein Schwanz schob sich zwischen ihre

Beine und rieb sich an dem seidigen Stoff ihres Höschens. Katja spürte, wie sich ihre Schamlippen und der Kitzler mit Blut füllten und feucht wurden. Etwas, das Philipp sofort spürte und das ihm Sicherheit gab. Mit zitternden Fingern versuchte er sich an dem Verschluss ihres BHs, und schließlich gelang es ihm auch, ihn zu öffnen. Er stieß ein leises Stöhnen aus, als ihre harten Nippel seine Brust streiften. Augenblicklich ließ er von ihren Hüften ab und griff nach den vollen Brüsten.

Jetzt stöhnte Katja. Seine Hände wussten anscheinend doch zuzupacken. Er knetete und schob ihren Busen zusammen und senkte den Kopf darauf. Seine Zunge hinterließ eine feuchte Spur auf ihrer Haut, dann saugte er den rechten Nippel tief in den Mund. Katja zerzauste ihm das Haar, und als er mit einer Hand den Weg in ihr Höschen suchte, hielt sie ihn nicht davon ab. Fordernd strich Philipp über den getrimmten Busch und glitt spielerisch mit dem Finger dazwischen. Katjas Stöhnen wurde lauter, als er ihren Kitzler rieb und schließlich zwei Finger zwischen ihre Schamlippen schob. Es war nicht so gut wie sein Schwanz, aber ein kleiner Vorgeschmack, den sie sich nicht nehmen lassen wollte. Sie brauchte ihm nicht zu sagen, was er tun sollte, er tat es einfach. Seine Finger stießen sie, sein Daumen drückte auf den Kitzler, und bevor sie wusste, wie ihr geschah, presste sie sich an die Wand, damit er ohne nachsetzen zu müssen weitermachen konnte.

Schließlich umfasste sie seine harte Stange, die sich ihre Freiheit bereits halb erkämpft hatte, und massierte sie. Nicht nur nehmen, sondern auch geben, lautete Katjas Devise, und sie wusste nur zu gut, wie sie ihn anpacken musste, damit er den Vorsprung, den sie hatte, aufholen und gemeinsam mit ihr kommen konnte.

Philipp keuchte und erhöhte das Tempo, was ihn jedoch nicht davor bewahrte, dass Katja ihn wichste und in den Rausch mitnahm. Sex war eigentlich kein Wettlauf, aber unwillkürlich machten sie ihn gerade zu einem, und nur mit Sekundenbruchteilen Vorsprung schaffte es Philipp, Katja ins Ziel zu bringen. Sie kam mit einem Lustschrei, der ihr unwillkürlich entschlüpfte, und nur wenig später spie sein zuckender Schwanz seinen Samen auf ihre Hand.

Philipp hätte ihr jetzt sagen können, wie gut sie war, er hätte sie auch fragen können, wie gut er gewesen war, doch keiner von ihnen brachte ein Wort hervor. Sie lehnten aneinander, auf den Händen die Säfte des jeweils anderen, bis Katja schließlich die Kraft aufbrachte, ihn in Richtung Bett zu drängen.

»Jetzt aber richtig«, sagte sie und leckte ihm spöttisch über die Lippen.

»Einen Moment Zeit musst du mir schon geben«, entgegnete er.

»Gewährt!«

Sie löste sich von ihm und ging zu dem kleinen Schränkchen, das sie ihre »Minibar« nannte. Darin befanden sich nicht etwa überteuerte Kaltgetränke, sondern eine Kollektion verschiedener Kondome. Sie hatte Gummis in allen möglichen Farben und Stärken, sogar mit Noppen und Geschmack. Es war eine ihrer vielen Marotten, neue Kondomsorten zu sammeln. In ihren Augen waren sie so etwas wie Kleider für Schwänze, und alles, womit man sich bekleiden konnte, war ihr Metier.

Sie blickte sich zu Philipp um, der auf dem Bett ruhte wie ein römischer Gott, und griff nach den XXL-Kondomen mit Prickelnoppen. Gleichzeitig dachte sie wieder an den Traum vom Morgen zurück. Was würde er wohl davon halten, wenn sie ihn erst ein wenig fesselte und danach ritt, bis ihm Hören und Sehen verging?

Der Gedanke war immerhin so verlockend, dass sie ihn nicht gleich verwarf. Gefesselt zu werden und damit der Frau ausgeliefert zu sein, war nichts für jeden Mann, doch mit Philipp wollte sie es nur zu gerne ausprobieren.

Sie wandte sich wieder um und kehrte mit dem Kondompäckchen zu ihm zurück.

»Na, du hast dir ja viel vorgenommen«, sagte er und zog sie an sich.

Sie küssten sich, und als er ihre Lippen wieder freigab, antwortete Katja: »Der da sieht so aus, als könnte er zu dem stehen, was er verspricht.« Sie griff nach seinem Schwanz und massierte ihn erneut.

»Mach es nicht zu doll, sonst komme ich gleich.«

»Das wollen wir doch nicht hoffen.«

Katja kroch über Philipp, setzte sich auf seine Schenkel und rollte ihm gekonnt das Kondom über.

»Ist das deine Lieblingsfarbe?«, fragte er.

Sie schüttelte den Kopf. »Nein, aber meine Lieblingssorte. Und das Beste daran ist, dass du auch etwas davon hast.«

Den Beweis für ihre Worte lieferte sie ihm prompt, indem sie ein Stück vorrückte, ihn packte und ihn ohne ein weiteres Wort in ihre von ihren Säften nasse Möse einführte. Eng schloss sie sich um ihn, und es war, als könnte sie nicht nur die Noppen, sondern auch die Adern seines Schwanzes spüren.

Philipp legte den Kopf in den Nacken und griff nach ihren Hüften. »Du hast recht«, keuchte er, doch sogleich verschloss sie ihm die Lippen mit einem Finger und begann, ihn zu reiten. Zunächst langsam, denn sie wollte seine Gesamtlänge bestmöglich auskosten. Die Noppen rieben bei jedem Stoß an ihren Lippen und im richtigen Neigewinkel auch an ihrer Klit, was dazu führte, dass sich binnen Sekunden ein neuer Orgasmus in ihr zusammenbraute.

Bevor sie kommen konnte, riss Philipp allerdings das Ruder herum. Er nutzte einen kurzen Moment, in dem sie träumerisch mit geschlossenen Augen innehielt, und drehte sich zur Seite, wodurch sie ebenfalls auf dem Bett zu liegen kam. Überrascht juchzte sie auf, doch dann ging ihr Protest in lautes Stöhnen über, als er begann, sie zu stoßen.

Er schlug einen wesentlich schnelleren Rhythmus an als sie, aber Katja wollte sich nicht entziehen. Nachdem ihre Körper für einige Augenblicke in wilder Raserei gegeneinander geklatscht waren, kam sie, und noch während der Orgasmus in Wellen durch ihren Körper schoss, merkte sie, dass sich auch Philipps Schwanz zuckend entlud.

Schlaff wie ein Stück herabgefallene Seide lag Katja neben ihm auf dem Bett und merkte erst jetzt, dass sie völlig vergessen hatte, ihn mit einem ihrer Strümpfe zu fesseln. Sie blickte an ihren Beinen hinab und sah, dass die Strümpfe heruntergerutscht waren, dabei hätten sie eigentlich nicht rutschen sollen.

Was soll's, vielleicht bei der nächsten Runde, sagte sie sich und strich mit der Hand über Philipps Hüfte. Für einen Mann fühlte sich seine Haut sehr weich an, und erst jetzt merkte sie, dass er rasiert war – überall! Das gefiel ihr, denn sie stand nicht auf behaarte Monster, denen die Matte aus dem Hemdkragen wucherte.

Philipp sagte auch jetzt nichts. Er musterte sie nur ausgiebig. Seine blauen Augen wirkten etwas dunkler als in der Bar – irgendwie satt. Reichte es ihm etwa bereits, oder hatte er Appetit auf mehr? Wenn es nach ihr ging, konnte er die ganze Nacht bleiben und vielleicht sogar bis zum Frühstück.

»Wenn du mir jetzt noch einen bläst, bin ich der glücklichste Mann der Welt«, raunte er schließlich, während er ihr eine Haarsträhne aus dem Gesicht strich.

Die Bemerkung war scherzhaft gemeint, aber Katja erhob sich und ging auf wackligen Beinen zu ihrer Minibar. Schließlich hielt sie drei verschiedene Kondomtütchen in die Höhe und fragte: »Schoko, Banane oder Erdbeere?«

Philipp sah sie zunächst fragend an, dann lachte er auf. »Wonach dir ist.«

Katja entschied sich für Erdbeere. Wieder bei ihm angekommen, nahm sie ihm die Prickelnoppen ab und massierte seinen Schwanz mit einigen geübten Bewegungen, weshalb es nicht lange dauerte, bis er von Neuem bereitstand. Wie schnell es ging, erstaunte sie, und für einen kurzen Moment kämpfte sie gegen das Verlangen an, ihn sich erneut mit ihrem südlichen Mund einzuverleiben und auszusaugen. Aber einem Mann wie Philipp erfüllte sie gern einen Wunsch. Mit genießerischer Langsamkeit rollte sie ihm das Kondom über und musste dabei wieder an die Seidenstrümpfe denken. Glänzend rote hatte sie noch nicht, was ein Grund für eine ausgedehnte Shoppingtour war, doch jetzt wollte sie sich erst einmal um Philipp kümmern, denn sein Schwanz zuckte bereits erwartungsvoll.

Sie saugte ihn in den Mund und schmeckte zunächst das Erdbeeraroma, dann zeichnete sie mit der Zunge die Konturen seines Schwanzes nach.

Natürlich wäre es ohne Gummi etwas anderes gewesen, aber ein One-Night-Stand-Profi wie sie wollte Spaß, ohne sich nachher fragen zu müssen, ob sie sich irgendwas eingefangen hatte.

Philipp schien es jedenfalls zu gefallen, was Katja da tat. Sie saugte an seiner Eichel, brachte ganz sanft die Zähne zum Einsatz und massierte nicht nur den Schaft, sondern auch seine Hoden, so dass er schon bald stöhnte und sich unter ihr wand. *Du hättest ihn fesseln sollen,* schoss es ihr durch den Kopf. Doch sie spürte seine Ungeduld und den bevorstehenden Ausbruch, und so machte sie weiter, bis das Sperma warm aus ihm herausschoss.

Als sie von ihm abließ, sah sie, dass er erschöpft und zufrieden auf dem Bett lag, die Augen geschlossen. Sein Brustkorb hob und senkte sich noch immer unter den heftigen Atemzügen. Katja lächelte in der Gewissheit, es ihm anständig besorgt zu haben. Außerdem war die Nacht noch jung. Diesen ganzen Kerl würde sie ganz sicher nicht vor Morgengrauen hinauswerfen, es sei denn, er wollte es.

Als er die Augen wieder öffnete, hatte es allerdings nicht den Anschein. Sie legte sich neben ihn, um ihn zu küssen, und als sie nach einer Weile die Hand zwischen seine Schenkel gleiten ließ, hatte sie die Gewissheit, dass auch sein Schwanz noch mehr wollte.

2. Kapitel

Cosmopolitan

2 cl Cointreau
4 cl Wodka
1 cl Zitronensaft
1 cl Cranberrysaft

Zutaten zusammenrühren,
in ein Glas geben und mit
einer Zitronenscheibe garnieren.

Nächster Tag, gleiches Programm: Duschen, Frühstück, Fahrt zur Arbeit. Die Straßenbahn raste über den Heumarkt und würde in nur wenigen Augenblicken an Katjas Zielhaltestelle zum Stehen kommen. Doch diesmal war etwas anders. Diesmal hatte sie nicht von Sex geträumt, sondern welchen gehabt.

Katja musste lächeln, als sie an Philipp dachte. Bis morgens um drei hatte er durchgehalten, und bevor sie ihn hatte hinauswerfen können, war er von selbst gegangen. Nicht, weil es ihm nicht gefallen hatte, sondern weil er meinte, dass er nicht die Finger von ihr lassen und morgen vollkommen fertig bei der Arbeit erscheinen würde, wenn er nicht sofort von ihr wegkam.

Die Designerin nahm das als originelle Ausrede. Die beiden hatten kein Wiedersehen ausgemacht, aber ihr Gefühl sagte ihr, dass er spätestens am Abend mit Rosen vor der Tür stehen würde. Vielleicht würde sie es dann erneut so wild mit ihm treiben. Doch jetzt sollte sie besser an die Arbeit denken.

Als sie das Gebäude betrat und ihr das Plakat mit Cindy ins Gesicht grinste, fiel ihr auf, dass der Platz hinter dem Empfangstresen leer war. Dass Thorsten mal nicht da war, gab es im Grunde nicht. Der Mann hatte eine außerordentlich gute Konstitution, er war, wenn es hochkam, vielleicht zwei- oder dreimal während seiner gesamten Zeit hier krank gewesen – wobei einmal, wie Katja im Nachhinein herausbekommen hatte, die Krankheit Liebeskummer geheißen hatte, also eigentlich nicht richtig galt.

Heute war er definitiv nicht da – und auch sonst niemand. Das Gebäude von Cologne Fashion war merkwürdig still. Man konnte sogar so weit gehen zu behaupten, dass sich die Atmosphäre anfühlte wie die Ruhe vor dem großen Sturm.

Katja entsorgte ihren mitgebrachten Kaffee in der Mülltonne neben dem Tresen. Dann fuhr sie wie immer in den fünften Stock und stiefelte zu ihrem Büro. Der Sex mit Philipp vergangene Nacht hatte ihren Beinen einen ziemlichen Muskelkater beschert, aber das war es ihr wert gewesen, und es war ihr auch nicht unangenehm, daran erinnert zu werden.

Auf ihrer Etage angekommen, hielt sie vergeblich Ausschau nach Sylvia. Eigentlich begegneten die beiden Frauen sich morgens immer, doch der gesamte Gang wirkte wie verwaist. Katja zuckte mit den Schultern, um das seltsame Gefühl abzuschütteln, das sich ihrer bemächtigte, und betrat ihr Büro. Alles wirkte wie immer, nur lag diesmal keine Mappe auf dem Schreibtisch, sondern ein Brief. Weißes Büttenpapier, keine besonderen Merkmale. Katja erwartete um diese Zeit eigentlich keine Post, also packte sie sogleich die Neugierde. War es etwa eine Einladung zu einer Cocktailparty anlässlich der Ankunft der neuen Designer?

Sie stellte ihre Tasche auf dem Stuhl ab und griff nach dem Umschlag. Er fühlte sich schwer und teuer an, außerdem ging eine leichte Rasierwasserduftnote davon aus. Hatte sie vielleicht einen heimlichen Verehrer?

Katja lächelte einen Moment lang versonnen vor sich hin, griff dann nach ihrem blankpolierten Brieföffner und schlitzte den Brief auf. Der Bogen darin war genauso edel und schmucklos wie der Umschlag. Und die Worte, die darauf geschrieben waren, waren schonungslos.

Sehr geehrte Frau Weber,
im Zuge unserer Firmenumstrukturierung und dem damit verbundenem Stellenabbau müssen wir Ihnen leider mitteilen, dass wir Ihr Beschäftigungsverhältnis mit Cologne Design nicht länger aufrechterhalten können.
Wir möchten Sie darauf aufmerksam machen, dass Sie aufgrund Ihrer langjährigen Beschäftigung einen Anspruch auf eine Entschädigung haben. Dieser Betrag von brutto 10000 Euro wird an Sie ausgezahlt, sofern Sie die Kündigung ohne arbeitsrechtliche Schritte akzeptieren.

Wir danken Ihnen für die geleistete Arbeit und wünschen Ihnen alles Gute für Ihre weitere Zukunft.

Sonnenburg – Vorstand

Katja ließ sich auf den Bürostuhl sinken, der glücklicherweise so stand, dass sie mit dem Hintern nicht die Armlehne erwischte, sich den Steiß prellte oder gar auf den Boden fiel.

Sie las das Schreiben wieder und wieder, doch die Aussage blieb dieselbe: Rausschmiss! Und das nicht einmal deswegen, weil sie ihre Models in Plastikfolie gesteckt oder dem Chef eine Zigarettenkippe in den Champagner geschnippt hatte. Einfach nur, weil die Firma Stellen abbauen musste. Oder vielleicht, weil die Chefetage sie für zu altmodisch hielt?

Nachdem die Designerin eine Weile reglos dagesessen und auf das Blatt gestarrt hatte, fuhr sie in die Höhe und begann, in ihrem Büro auf und ab zu gehen. Die Bewegung half ihr dabei, sich in Rage zu bringen. Sie wollte eine Antwort. Diese dummen Sätze auf dem Blatt nützten ihr gar nichts. Die Geste mit der Abfindung mochte vielleicht im ersten Moment nett klingen, aber Katja wusste, dass die Summe nach allem, was sie für die Firma geleistet hatte, eine Frechheit war. Zehntausend Euro für beinahe zwanzig Jahre Arbeit! Und dann sagte man ihr noch nicht mal genau, warum man ihr kündigte. Stellenabbau, klar, doch irgendwie klang es nach fauler Ausrede. Wenn die Verantwortlichen Wert auf ihre Arbeit legen würden, hätten sie Katja sicher nicht einfach hinausgeworfen, sondern eine Lösung gefunden, die ihr ermöglichte zu bleiben. Immerhin war Starlight kein Konzern, der kurz vor der Pleite stand. Immerhin konnte die Firma es sich erlauben, dieses Modehaus zu kaufen!

Nein, damit würde sie sich nicht zufriedengeben. Katja wollte ehrlich ins Gesicht gesagt bekommen, warum sie ihr kündigten. Vielleicht, weil sie zu alt war und damit nicht in das neue, hippe Team passte? Oder weil man sie für die langweiligen Kreationen verantwortlich machte, die ihr der Vorstand, der mit Sicherheit nicht gehen musste, jahrelang aufgezwungen hatte?

Als ihr Puls endlich die richtige Geschwindigkeit für einen Wutanfall hatte, fegte sie nach draußen. Diesmal kam ihr tatsächlich jemand entgegen, doch abgesehen davon, dass sie es nicht wahrnahm, sprangen ihre Kollegen ihr auch gleich aus dem Weg, als würde sie auf einer Bohnermaschine sitzen. Oder einer Atombombe.

Wie eine Furie fegte die Designerin ins Büro des Firmenchefs, das ein Stockwerk über ihrem lag. Die Vorzimmerdame ließ vor Schreck das Fläschchen Nagellack fallen, mit dem sie soeben ihre Fingernägel verschönert hatte. Die zähe rote Flüssigkeit breitete sich wie eine Blutlache neben dem Schreibtisch aus, und wahrscheinlich bekam die Putzfrau einen Anfall, wenn sie die Schweinerei sah. Vom beißenden Gestank, der sich rasend schnell ausbreitete, mal ganz abgesehen.

»Frau Weber!«, rief die Sekretärin entsetzt und starrte sie mit großen Augen an. »Himmel, haben Sie mich erschreckt!«

An einem anderen Tag hätte Katja sich vielleicht entschuldigt, aber sie war dermaßen in Fahrt, dass sie die Frau sogleich anfuhr: »Ich will zu Herrn Sonnenburg!«

Der rot geschminkte Mund ihres Gegenübers schnappte auf und zu, ohne ein Wort hervorpressen zu können.

»Ich habe Sie etwas gefragt«, polterte Katja los und verspürte den Drang, dieses lahme Kamel an der billigen Bluse zu packen und gehörig durchzuschütteln.

»Er ist oben, bei einer Besprechung«, antwortete die Vorzimmerdame endlich, und plötzlich schien sie von einer Art Hellsichtigkeit beseelt zu sein, denn sie fügte rasch hinzu: »Aber Sie dürfen nicht …«

»Was ich darf und was nicht, ist allein meine Sache, Schätzchen«, entgegnete Katja gefährlich leise, wirbelte herum und marschierte im Stechschritt zum Fahrstuhl. Die Kabine war leer, und es schien, als hätten sich alle in weiser Voraussicht verkrochen.

Katja fuhr zwei Stockwerke höher, und hier gab es niemanden, der sie aufhalten wollte. Der Konferenzraum war ein großes Tabu in der Firma, den man nur betreten durfte, wenn man darum gebeten worden war. Andernfalls hatten die Angestellten hier oben nichts zu suchen. Katja hatte diesmal immerhin einen Grund, einen sehr guten sogar. Der Zettel in ihrer Hand war gewissermaßen ihre Eintrittskarte.

Gedämpfte Stimmen tönten ihr entgegen. Die Doppeltür, hinter der sich der runde Raum verbarg, lag nun direkt vor ihr.

Katja atmete tief durch und spürte, wie der Sauerstoff in ihren Lungen den Zorn anheizte wie ein Windzug einen Großbrand. Dann griff sie nach der Türklinke.

Ebenso, wie sie kein Problem damit gehabt hatte, die Chefsekretärin zu Tode zu erschrecken, hatte sie auch keine Hemmungen mehr, das Meeting zu sprengen. Wie der Brief in ihrer Hand besagte, war sie fristlos entlassen – was hatte sie da noch zu verlieren?

Ein Dutzend Köpfe wirbelte herum, als Katja die Tür aufriss, mit einem derartigen Schwung, dass sie gegen die Wand krachte. Eines der Bilder, die daran hingen, löste sich von seinem Nagel und fiel zu Boden. Doch alle Augen ruhten auf der Designerin, die wie ein wutschnaubender Stier in der Tür stand.

»Herr Sonnenburg, was soll das!« Katja riss das Kündigungsschreiben in die Höhe wie eine Waffe, mit der sie alle Anwesenden zu köpfen drohte.

»Frau Weber«, brachte der Geschäftsführer lediglich hervor, und tatsächlich meinte sie auf seinem Gesicht so etwas wie Bedauern zu erkennen.

Doch bevor er sich in irgendwelche peinlichen Erklärungen verstricken konnte, erhob sich der Mann neben ihm. Er war so sonnengebräunt, dass seine Gesichtshaut Katja an eine ihrer Ledertaschen erinnerte. Seine Augen waren hinter eckigen Brillengläsern verborgen, und auf die Entfernung konnte sie nur sehen, dass sie dunkel waren, schwarz wie Haifischaugen. Er trug ein blütenweißes Hemd und ein beigefarbenes Jackett, ob es aus seiner eigenen Firma war oder ob er sein Vertrauen einem der französischen Designer geschenkt hatte, konnte sie nicht mit Sicherheit sagen.

»Frau Weber, es tut mir schrecklich leid, aber wie Sie vielleicht wissen, wird es in dieser Firma eine Reihe von Umstrukturierungen geben. Mit der Übernahme durch Starlight werden nicht nur einige Stellen überflüssig, auch sind wir, um dieses Unternehmen zu sanieren, dazu gezwungen, eine andere Richtung einzuschlagen. Eigentlich bin ich gar nicht verpflichtet, es Ihnen zu erklären, doch neben dem Stellenabbau war für unsere Entscheidung maßgeblich, dass die Art Ihres Designs nicht zu uns passt und wir keine Entwicklungsmöglichkeiten sehen. Ich bin mir sicher, dass ein anderes Modehaus Sie gerne beschäftigen wird, nur wir werden es leider nicht sein.«

Katja atmete tief ein. Der Wunsch, auf diesen Widerling zuzustürmen und ihm die Faust in das arrogante Gesicht zu rammen, war beinahe übermächtig, doch sie schaffte es, sich zu beruhigen. Reihum blickte sie in die Gesichter der anwesenden Männer, um herauszufinden, ob alle der Meinung waren. Bei den Typen von Starlight bestand kein Zweifel, aber ihre eigenen Kollegen? Jene Männer, die immer wieder kreative Vorschläge von ihr abgeschmettert und sie dazu verdonnert hatten, die ewig gleichen Modelle zu kreieren?

Alle starrten sie an, niemand kam ihr zu Hilfe. Wahrscheinlich war sie der Bauer, den sie für den Erhalt ihrer eigenen Posten opfern wollten.

Nun gut, wenn ihr schon zu feige seid, meine Arbeit zu verteidigen, dann werde ich euch wenigstens sagen, was ich von euch halte. Und was ihr mich könnt.

Katja wollte gerade loslegen, als sie plötzlich etwas wahrnahm, das sie abrupt aus ihrem Zornesrausch riss. Es war, als hätte jemand ihr einen Eimer kaltes Wasser übergegossen oder ihr eine Ohrfeige verpasst. Denn sie blickte mitten in das Gesicht von Philipp, ihrer Barbekanntschaft von vergangener Nacht.

Die schöne Tirade, mit der sie diesen Lackaffen belegen wollte, war mit einem Mal dahin, die Worte weggeblasen wie Papier unter einem Luftzug.

Philipp musterte sie ebenfalls, doch auf seinem Gesicht fand sich kein Hinweis darauf, dass er sie erkannte. Nicht mal ein Lächeln oder ein verwundertes Stirnrunzeln brachte er zustande. Katja stand da, als hätte sie der Schlag getroffen. Die Erkenntnis brauchte eine Weile, um in ihr Bewusstsein vorzudringen. Dieser Mann gehörte zu jenen, die beschlossen hatten, dass sie gehen musste. Vielleicht war er sogar derjenige gewesen, der ihre Arbeit als zu altbacken eingestuft hatte.

»Haben Sie uns noch etwas zu sagen?«, fragte der Lackaffe und konnte sich ein amüsiertes Lächeln nicht verkneifen.

Auch wenn die Designerin dazu gekommen wäre, ihm zu sagen, was sie von ihm hielt, hätte er sich wohl kaum als Verlierer gesehen – aber jetzt hatte er allen Grund, sich als Gewinner zu fühlen, denn augenscheinlich hatte er die Furie gebändigt.

Katja warf zunächst Philipp einen vernichtenden Blick zu, dann dem Mann neben Sonnenburg. *Das wird euch noch leidtun,* donnerte es in ihrem Gehirn. Doch anstatt ihm den Satz ins Gesicht zu schleudern, wandte sie sich wortlos um. Sie ging, ohne die Tür hinter sich zuzumachen, und bekam das aufbrandende Raunen der Runde nur noch beiläufig mit. Ein kleiner Teil in ihr hoffte, dass Philipp ihr nachlaufen möge, aus welchem Grund auch immer, doch er schien keinen Grund zu haben.

Mit Schritten, die sich irgendwie mechanisch anfühlten, bestieg sie den Fahrstuhl und fuhr in den fünften Stock zurück. Wenig später stand sie vor ihrem Schreibtisch. Die Tränen, die trotz allem irgendwie nicht fließen wollten, verstopften ihr die Nase. Katja blickte auf den Platz, der so lange ihre kreative Brutstätte gewesen war und es von nun an nicht mehr sein würde. Was sollte sie nun tun? Angst, unter der Brücke schlafen zu müssen, hatte sie nicht, jedenfalls noch nicht. Da sie allein lebte und ihr einziger Luxus Männer und Cocktails waren, hatte sie einiges auf die hohe Kante gelegt. Höchstwahrscheinlich würde sie ein halbes, vielleicht sogar ein ganzes Jahr mit dem Geld auskommen. Außerdem stand ihr eine deutlich höhere Abfindung zu, die sie notfalls einklagen konnte und auch würde. Aber mehr als das Finanzielle schmerzte sie die Ohrfeige, dass die Herren ihre Art zu designen als unpassend empfanden.

Vielleicht hätte ich ihnen die Entwürfe aus meinem Ordner zeigen sollen, ging es ihr kurz durch den Kopf, doch dann verwarf sie den Gedanken wieder. Allerdings schaltete sie nun ihren Computer ein. Nicht, dass die Herren dort oben Wert auf ihre Entwürfe legten, aber wenn sie schon gehen musste, würde sie sämtliche Unterlagen mitnehmen. Vor allem natürlich den gesicherten Ordner. Vielleicht war er ihr schon bald in irgendeiner Weise nützlich. Sie malte sich aus, wie sie sich um eine Stelle bei der Konkurrenz bewarb und alles daransetzte, Starlight zu vernichten.

Surrend erwachte das CD-Laufwerk zum Leben und brannte ihre Ideen auf einen Silberling. Nachdem alle Daten kopiert waren und Katja die CD in ihrer Tasche verstaut hatte, warf sie einen letzten Blick auf den Tisch. Schon bald würde sich eins von den »neuen Talenten« hier breitmachen. Sie fragte sich, warum Mona sie nicht gewarnt hatte. Ihre Kollegin wusste doch sonst alles. Oder hatte sie ebenfalls ihre Stelle verloren, weil sie auf Anweisung der Firmenspitze eine Werbekampagne gefahren hatte, die nicht zu Starlight passte?

Katja verzichtete darauf, das nachzuprüfen. Wenn Mona ihr etwas mitzuteilen hatte, konnte sie bei ihr zu Hause anrufen. Da die Designerin kein Interesse hatte, irgendetwas aus dem Büro mitzunehmen, verließ sie den Raum lediglich mit ihrer Tasche in der Hand. Natürlich würde man ihr eine Kündigungsfrist einräumen, aber darauf verzichtete sie gerne. Katja wollte nur noch raus hier, denn sie hatte auf einmal das Gefühl, dass sie in diesem Gebäude nicht mehr atmen konnte.

Nachdem sie beinahe einen halben Tag durch die Stadt geirrt war, ohne etwas von ihrer Umgebung wahrzunehmen oder genau zu wissen, wohin sie wollte, führte sie ihr Weg unweigerlich ins La Fleur. Dass sie noch ihr Arbeitsoutfit trug, störte sie diesmal nicht, und die Brille ließ sie ebenfalls auf. In den vergangenen Stunden hatte der Blues so richtig zugeschlagen, weshalb nicht einmal mehr der Trotz, den sie noch beim Abspeichern ihrer Entwürfe empfunden hatte, vorhanden war.

»Einen Cosmo«, sagte sie nur und schwang sich auf den Barhocker. Ihre Bewegungen hatten keineswegs die gleiche Eleganz wie sonst, aber das kümmerte sie nicht. Diesmal war sie nicht hier, um sich einen heißen Kerl ins Bett zu holen, sondern um sich zu betrinken.

»Was ist mit dir?«, fragte Enrico besorgt, als er sie bemerkte. »Ist deinem Lover von gestern das Kondom geplatzt? Oder bist du schwanger?«

Katja schüttelte den Kopf. An anderen Tagen hätte sie dazu einen lockeren Spruch auf den Lippen gehabt, doch momentan fühlte sie sich einfach nur leer. Sogar der Humor schien ihr abhandengekommen zu sein. »Nein«, antwortete sie und knallte das zerknitterte Kündigungsschreiben auf den Tresen. »Sie haben mich rausgeworfen. Ich passe nicht zu den tollen jungen Designern von Starlight. Deshalb muss ich gehen.«

Enrico nahm das Schreiben an sich und überflog es. Schließlich schüttelte er den Kopf. »Das kann es nicht geben.«

»Du siehst doch, dass es so etwas gibt! Und jetzt bring mir einen Cosmo oder sonst etwas, das mir kräftig die Füße wegzieht. Ich will von dem Kram nichts mehr wissen.«

Der Barkeeper war erfahren genug, um zu wissen, wann Ratschläge angebracht waren und wann es reichte, dem Gast einfach das vor die Nase zu stellen, was er brauchte. Katja war beinahe so etwas wie eine Freundin für ihn, aber in der Lage, in der sie sich gerade befand, hätte ihr nicht mal einer von diesen überdrehten holländischen Motivationstrainern wieder ein Lächeln aufs Gesicht zaubern können. Der Cosmo würde vielleicht helfen, zumindest vorerst, alles andere konnte dann ein Gespräch besorgen.

Fünf Cosmos später hatte sich Katjas Laune immer noch nicht gehoben. Vielmehr schien sie mit jedem weiteren Glas noch finsterer zu werden.

»Was meinst du?«, säuselte sie Enrico schließlich an. »Habe ich Talent zur Barkeeperin?«

Der Mann hinter dem Tresen konnte ihr ansehen, dass sie bereits einige Cocktails zu viel gebechert hatte, dennoch blieb er wie immer diplomatisch. »Ich denke nicht.« Seine Stimme strich wie immer sanft wie ein Sommerwind über ihren Körper hinweg. »Du bist eine begnadete Meisterin der Stoffe, aber die Drinks solltest du mir überlassen.«

Katja lächelte freudlos. Meisterin der Stoffe. Seit einem halben Tag war sie es nicht mehr. Und das Schockierendste daran war, dass sie vor nicht mal vierundzwanzig Stunden mit dem Kerl geschlafen hatte, der ihre Karriere beerdigt hatte.

Gut, Philipp hatte nicht wissen können, dass sie bei Cologne Fashion arbeitete. Obwohl – er hätte es wissen können, wenn er sich die Fotos in der Personalakte angesehen hätte. Doch hätte das etwas geändert?

»Noch einen«, lallte sie und schob Enrico das leere Glas entgegen. Der kleine Rest Zuckerrand glitzerte im Schein der Barbeleuchtung. »Und tu diesmal mehr Wermut rein und weniger von diesem klebrigen Pfirsichzeug.«

Der Barkeeper nahm das Glas an sich, allerdings hatte er nicht vor, Katja ihrem Vollrausch zu überlassen. »Vielleicht sollte ich dir eine Bloody Mary mixen. Eine, die deinen Kopf wieder auffrischt.«

»Nein, ich brauche keinen klaren Kopf. Ich will mich einfach nur volllaufen lassen. Das ist das Beste, was man tun kann, wenn man soeben seinen Job verloren hat. Jawohl!«

»Ich denke nicht, dass es das Beste wäre«, gab Enrico zurück. »Es gibt immer einen Weg. Du musst ihn nur finden.«

»Leichter gesagt als getan«, entgegnete Katja. »Sie haben mich heute Morgen von jetzt auf gleich rausgeworfen. Angeblich bin ich zu alt für ein frisches Modelabel, und da sie sowieso umstrukturieren wollen, haben sie mich als Altlast entsorgt.«

Enrico zog ein bedrücktes Gesicht. Ob es echtes Mitleid war oder nur pflichtschuldiges, wusste sie nicht, aber die vielen Cocktails hatten Katja das Urteilsvermögen geraubt, weshalb es ihr egal war.

»Die wissen gar nicht, was sie sich selbst damit angetan haben«, sagte er schließlich. »Ich weiß, dass du gut bist, und deine Kunden wissen es auch. Warum bewirbst du dich nicht woanders? Bei einer Firma, in der sie dein Talent zu schätzen wissen.«

»Auch das stellst du dir leichter vor, als es ist.« Mit kühnem Schwung kippte sie sich den Cosmo hinter die Binde.

Enrico überlegte einen Moment, dann griff er unter die Theke und holte ein Frauenmagazin hervor.

»Denkst du, ich habe jetzt Lust, irgendwas über die Exzesse von Britney Spears zu lesen?«

»Nein, du sollst dir mal die Anzeigen ansehen. Du wirst es nicht glauben, aber auch in solchen Blättern gibt es welche.«

»Was soll das bringen? Mix mir lieber noch einen Cosmo.«

»Du bekommst keinen, wenn du nicht in dieses Magazin schaust.«

»Aber ...«

»Kein Aber, Schatz, du liest, und wenn du etwas gefunden hast, bekommst du deinen Drink.«

»Und wenn keine Annonce drin ist?«

»Dann mache ich dir trotzdem einen, wenn du mir nachweist, dass da wirklich nichts steht.«

Katja schnaufte. Ein kleiner Rest Vernunft sagte ihr, dass sie sich unmöglich benahm, doch der Alkohol hatte sie dermaßen im Griff, dass sie gar nicht anders konnte.

»Na gut«, sagte sie schließlich gedehnt und schlug missmutig das Magazin auf. Models in schicken Kleidern lächelten ihr entgegen, und immer wieder redete sie sich ein, dass dies ihre Models sein könnten und ihre Kleider. Nur leider waren sie es nicht. Katja war zu altmodisch, ersetzt durch irgendwelche Nachwuchstalente, die noch nicht einmal wussten, wie es im Modebusiness tatsächlich zuging. Bis zum Morgen hatte sie es selbst ja nicht mal richtig gewusst. Die erforderlichen Zähne und Klauen hatte sie sich angeeignet, aber was nützten ihr all das, wenn sie es nicht benutzen durfte?

Nach einigem Blabla über Diäten, Liebschaften und sonstige Dinge, die die Welt nur dann brauchte, wenn man beim Friseur unter der Haube saß, stieß Katja schließlich auf die Anzeigen. Es waren auf den ersten Blick lediglich Urlaubsangebote und Partnerschaftsanzeigen, und die Designerin wollte Enrico das Blatt schon zurückgeben und ihren Cocktail einfordern. Da stieß sie plötzlich, als hätte eine Leuchtreklame aufgeblinkt, auf eine kleine, leicht zu übersehende Anzeige.

»Modeinstitut sucht frische Talente«, lautete die Überschrift, was ihr das Gefühl gab, ihr Magen würde sich zur Faust ballen. Genau deswegen war sie jedoch auf die Annonce aufmerksam geworden. Da sie sich sagte, dass sie heute nichts mehr schrecken konnte, las sie einfach weiter.

Bereits einen Satz später sah die Welt ganz anders aus.

Hast du Lust, dich in einem professionellen Workshop auszuprobieren? Willst du dich mit anderen Designern messen und herausfinden, wer der Beste ist? Dann melde dich unter der Nummer ...

Die Zahlen verschwammen vor Katjas Augen.

Sie musste zweimal kräftig blinzeln, dann hatte sie den Text wieder vor sich. Es war eine Nummer aus Hamburg, wenn ihr Hirn die Zahlen richtig sortierte. So weit oben im Norden wusste sicher niemand von ihrer Pleite. Wenn man dort überhaupt von ihr wusste. In erlesenen Kreisen sicher, aber vielleicht ging die Neuigkeit ja an dem Veranstalter vorbei.

Allerdings hatte die Sache einen Haken – das erfasste sie sogar in betrunkenem Verstand: Die Obergrenze des Zugangsalters betrug fünfunddreißig Jahre.

Fünfunddreißig! Sie war vierzig, und diese verdammte Anzeige machte ihr erneut deutlich, dass sie zum alten Eisen gehörte. Beinahe hätte sie jetzt von Enrico den nächsten Cosmo eingefordert, doch überraschenderweise formulierte ihr Mund die Worte: »Wie alt schätzt du mich?«

Der junge Mann, der gerade den Shaker betätigte, ohne dass außer seinen Armen irgendwas in Bewegung war, hielt kurz inne, musterte sie mit hochgezogenen Augenbrauen und fragte zurück: »Wie meinst du das?«

»Na ja, sieh mich an«, säuselte Katja, denn der Alkohol schien irgendeine seltsame Depotwirkung zu haben, die nun wieder einsetzte. »Wie alt schätzt du mich? Ehrlich.«

Der Barkeeper nahm Maß, legte den Kopf mal zur einen und mal zur anderen Seite, schob die Unterlippe vor und gab ein gedehntes »Mmh« von sich.

»Nun mach schon!«, drängelte Katja. »Ich bin betrunken, nicht du. Wie alt sehe ich aus?«

Enrico gehörte zu den Männern mit einem feinen Sinn für weibliche Merkwürdigkeiten. Er schien instinktiv zu spüren, warum sie ihm diese Frage stellte. Und er hatte eine passende Antwort darauf. »Du weißt, dass ich deine momentane Frisur nie richtig mochte. Aber wenn du zu jemandem gehst, der sich damit auskennt, und dir ein paar jugendliche Klamotten kaufst, könnte man dich noch gut für dreißig halten.«

»Du willst mich wohl auf den Arm nehmen.«

»Na gut, vielleicht nicht dreißig, aber fünfunddreißig bestimmt. Das ist meine ehrliche Meinung.«

Katja lächelte einen Moment in sich hinein. Sie war sich nicht sicher, ob der Gedanke, der gerade durch ihren Schädel geisterte, auch morgen noch da sein würde, wenn sie wieder nüchtern war. Aber jetzt kam er ihr verdammt gut vor.

»Ich glaube, du kannst mir den Cosmo bringen«, sagte sie und riss die Seite mit der Anzeige aus dem Magazin. Sie hätte auch nur das schwarz umrahmte Kästchen heraustrennen können, aber dazu fehlte es ihr an der nötigen Feinmotorik.

»Hast du was gefunden?«, fragte Enrico, und nachdem er seinem Gast das Glas vor die Nase gestellt hatte, kam er zu ihr.

»Lies. Da unten rechts. Reicht das, um den Cocktail zu kriegen, oder muss ich erst eine Anzeige von Burda finden?«

Der Barkeeper überflog die Seite, las die Anzeige und grinste. »Ich würde dir raten, zu Giovanni zu gehen«, sagte er dann, nahm das leere Cocktailglas an sich und begann mit dem Mixen der Zutaten. Diesmal tat er etwas weniger Wermut hinein, in der Annahme, dass sie es ohnehin nicht merkte.

»Giovanni?«, fragte sie und raffte das Blatt wieder an sich wie einen Rettungsanker.

»Ja, Giovanni. Warte, ich schreibe dir seine Adresse auf. Morgen früh wirst du dich ohnehin fragen, was du in der vergangenen Nacht alles geredet hast.«

Von dem Satz bekam Katja nur die Hälfte mit. Der kleine Teil in ihr, der noch nüchtern war, war längst wieder bei der Annonce und versuchte sich vorzustellen, wie es wäre, wenn sie noch einmal ganz von vorn anfangen könnte. Wenn sie diesen neuen Schnöseln von Cologne Fashion zeigen könnte, dass ihre Ideen – genau wie sie – doch noch nicht verbraucht waren.

3. Kapitel

Katermörder

1 TL Chilisoße
2 Eigelb
25 cl Orangensaft
12 cl Tomatenketchup
12 cl Grapefruitsaft

Alles in den Mixer geben,
kräftig umrühren und schnell trinken …

Es zählte zu den großen Geheimnissen dieses Morgens, wie Katja nach Hause gekommen war. Sie konnte sich beim besten Willen nicht daran erinnern. Nur eines wusste sie noch: dass Giovanni ihr eine Serviette zugesteckt hatte und dass sie diese zusammen mit einer Seite aus einem Hochglanzmagazin in der Tasche verstaut hatte.

Dann musste er sie in irgendein Taxi verfrachtet haben, das gewiss nicht Hans gelenkt hatte. Oder vielleicht doch? Der Taxifahrer war wohl immerhin noch so gütig gewesen, sie nach oben in ihre Wohnung zu bringen. Dass sie ein weiches Bett unter sich spürte, bewies es. Doch aus Katjas Verstand waren diese Stunden vollkommen verschwunden.

Absurderweise war der erste Gedanke, den sie beim Erwachen aus dem Cosmo-Koma hatte, ob sie etwa mit dem Taxifahrer geschlafen hatte. Sie versuchte, ihre verklebten Wimpern auseinanderzubekommen, und drehte den Kopf zur Seite. Einen behaarten Kerl fand sie nicht, dafür stach ihr ein Schmerz von nie gekannter Güte durch die Schläfen.

Katja konnte nicht anders, als die Augen zu schließen und zu hoffen, dass es vorübergehen würde. Sie hatte schon einige Rauscherlebnisse hinter sich gebracht, aber nie hatte sie es dermaßen hart gepackt wie diesmal.

Die Designerin brauchte eine ganze Weile, bis das Gefühl, dass sie in einer schlagenden Glocke gesessen hatte, zumindest halbwegs nachließ. Als es so weit war, wagte sie einen weiteren Versuch. Noch immer konnte sie das Licht nicht als angenehm bezeichnen, doch immerhin schaffte sie es, so lange auf die Bettdecke zu blicken, bis sie sich vergewissert hatte, dass da wirklich niemand lag.

Da durchzuckte sie ein Gedanke. *Du musst aufstehen und zur Firma!*

Augenblicklich fuhr sie in die Höhe, den vorherigen Schmerz missachtend, doch just in dem Moment, als sie glaubte, ein Messer würde sich in ihren Kopf bohren, fiel ihr wieder ein, dass sie das ja gar nicht brauchte. Natürlich könnte sie noch einmal dort auftauchen und unter den mitleidigen Blicken der wenigen verbliebenen Kollegen ihre Sachen abholen, doch schon vor dem Rausch hatte sie sich geschworen, nie wieder in dem Laden aufzukreuzen, und zumindest daran hatte die vergangene Nacht nichts geändert.

Während Katja sich zurück in die Kissen fallen ließ und gegen den Drang ankämpfte, sich zu übergeben, fiel ihr der Zettel auf dem Nachttisch auf. Sie musste ihn selbst dort abgelegt haben, fein säuberlich, damit sie nicht vergaß, was sie am nächsten Tag erledigen wollte. Mitten darauf lag die ominöse Serviette von Enrico. Die Designerin griff nach beidem, in der Hoffnung, dass sie die Lektüre oder zumindest das Nachdenken darüber, was sie tun wollte, von dem

Brechreiz ablenken möge. Tatsächlich gelang es, denn sogleich fiel ihr die provozierende Überschrift ins Auge. Und genau das setzte ihre Gedankengänge wieder in Bewegung. Sie erinnerte sich an den Strohhalm und Enricos Komplimente, und als sie auf die Serviette spähte, las sie die Adresse eines gewissen Giovanni. Der Barkeeper schien geahnt zu haben, in welchem Zustand sie sein würde, denn er hatte freundlicherweise dazugeschrieben, wer der Gute war und weshalb sie zu ihm gehen sollte.

Ein Neuanfang, ging es ihr durch den Kopf. *Ein Neuanfang mit Kater, aber immerhin ist es einer.* Jetzt musste sie es nur noch bis zum Kühlschrank schaffen und hoffen, dass darin ein Glas Rollmöpse stand, mit denen sie sich ein Katerfrühstück zaubern konnte.

Mühsam quälte Katja sich aus dem Bett, und nachdem sie festgestellt hatte, dass sie zwar Annonce und Serviette abgelegt hatte, jedoch nicht die Kleidung von vergangenem Abend, schleppte sie sich zum Kühlschrank. Ihre Gedanken waren bis auf den Vorsatz, sich auf die Anzeige zu melden, ein heilloses Durcheinander.

Philipp kam ihr wieder in den Sinn, dieser verdammte Mistkerl! Wenn Sie gewusst hätte, dass sie ausgerechnet ihm ihre Kündigung zu verdanken hatte, hätte sie ihn nie und nimmer abgeschleppt. Noch schlimmer war, dass sie auf seinem Gesicht nicht mal einen Hauch von Bedauern bemerkt hatte. Benutzt und weggeworfen kam sie sich vor. Wenigstens hätte er ihr eine Nachricht schicken oder sie nach dem Vorfall beiseite nehmen und sein Bedauern äußern können, doch nichts! Kein Wort war von ihm gekommen. Gut, sie könnte einen Blick auf ihr Handy werfen und darauf hoffen, dass er ihr simste. Allerdings wollte sie das nicht. Der Kühlschrank und ein klarer Kopf waren ihr wichtiger.

Was letztlich in ihrem Mixer landete, hätte jeden Hardcore-Protein-Fan in die Flucht geschlagen. Katja hatte keine Ahnung, wie man auf die Schnelle einen Kater vertrieb, aber sie hoffte, dass dieses Zeug seine Wirkung tun würde.

Rollmöpse fand sie nicht, dafür aber eine Packung sauer eingelegten Thunfisch, dazu kamen Tomaten, Zwiebeln, Orangensaft und saure Gurken. Allein der Geruch hätte einen Betrunkenen in Sekundenschnelle nüchtern gemacht, und spätestens, wenn jemand von den Gurken erfahren hätte, hätte er sich gefragt, ob Katja schwanger war. Sekunden später vermischte die Maschine alles mit einem Geräusch, das eindeutig zu laut für ihre Ohren war, zu einer rötlichbraunen Masse. Katja betrachtete das Zeug eine Weile und fragte sich, wie sie es hinunterbekommen sollte. Dann nahm sie todesmutig die Verschlussklappe ab und goss sich die Mixtur gleich aus dem Rührgefäß in den Mund.

Genau drei Schlucke schaffte sie, dann war alles zu spät. Die vielen Cosmos und das schreckliche Gebräu gingen augenblicklich aufeinander los, und Katja rannte im Eiltempo zur Toilette, wo sie sich übergab wie nie zuvor.

Eine Dusche, zwei Aspirin und drei Tassen Kaffee später saß sie am Küchentisch und wählte mit klammen Fingern die Nummer von der Annonce. Ihre Feinmotorik war noch immer nicht völlig wiederhergestellt, und auf keinen Fall hätte sie heute eine Nadel in die Hand genommen, um einen Heftstich zu setzen, denn das wäre gewiss böse geendet. Die Nummer einzutippen gelang ihr allerdings nach zwei Anläufen.

Nach dreimaligem Klingeln meldete sich am anderen Ende der Leitung eine Stimme. »Berger und Partner, guten Tag!«

Ein seltsamer Name für ein Modeinstitut, dachte Katja. Doch bitte, wenn sie meinen, sollen sie ruhig …

»Hier ist …« Augenblicklich schoss ihr durch den Kopf, dass sie neben einem anderen Haarschnitt unbedingt auch noch einen anderen Namen brauchte, um vorzugeben, dass sie ein hoffnungsvolles Nachwuchstalent war.

»Ja, bitte?«, fragte die Stimme nach, und in ihrem Einfallsnotstand wusste sich Katja nicht anders zu helfen, als wieder aufzulegen.

Himmel, die müssen denken, dass du eine Schraube locker hast, ging es ihr durch den Sinn, und wieder einmal war sie froh, dass die Videotelefonie noch nicht so weit gediehen war, dass man sie bei peinlichen Auftritten wie diesem sehen konnte.

Wo sollte sie einen passenden Namen herbekommen? Noch dazu einen, der nach Mode klang.

Sie grübelte eine Weile gegen den sich leise zurückmeldenden Kopfschmerz an, dann durchzuckte sie eine Idee: Gina Bergström! Das klang eingängig und unverdächtig. Nicht, dass sie mit diesem Namen eine Firma gründen würde, aber auf einer Bewerbung machte er sich bestimmt gut.

Sie riss ein Tuch von der Küchenrolle, die ihr schon bei der Übelkeitsattacke gute Dienste erwiesen hatte, schnappte sich einen Bleistift und schrieb ihren neuen Namen darauf. Als wollte sie auf diese Weise verhindern, dass sie ihn wieder vergaß. Gina Bergström. Klang gut. Würde gut auszusprechen sein. Und sich gut anhören, wenn ein Mann ihn ausrief, der gerade in ihr kam.

Erneut griff sie nach dem Hörer und drückte die Wahlwiederholungstaste. Erneut meldete sich die Frauenstimme, doch diesmal konnte Katja ihr entgegenschmettern, dass sie Gina Bergström war, die sich für den ausgeschriebenen Kurs interessierte. Sie wurde durchgestellt, und nachdem sie einen Moment lang die sphärische Warteschleifenmusik ertragen hatte, fragte eine männliche Stimme nach dem Grund ihres Anrufs. Wieder nannte Katja ihren falschen Namen und erklärte, dass sie die Anzeige gelesen hatte. Es folgte ein Gespräch über ihr Alter und die bisherigen Qualifikationen.

Obwohl Enrico sie auf fünfunddreißig geschätzt hatte, gab sie an, zweiunddreißig zu sein (wenn man ihr daraufhin sagte, dass sie alt aussehe, konnte sie es immer noch mit ihrem wilden Szeneleben begründen). Was die Ausbildung anbelangte, fügte sie eine Schneiderlehre vor dem Studium hinzu. Das entsprach in etwa ihrem wirklichen Werdegang, wenngleich sie die Lehre schon nach drei Wochen abgebrochen hatte, weil sie sich zu Höherem berufen fühlte. Sie hatte sich gleich nach den ersten drei Wochen, in denen man versucht hatte, ihr Dinge beizubringen, die sie ohnehin schon wusste, auf der Designschule eingeschrieben und war später eine der jüngsten Designerinnen von Cologne Fashion. Ob für sie damals jemand Älteres Platz machen musste, hatte sie sich nie gefragt, aber selbst wenn, war es jetzt zu spät, um sich darüber den Kopf zu zerbrechen.

Ihr Gesprächspartner – wenn sie richtig verstanden hatte, Herr Berger persönlich – schien ihre Lügen und Halbwahrheiten anstandslos zu schlucken. Er legte ihr nahe, eine Bewerbungsmappe mit ihren bisherigen Entwürfen und einigen Fotos von Modellen einzureichen, und nach etwa einer Viertelstunde Redezeit schloss er mit den Worten, dass sie ihre Bewerbung noch heute abschicken sollte, denn morgen sei der Einsendeschluss. Katja oder vielmehr Gina versprach ihm, genau das zu tun, und legte erleichtert auf.

Der erste Schritt war getan! Eine seltsame Euphorie erfasste sie. Vielleicht lag das an dem Alkohol, der sicher noch immer in ihrem Blut zu finden war, und dennoch fühlte es sich gut an. Sie hatte wieder ein Ziel vor Augen, und das brachte ihr neue Energie. Zufrieden goss sie sich einen dritten Kaffee ein, dann holte sie die CD mit den Entwürfen aus der Tasche, die sie im Flur fallen gelassen hatte. Fast schon behutsam trug sie den Datenträger in ihr Arbeitszimmer, schaltete den Computer ein und machte sich an die Arbeit.

Nach der Eingabe des Passwortes öffnete sich der Ordner und gab zehn gesammelte Jahre kreativer Unterdrückung frei. Was hatte sie nicht alles an Modellen entworfen. Abendkleider, die ihrer Zeit weit voraus gewesen waren, Herrenoutfits, die weit entfernt waren vom grauen Anzugseinerlei. Für keinen dieser Entwürfe hatte man ein offenes Ohr gehabt. Ja, man hatte nicht mal versucht, ihr zuvorzukommen oder die Modelle zu kopieren. In dem Augenblick, in dem sie das Büro ihres Chefs verlassen hatte, waren die Entwürfe schon wieder vergessen gewesen.

Katja fühlte sich erschlagen angesichts der Ideenfülle, denn einige Entwürfe hatte sie selbst längst vergessen. Dennoch fiel es ihr nicht schwer, eine Auswahl zu treffen. Selbst die modischen Verirrungen aus den Achtzigern waren inzwischen wieder in.

Mittendrin klingelte das Telefon.

Katja stieß ein unwilliges Murren aus, denn wenn sie bei der Arbeit war, ließ sie sich nur ungern stören. Aber vielleicht war es wichtig. Obwohl gestern noch ein Lottogewinn für sie eher im Bereich des Möglichen gewesen wäre, konnte es sein, dass sich Cologne Fashion meldete. Sie erhob sich und ging in den Flur.

»Hallo Katja, bist du wieder von den Toten auferstanden?«, fragte eine Männerstimme, nachdem sie abgenommen hatte.

Es war bislang noch nie passiert, dass Enrico sie anrief. Irgendwann hatte sie ihm mal ihre Nummer gegeben, in den Anfangsjahren, als sie noch glaubte, ihn erobern zu können. Danach hatte sie es vergessen, aber offenbar war der Barkeeper kein Mensch, der irgendwas wegwarf.

»Ja, es geht so«, antwortete sie. »Wenn ich in Zukunft einen Drink bei dir auslasse, dann ist es der Cosmo.«

»Madonna liebt ihn!«

»Madonna hat auch nicht einen derartigen Frust, dass sie eine unüberschaubare Menge davon trinkt.«

»Wer kann das schon mit Gewissheit sagen.«

»Auf jeden Fall sieht sie nicht so aus.« Katja betrachtete sich im Spiegel über dem Telefontischchen. Für den gestrigen Vollrausch sah sie eigentlich noch ganz passabel aus. Nicht wie Madonna, die mit dreißig aufgehört hatte, zu altern, aber die Designerin musste sich auch nicht vor ihrem eigenen Spiegelbild erschrecken.

»Du wirst ab heute auch nicht mehr so aussehen. Ich habe mir mal die Freiheit herausgenommen, dich bei Giovanni anzumelden.«

Katja erinnerte sich, das war der Friseur.

»Ich war mir nicht sicher, ob du heute Morgen noch davon weißt, also habe ich lieber selbst dafür gesorgt, dass du deinen Vorsatz in die Tat umsetzt. Um zwölf hast du einen Termin und das große Glück, dass dich Giovanni persönlich berät. Eigentlich ist so was nur wirklich Prominenten vorbehalten, aber er ist ein guter Freund und hat sich breitschlagen lassen. Außerdem liebt er Herausforderungen, also komm ihm bitte nicht mit einmal Spitzen schneiden. Begib dich ganz in seine Hände, und du wirst verzaubert sein.«

»Angesichts dieser Lobeshymne bleibt mir gar nichts anderes übrig«, entgegnete Katja und blickte auf ihre Armbanduhr. Viertel nach elf. Bei Cologne Fashion ging es jetzt sicher heiß her, doch sie war hier zu Hause und machte sich bereit, einen Friseurtermin wahrzunehmen. Für manche Frauen wäre diese Vorstellung das Paradies, ein Workaholic wie Katja dagegen war nicht so richtig froh darüber. *Was soll's*, sagte sie sich. *Dann werde ich mal genießen.*

»Dass du mir heute Abend ja vorbeischaust, damit ich das Ergebnis bewundern kann«, mahnte Enrico.

Nachdem sie es ihm versprochen und sich bedankt hatte, legte sie auf. Besonders fertig zu machen brauchte sie sich wohl nicht, Jeans, schwarzes T-Shirt und Blazer genügten. Also hatte sie noch ein paar Minuten für ihre Kleiderwahl, bevor sie sich auf den Weg in die heiligen Hallen machte.

Giovannis Salon lag in einer der feinsten Gegenden Kölns, und dementsprechend edel war er eingerichtet. Im Schaufenster hingen nicht die üblichen Plakate mit Damenfrisuren, die bereits aus der Mode waren, und perückenbewehrte Puppenköpfe waren dort ebenfalls nicht zu finden. Es gab an diesem Laden nichts Schrilles, alles war in Schwarz und Gold gehalten, und aus der Ferne blinkten einen die blanken Wasserhähne über den schwarzen Waschbecken an.

Katja hätte es nicht gewundert, tatsächlich einem Schauspieler oder einer anderen prominenten Persönlichkeit beim Ondulieren zu begegnen, aber der Laden war leer. Was nicht an den Preisen oder fehlendem Kundenzuspruch lag, sondern wahrscheinlich daran, dass Enrico ihr einen VIP-Status verschafft hatte.

Gedämpfte Musik tönte der Designerin entgegen, als sie durch die Tür trat. Sie hatte gerade Zeit für einen kurzen Rundblick über die hohen Spiegel und die geschmackvolle Wanddekoration, da kam auch schon jemand auf sie zu.

»Ah, hallo, Sie sind also Katja!«, rief der junge Mann mit dem goldenen »Giovanni«-Schriftzug auf der durchtrainierten Brust und reichte ihr die Hand.

Katja hatte eigentlich erwartet, dass er gleich über sie herfallen und ihr links und rechts einen Kuss aufdrücken würde, doch es blieb bei einem Händedruck, was sie als sehr wohltuend empfand.

»Kommen Sie, der Maestro wird gleich bei Ihnen sein!«

Ah, deshalb keine Küsschen, dachte sie. Der Bursche ist nur die Empfangsdame. Wenn auch eine verdammt süße.

Nachdem der Angestellte ihr den schwarzen Nylonumhang umgelegt hatte, verschwand er mit einem rassigen Hüftschwung, der Katja zu der Frage inspirierte, wie der Hintern des Süßen wohl aussah und wie er sich anspannte, wenn er sie rammelte. Sie spürte, wie ihre Schamlippen anschwollen und feucht wurden, doch bevor sie sich in eine Phantasie hineinsteigern konnte, erschien der Maestro persönlich. Giovanni war daran zu erkennen, dass er kein Shirt mit seinem Namenszug trug, sondern ein leger sitzendes Hemd und schwarze Jeans. *Ein Bild von einem Mann!,* ging es Katja durch den Kopf, und erneut reagierte ihre Pussy. Doch sie war nicht hier, um zu vögeln, sondern um sich in Gina Bergström zu verwandeln.

»Hi, ich bin Giovanni«, sagte der Haarkünstler und reichte ihr ebenfalls nur die Hand. »Enrico hat mich angerufen.«

Katja nickte. »Ja, er meinte, Sie seien ein Zauberer auf Ihrem Gebiet.«

Das hatte der Barkeeper zwar nicht so gesagt, aber sie konnte Giovanni ansehen, dass ihm die Formulierung schmeichelte.

»Wenn er das meint, dann ist es auch so«, entgegnete der Friseur und stellte sich hinter sie.

Ein erregender Moschusduft ging von ihm aus, Katja tippte auf irgendein italienisches Rasierwasser. Unverwandt griff er ihr in die Haare, wühlte eine Weile darin herum und fragte dann: »Was kann ich für Sie tun?«

Katja kam sich ein wenig seltsam vor. Bisher war sie auf ihr rotes Haar stolz gewesen, doch für ihre Verwandlung musste es natürlich anders werden.

»Wie würden Sie sich eine Frau namens Gina Bergström vorstellen?«, fragte sie statt einer Antwort und sah, dass er verwundert die Augenbrauen hochzog.

Doch weil er ein Profi war, der allerhand Merkwürdigkeiten von seiner Kundschaft gewöhnt war, antwortete er nur: »Sie wollen sich also komplett verändern?«

Katja nickte. »Ja, komplett.«

»Nun, ich denke, das bekommen wir hin.« Mit diesen Worten griff er nach seiner Scherentasche, die ihm um die Hüften hing, zog einen Kamm hervor und begann mit seiner Arbeit.

Zwei Stunden später konnte die Designerin Gina Bergström ins Gesicht blicken. Sie trug einen kurzen tiefschwarzen Lockenbob (von dem ursprünglich geplanten schwedischen Blond hatte ihr Giovanni abgeraten, weil sie sonst ein rotes Gesicht bekommen hätte) und blickte ein wenig verschreckt drein. Die Augenbrauen und Wimpern hatte ihr der Figaro natürlich gleich mitgefärbt, und sie musste zugeben, dass er recht gehabt hatte – ihre Haut wirkte kein bisschen rot, im Gegenteil, sie hatte jetzt eine milchige Blässe, wie sie für die aktuelle Mode gerade angesagt war.

Ihre grünen Augen strahlten regelrecht, und wenn sie ihren Lippen einen Kupferton verpasste, würde sie sicher keine Probleme haben, den einen oder anderen Kerl bei dem Kurs zu verführen.

Doch bevor sie das tun konnte, sollte sie vielleicht erst einmal ausprobieren, wie sie im Allgemeinen auf die Männerwelt wirkte. Natürlich nicht auf die Kerle, die auf der Straße an ihr vorbeigingen, sondern auf etwas Frisches, an dem sie vielleicht auch gleich handgreiflich werden konnte …

Der Bursche im Copyshop war vielleicht Anfang zwanzig. Katja vermutete, dass er ein Student war, der sich am Nachmittag etwas dazuverdiente. Er wirkte noch etwas grün hinter den Ohren, genau die Sorte Mann, die sich von Frauen noch ziemlich leicht beeindrucken ließ. An ihm wollte sie ihren neuen Look testen. Sie trat unter dem Gebimmel der Türglocke ein und schenkte ihm ein strahlendes Lächeln.

»Hallo, ich brauche eine Kopie von allem, was hier drin ist«, sagte sie und schob ihm ihre Mappe über den Tresen. Es waren die Unterlagen, die sie verschicken wollte und die sie kurz vor ihrem Gang zu Giovanni zusammengestellt hatte.

Der Junge blickte sie wie versteinert an. War er so entsetzt von ihrem Aufzug, oder fragte er sich, wie alt sie war? Konnte es sein, dass bloß sie selbst glaubte, jünger auszusehen? Oder war er einfach nur überwältigt von ihrer Erscheinung?

»Einmal?«, fragte er schüchtern und griff mit zitternden Fingern nach der Mappe.

Katja nickte. »Ja, einmal.«

Der junge Mann starrte sie noch eine Weile an, dann ging er zu dem Kopierer hinüber. Wenig später erwachte das Gerät mit einem schrillen Summen zum Leben. Das Kopieren nahm einen Moment in Anspruch, und währenddessen musterte Katja den Jungen genauer. Er war hochgewachsen und schlank, hatte beachtliche Muskeln an den Armen, ein hübsches Gesicht und einen Knackarsch. Sicher war er sich dessen gar nicht bewusst, aber wenn er erst ein bisschen älter war, würde er jede haben können, die er nur ansah.

Zwischendurch blickte er immer wieder zu ihr auf, und Katjas langjährige Erfahrungen mit derart jungen Männern, die für sie über den Laufsteg geschwebt waren, sagte ihr, dass er sie zumindest geil fand. Vielleicht malte er sich gerade aus, wie er sich auf ihren Anblick hin einen runterholte, wie er seinen Schwanz umfasste und ihn mit hektischen Bewegungen rieb, bis der Samen aus ihm hervorschoss wie aus einem Springbrunnen. Vielleicht stellte er sich auch gerade vor, in welcher Stellung er es mit ihr treiben würde, wenn er nur könnte.

Katja wusste genau, was sie mit so einem Burschen tun würde, wenn sie nur die Zeit dazu hätte. Sie würde sich von ihm lecken lassen, bis sein Gesicht von ihren Säften glänzte, dann würde sie ihn mit ihren Seidenstrümpfen fesseln und ihn reiten, bis er vor Lust wimmerte und das Gefühl hatte, dass sie ihm jeden Moment den Verstand aus dem Kopf pustete.

Plötzlich kam ihr eine Idee, und als der Junge mit dem Kopieren fertig war und sich noch immer kein neuer Kunde eingefunden hatte, beschloss sie, den Gedanken in die Tat umzusetzen. Wenn sie das schaffte, dann konnte sie auch den Kursteilnehmern etwas vorgaukeln.

Der Junge legte die Originalmappe auf den Tresen und die Kopien darauf, dann sagte er: »Das macht drei Euro.«

»Kann ich auch in Naturalien bezahlen?«, fragte sie und leckte sich über die Lippen.

Ihr Gegenüber schluckte. Offenbar hatte er nur zu gut verstanden, was sie damit meinte.

»Ich weiß nicht …«, entgegnete er, für den Fall, dass er einem Missverständnis aufgesessen war.

Doch Katja machte ihm schnell deutlich, dass sie beide ein und dasselbe meinten. Entschlossen trat sie neben ihn und griff ihm ungeniert zwischen die Beine. Was sie da fühlte, war zwar nicht ganz so viel wie bei Philipp, aber mehr als bei manchen anderen Männern.

»So ein kleiner Fick im Hinterzimmer müsste doch als Bezahlung genügen, oder?«

Katja gefiel es, die Hure heraushängen zu lassen. Und dem Jungen gefiel es anscheinend auch. Rasch blickte er zur Tür hinüber, als fürchte er, dass jemand hereinkäme, aber als Katja an ihm vorbeiging, warf er all seine Bedenken über Bord und folgte ihr.

Sie war froh, dass sie zu Hause einen Anfall von Eleganz gehabt und sich einen Rock angezogen hatte, so konnte sie nun ihr Vorhaben leichter in die Tat umsetzen. Das Hinterzimmer war spärlich möbliert, es gab einen Schrank, ein Bord für die Kaffeemaschine und einen Tisch. Darauf setzte sie sich lasziv. Sie überlegte, ob sie ihr Höschen ausziehen sollte, doch es sollte eine schnelle Nummer werden, und da durften sie keine Zeit verlieren.

Der Junge blickte ein wenig verschüchtert drein, als sie die Schenkel öffnete, aber sein Schwanz schien besser als sein Verstand zu wissen, was gut für ihn war. Nachdem er realisiert hatte, dass er hier eine Chance geboten bekam, die sich vielleicht nie wieder auftun würde, begann er, hastig an seiner Hose zu nesteln.

Was er daraus zutage förderte, konnte sich durchaus sehen lassen. Stattlich, dick und mit glänzender roter Eichel. Katja genoss den Anblick einen Moment lang, dann befahl sie ihn zu sich. Sie hatte es sich angewöhnt, für alle Fälle Kondome dabeizuhaben, und da es sich um einen Quickie handelte, kam es noch nicht einmal auf die Sorte an. Sie rollte dem Burschen ein passendes über und schob ihren Tanga beiseite, damit er einen Blick auf ihre nasse Möse werfen konnte.

»Na los, worauf wartest du? Wenn die Türglocke bimmelt, musst du fertig sein.«

Das ließ sich der Junge nicht zweimal sagen. Er stellte sich in Positur und drang in voller Länge in sie ein.

Genießerisch schloss Katja die Augen. Was für ein Schwanz! Sie schlang ihm die Schenkel um die Hüften und vergrub die Fingernägel in seinem Hintern, der so stramm war, als würde er ihn mit pausenlosem Vögeln trainieren. Seine Stöße waren hart und gleichmäßig, ganz unbeleckt schien er also nicht zu sein. Als er einen Moment lang nicht wusste, wo er mit den Händen hinsollte, schob er sie ihr kurzerhand unter das Shirt und begann, ihre Brüste zu kneten. Auch dabei stellte er sich nicht ungeschickt an, und er wusste sogar, dass es sie anmachte, wenn er ihre Nippel zwischen Daumen und Zeigefinger rollte.

Sie fickten vielleicht eine, vielleicht zwei Minuten, und der Junge war so vertieft in seine Stöße, dass er zwischendurch gar nicht mitbekam, wie Katja kam.

Der Orgasmus war hart und überfiel sie rasch, es war einer von der Sorte, die man im Doppelpack erleben wollte. Katja bekam ihn doppelt. Zuckend schloss sich ihre Pussy um den harten Lustprügel in ihr, und gleichzeitig spürte sie, dass auch er so weit war.

Nass geschwitzt und mit glühend roten Wangen sah er sie schließlich an. Just in dem Augenblick bimmelte die Türglocke. Der Junge brauchte eine Weile, bis er die Fassung wiedererlangt hatte, und Katja beobachtete amüsiert, wie er das Kondom von seinem schlaffen Penis zog und den Kerl in seiner Jeans verstaute.

Die frisch eingetroffene Kundschaft bewahrte die Designerin davor, irgendwas zu sagen oder gar in die Verlegenheit zu kommen, auf die Frage nach einem Wiedersehen antworten zu müssen. Der Junge blickte zwischen Tür und ihr hin und her, als könnte er sich nicht entscheiden, und erst, als Katja ihm zunickte, stürmte er nach draußen. Wenn der Kunde oder die Kundin eine feine Nase hatte, würde sie das Sperma an ihm riechen, denn er hatte keine Zeit gehabt, sich den Schwanz abzuwischen. Das volle Kondom hatte er einfach auf den Tisch gelegt. Wenn jetzt jemand auf Samenraub aus gewesen wäre, hätte sich der Bursche in neun Monaten auf eine Vaterschaftsklage freuen können. Aber Katja hatte nichts dergleichen im Sinn.

Als sie vom Tisch herunterstieg, meinte sie, ihn noch immer zu spüren – sogar ohne Prickelnoppen. Vielleicht würde sie diesem Laden noch einmal einen Besuch abstatten, aber jetzt war es Zeit zu gehen. Die Unterlagen mussten noch heute zur Post, und dann hieß es warten.

Sie huschte aus dem Hinterzimmer, warf noch einen flüchtigen Blick auf den Jungen und die Frau, die er gerade bediente und die sie wohl für eine Angestellte hielt, und verließ dann den Copyshop. Die erste Feuerprobe hatte sie bestanden, auch wenn es dem Burschen sicher egal war, ob vor der Null bei ihr eine Zwei, Drei oder Vier stand.

Auch wenn Katja es eigentlich nicht wollte, fischte sie ihr Handy aus der Tasche. *Nur mal schnell nachsehen, ob Enrico mir geschrieben hat. Oder Mona,* versuchte sie sich einzureden, dabei wusste sie sehr gut, warum sie wirklich nachschaute. In ihrer Personalakte von Cologne Fashion hatte auch ihre Handynummer gestanden. Wenn Philipp wenigstens ein Mindestmaß an Reue verspürte oder ihr erklären wollte, warum er nichts gegen ihre Entlassung hatte tun können, würde er die Nummer finden und ihr schreiben können. Katja wäre in diesem Augenblick sogar froh gewesen, wenn er sie per SMS zu einem netten Abend in die Bar eingeladen hätte.

Als sie das Handy aufklappte, entdeckte sie tatsächlich eine Nachricht auf ihrem Display und verspürte ein kurzes, erwartungsvolles Brennen in der Magengegend. *Philipp?* Doch das Gefühl löste sich schnell in Ernüchterung auf, denn es war lediglich ihr Handyprovider, der ihr mitteilte, dass die Rechnung für den vergangenen Monat nun online bereitstand.

Für einen kurzen Moment war Katja so zornig, dass sie das Telefon am liebsten weggeworfen hätte, aber dann besann sie sich darauf, dass es ein Designerhandy war und man die Kunst eines – wenn auch entfernten – Kollegen nicht zerstören durfte. Also steckte sie es in die Tasche zurück und ging mit den Mappen unterm Arm zum nächsten Postamt.

Obwohl sie es Enrico schuldig gewesen wäre, sich bei ihm blicken zu lassen, damit er Giovannis Meisterwerk begutachten konnte, entschloss sich Katja, an diesem Abend zu Hause zu bleiben. Wie schon Stunden zuvor, als sie auf dem Handy vergeblich nach einer Nachricht Ausschau hatte, wollte sie nicht zugeben, dass sie es wegen Philipp tat, aber genau so war es. *Vielleicht kommt er ja doch,* raunte ihr eine kleine Stimme zu. *So, wie du ihn gestern erlebt hast, kann er unmöglich ein Herz aus Stein haben.*

Katja bestellte sich etwas vom Chinesen, ignorierte, dass der Lieferant alles andere als ein sexy Bursche war, und hockte sich mit den heißen Pappverpackungen auf das Sofa. Irgendwie kam sie sich seltsam ausgeschlossen vor. Sie war immer das Erfolgsweibchen gewesen, die Macherin, die sich nehmen konnte, was sie wollte. Sie hatte bisher kaum einen Gedanken daran verschwendet, wie es weitergehen sollte, denn das wusste sie ja. Heute waren diese Gedanken allerdings da, und obwohl sie bereits eine neue Richtung eingeschlagen hatte, wusste sie dennoch nicht, was daraus werden würde. Was aus ihr werden würde. Würde sie an frühere Erfolge anknüpfen können oder am Ende in irgendeiner Schneiderei landen, wo sie tagtäglich dieselben langweiligen Hosen nähte? Würde man sie als Designerin in einer Massenbekleidungskette haben wollen, wo es kaum fröhlicher zugehen und sie wesentlich weniger verdienen würde?

Das Brummen eines Wagenmotors riss sie schlagartig aus ihrer Grübelei. Katja hatte ein gutes Ohr für Fahrzeuge, deshalb erkannte sie sofort, dass gerade mehr als die üblichen neunzig PS die Straße hinaufgebraust kamen. War das etwa Philipp?

Mit einer Mischung aus Zorn und freudiger Erwartung stellte sie ihr Hühnchen süßsauer auf den Couchtisch und huschte zum Fenster. Tatsächlich erblickte sie wenig später das Dach eines schwarzen Sportwagens, der jedoch keine Anstalten machte zu halten. Beim zweiten Hinsehen musste Katja feststellen, dass es nicht Philipps Wagen war. Warum hatte sie eigentlich geglaubt, dass er kommen würde? Warum bekam sie diesen verdammten Bastard nicht aus dem Kopf? Er hatte eine einzige Nacht mit ihr verbracht. Eine gute, das musste sie zugeben, aber es war und blieb nur eine. Die Gesichter der Männer vor ihm waren bestenfalls Schemen, er dagegen wollte ihr einfach nicht aus dem Kopf gehen. Schlimmer noch, sie knüpfte Erwartungen an ihn. Seit sie ihn in dem Sitzungssaal gesehen hatte und ihm damit zum zweiten Mal begegnet war, wollte sie, dass er sich erklärte. Er sollte ihr sagen, dass er nichts von ihrer Kündigung gewusst hatte, dass er nicht geahnt hatte, wer sie war.

Aber neben der Handynummer gab es auch ein Bild in ihrer Kartei. Der Gedanke, dass Philipp sogar schon vor dem Betreten der Bar gewusst haben könnte, wer sie war, biss in ihre Seele wie das Maul eines Pitbulls. Wütend griff Katja nach dem Kissen auf dem Sessel neben ihr und feuerte es in Richtung Tisch. Die Pappschachteln verfehlte sie gerade noch, fegte dafür aber die Fernbedienung ihres Fernsehers vom Tisch. Das Ding fiel so unglücklich herunter, dass sich das Gerät nicht nur anschaltete, sondern auch gleich auf einem Kanal landete, der zu vorgerückter Stunde die richtig scharfen Streifen zeigte.

Normalerweise war Katja um diese Uhrzeit bereits mit einem Kerl live in Action, doch was da über den Bildschirm flimmerte, hatte durchaus seinen Reiz. Eine Blondine mit sichtlich aufgepimpten Brüsten lutschte gerade an dem geradezu überdimensionalen Schwanz ihres Filmpartners. Die Designerin musste zugeben, dass sie solch einen dicken Prügel noch nie zu Gesicht bekommen hatte. Ihre Lover waren zwar alle nicht schlecht bestückt gewesen, aber kein einziger hatte solch ein riesiges Ding gehabt. Die Blonde musste den Mund schon ziemlich weit aufreißen, um ihn sich einzuverleiben. Und damit nicht genug. Während sie vor ihrem Partner kniete und den Hintern in die Luft reckte, kam aus dem Gebüsch (die Szene spielte in irgendeinem englischen Garten) ein zweiter Mann, der ebenfalls einen monstermäßigen Ständer hatte. Ohne Umschweife trat er hinter sie und rieb ein wenig zwischen ihren Beinen, als wäre das der Geheimcode dafür, ihn einzulassen. Dann drang er in einem Rutsch in sie ein – und zwar vollständig!

Katja schnappte unwillkürlich nach Luft. Das Geschehen fesselte sie so sehr, dass sie das Chinafood auf der Stelle vergaß. Eigentlich war es eine höchst männliche Angelegenheit, sich zu einem Porno einen runterzuholen, aber so, wie die Blondine von vorn und hinten gleichzeitig gefickt wurde, konnte Katja nicht anders, als eine Hand in ihr Höschen zu schieben. Kitzler und Schamlippen schwammen bereits in ihrem eigenen Honig, und obwohl ihre zarten Finger keinesfalls die Dicke der beiden Fernsehschwänze erreichten, schob sie zwei von ihnen in ihre nasse Pussy und drückte den Daumen auf ihre Klit.

Die Blonde wurde inzwischen von den Stößen ziemlich heftig durchgeschüttelt, und bei jedem Mal glitt der Schwanz des ersten Mannes tiefer in ihren Mund. Katja wünschte sich ein kleines bisschen an die Stelle der Frau, auch wenn das Gezeigte pure Show war. Mit zwei Männern gleichzeitig hatte sie es noch nie gemacht, und erst jetzt fiel ihr ein, dass sie eigentlich prüde war, indem sie immer nur einen zur Zeit mitgenommen hatte. Das würde sie ändern, sobald sie wieder wusste, wo es beruflich langging.

Wie die Szene ausging, bekam sie nur beiläufig mit, denn der Orgasmus erfasste sie rasch und hart und riss sie hinein in einen verführerisch riechenden Traum von neuen Männern und neuen Chancen.

Als sie wieder nach der Packung mit dem Hühnchen griff, war Philipp fürs Erste aus ihren Gedanken verschwunden. Die drei auf dem Bildschirm waren mittlerweile wieder angezogen und unterhielten sich über irgendwelche Belanglosigkeiten. Katja brachte dem Gespräch genauso wenig Aufmerksamkeit entgegen wie die Männer, die nur eine kleine Verschnaufpause brauchten, um anschließend wieder zur Höchstform aufzulaufen.

4. Kapitel

Schubrakete

3 cl Bananengeist
4 cl Korn-Cola
1 Eiswürfel

Mischungsverhältnis Korn-Cola: 1:1,
die Zutaten vorsichtig vermischen
und über den Eiswürfel gießen.

Eine Woche später erhielt Katja Bescheid von Berger & Partner. Der Umschlag war ziemlich dick, weshalb sie zunächst glaubte, sie hätte ihre Unterlagen wieder zurückbekommen, doch nachdem sie das braune Papier aufgerissen hatte, purzelten ihr einige Formulare, ein DIN-A4-Prospekt über das Unternehmen, eine Hotelbuchung und zwei Fahrkarten entgegen.

Die Designerin konnte ihr Glück kaum fassen. Sie war tatsächlich angenommen worden. Man schrieb ihr sogar, dass man ihre Kreationen besonders interessant finde und sich auf ihre Teilnahme freue.

Noch am selben Abend ging Katja ins La Fleur, allerdings mit der Maßgabe, sich nicht lange dort aufzuhalten, denn sie musste noch packen und konnte sich nur einen schnellen Drink zur Happy Hour gönnen.

Für einen kurzen Moment fürchtete sie, Philipp könnte dort sein, aber als sie eintrat, erblickte sie nur die üblichen

Verdächtigen, die sich um diese Zeit immer hier herumdrückten. *Geschäftsleute, die ihren Job noch haben,* biss die Häme in ihr um sich. Doch nachdem der Tag so gut gelaufen war und sie nicht mit dem schlimmsten One-Night-Stand aller Zeiten konfrontiert war, fiel es ihr leicht, den Ärger zu unterdrücken und nach vorn zu schauen.

»Ah, da ist ja meine Lieblingskundin!«, rief Enrico und kam sogleich zu ihr. »Was gibt es Neues außer deiner Frisur? Giovanni hat sich ja mal wieder selbst übertroffen!« Er langte über den Tresen und zupfte zufrieden an ein paar Strähnen herum.

Katja ließ es sich lächelnd gefallen und genoss seine Bewunderung, denn sie wusste, dass Enrico ihr immer die Wahrheit sagte, besonders, wenn es das Aussehen betraf. »Ja, das hat er, und in Zukunft werde ich mich auch bei keinem anderen Friseur mehr blicken lassen.«

Als Enrico von ihr abgelassen hatte, schob ihm Katja grinsend den Umschlag mit der Zusage entgegen. »Wo du schon fragst, ich fahre morgen nach Borkum, dort wird der Kurs stattfinden.«

»Borkum, Nordsee, morgen?«, feuerte Enrico die Wörter heraus wie bei einer Quizshow, bei der es um das schnelle Nennen irgendwelcher zusammengehörender Begriffe ging.

Katja nickte. »Ja, genau!«

»Ist das nicht eine Kurinsel?«

»Keine Ahnung, aber wenn, wird es sicher eine Kurinsel für Gutbetuchte sein, denen wir mit unseren Ergüssen das Geld aus dem Kreuz leiern können. Außerdem schreiben die Veranstalter, dass es zum Abschluss eine große Gala geben wird. Sofern Außenstehende teilnehmen können, lade ich dich ein.«

»Allerdings nur, wenn es ein paar hübsche Models

gibt, bei denen ich eine Chance hätte. Die Modeleute sind bekanntlich ziemlich wählerisch, was das Aussehen angeht.«

»Glaub mir, nach dir würden sich die Jungs alle elf Finger lecken.«

Enrico lächelte geschmeichelt. »Danke, du bist zu lieb. Dafür werde ich dir jetzt auch was Gutes tun.«

Bevor sie etwas dazu sagen konnte, wirbelte er herum und verschwand in den Tiefen der Bar, wo er irgendwelche Flaschen hochwarf und den Inhalt zusammenschüttete. Katja hoffte nur, dass es keine Mischung war, die ihr wieder den Boden unter den Füßen wegzog, immerhin musste sie morgen früh raus. Um kurz vor zehn fuhr ihr Zug, und wenn alles gutging und die Fähre keine Panne hatte oder sank, war sie gegen vier Uhr nachmittags auf Borkum und konnte sich die Robben anschauen, die sich laut Prospekt am Strand tummelten.

»Trink, das geht aufs Haus«, riss Enrico sie aus ihren Gedanken fort und schob ihr ein Glas mit einer Flüssigkeit hin, die aussah wie Spezi, einem Gemisch aus Cola und Orangenlimo.

»Denkst du, ich bin unter die Abstinenzler gegangen?«, fragte Katja, obwohl es ihr nicht unrecht gewesen wäre, wenn der Drink keinen Alkohol enthalten hätte.

Enrico grinste frech. »Nach deinem Abgang neulich würde ich es dir dringend empfehlen. Aber keine Bange, da ist Alkohol drin. Das Zeug nennt sich Schubrakete. Damit du abgehst wie eine.«

»Wenn das so ist!« Katja prostete ihm zu und nahm einen tiefen Schluck. Tatsächlich schmeckte der Drink besser als gedacht. Cola war zwar drin, aber auch viel Alkohol und ein leichtes Bananenaroma. Nichts, was sie jeden Tag trinken müsste, doch allein wegen des Namens und des Anlasses war die Mischung es wert, geschätzt zu werden.

Während sie spürte, wie der Cocktail eine angenehme Wärme in ihrem Magen verbreitete, ließ sie ihre Gedanken voraus nach Borkum eilen. Ob es dort ein paar stramme Matrosen mit großen Mastbäumen zwischen den Schenkeln gab? Katja fand die Vorstellung, dass sie dort oben niemanden kannte, überaus erregend, daher beschloss sie, alles mitzunehmen, was sich ihr bot.

Am nächsten Morgen holte wieder mal Hans sie ab, allerdings würde er diesmal nicht so leicht erraten können, wohin sie wollte. Katja hatte eine Reisetasche und einen kleinen Rucksack bei sich, der ebenso gut zum Trekking-Urlaub passte wie zu einer Reise in die Karibik.

Dass sie nicht auf Geschäftsreise ging, war aufgrund ihres saloppen Outfits leicht zu erraten, sie trug Jeans, ein Shirt mit Glitzerdruck und eine Windjacke. Anstelle der Brille hatte sie Kontaktlinsen an, und anlässlich ihrer Verwandlung in Gina Bergström hatte sie auch gleich ihren Linsenvorrat aufgestockt, aber das erstaunte Hans sicher weniger als der Rest.

Als er ausstieg, um ihre Taschen zu verstauen, zog er überrascht die Augenbrauen hoch. »Frau Weber?«

Glücklicherweise befanden sie sich noch nicht auf Borkum, denn dort hätte Katja strikt geleugnet, sie selbst zu sein. »Ja, die bin ich.«

»Sie sind ja nicht wiederzuerkennen!« Mittlerweile war eine Woche vergangen, dass sie sich gesehen hatten, denn seit der Sache mit der Kündigung hatte sie die Dienste des Taxifahrers nicht mehr in Anspruch genommen.

»So soll es auch sein«, entgegnete sie fröhlich.

»Warum?« Hans nahm ihr das Gepäck aus der Hand und betrachtete sie noch einen Moment lang fassungslos.

»Das erzähle ich Ihnen auf dem Weg zum Bahnhof.«

Der Taxifahrer verstaute die Tasche und den Rucksack im Kofferraum und schwang sich dann wieder auf den Fahrersitz. So schnell, wie er sich anschnallte, schien er ziemlich neugierig auf den Grund ihrer Verwandlung zu sein.

Nachdem Katja die Tür zugezogen hatte, spannte sie ihn nicht länger auf die Folter. »Ich bin entlassen worden und suche nun nach einem neuen Betätigungsfeld.«

Das war der zweite Schreck für den Taxifahrer, über den er beinahe vergaß, beim Ausparken in den Seitenspiegel zu blicken. Der Fahrer des Golf, der haarscharf an ihm vorbeizog, hupte wie ein Wilder und brachte Hans wieder zur Besinnung.

»Die haben Sie rausgeworfen?«, wiederholte er, nachdem er sich in den fließenden Verkehr eingefädelt hatte.

»Ja, das haben sie. Mit der Begründung, ich würde nicht zu der neuen Firmenphilosophie passen. Da muss ich mir eben etwas anderes suchen.« Katja versuchte, so locker wie möglich zu klingen, aber der Ärger in ihrem Inneren fühlte sich plötzlich wieder an, als wäre er mit einem Mixer aufgeschäumt worden.

»Was haben Sie jetzt vor? Wollen Sie etwa aus Köln fortziehen?«

»Keine Ahnung«, entgegnete die Designerin wahrheitsgemäß. »Jetzt fahre ich erst einmal eine Woche auf einen Lehrgang. Mir den Staub aus dem Getriebe pusten lassen. Danach sehe ich weiter.«

»Sie wissen schon, dass ich eine gute Kundin verliere, wenn Sie fortgehen.«

»Noch bin ich ja hier. Und wenn es Ihnen hilft, können

Sie gern einen Umweg zum Bahnhof fahren, einen kleinen Zeitpuffer habe ich noch.« Sie zwinkerte dem Taxifahrer lächelnd zu, fühlte sich jedoch innerlich zum Heulen. Was war, wenn sie wirklich fort musste? Natürlich hatten andere Städte ebenfalls ihren Charme, und vielleicht würde sie ja sogar in Paris landen, dem Modezentrum, aber Köln war nun mal zu ihrer Heimat geworden.

Unsinn!, schalt sie sich sogleich. *Genau deshalb glaubt die Chefetage, dass du dich dem jungen Team nicht anpassen kannst! Auf Borkum wirst du dein Ding durchziehen und danach auch, und schöne Männer gibt es überall. Also heul hier nicht rum!*

»Nee, nee, ich fahre Sie direkt zum Bahnhof, das ist Ehrensache. Und weil Sie rausgeflogen sind, auch umsonst.«

Katja wollte protestieren, doch das ließ Hans nicht gelten. »Keine Widerrede!«, fuhr er sie an, als sie die Hand hob. »Sie haben mir in den ganzen Jahren so viel Geld gebracht, da kann ich auch mal was für Sie tun.«

Katjas Lächeln war nun wieder ehrlich. Es gab also noch Menschen, die sie mochten. Wer weiß, vielleicht wäre sie ja auch eine ganz passable Taxifahrerin. Doch vorher wollte sie austesten, ob sie als Fünfunddreißigjährige durchging – und ob sie noch genug Kreativität in sich hatte, um einen Neuanfang zu wagen.

Am Bahnhof herrschte die übliche morgendliche Geschäftigkeit. Die Taxis drängten sich auf dem Bahnhofsvorplatz, so dass Katja nur wenige Minuten blieben, um sich von Hans zu verabschieden und ihre Tasche aus dem Kofferraum zu holen.

»Mach et joot!«, rief er ihr auf Kölsch nach, und nachdem Katja ihm noch einmal zugewinkt hatte, tauchte sie in das Gewühl der Wandelhalle ein. Die S-Bahnen auf Bahnsteig elf und zwölf fuhren regelrecht um die Wette und spien Personenladung um Personenladung aus. Dementsprechend dicht gedrängt ging es auf den Treppen zu. Die Stufen zu den Ferngleisen waren verhältnismäßig leer, was sich gewiss gleich änderte, denn in diesem Augenblick fuhr mit ohrenbetäubendem Getöse ein Zug ein. Der ICE aus Frankfurt, wie die Stimme der Bahnhofssprecherin auf Deutsch und Englisch verkündete.

Die Designerin überlegte, ob sie sich noch etwas zu essen mitnehmen sollte, eine von diesen schrecklich fettigen Pizzataschen vielleicht oder ein paar völlig überteuerte Muffins. Doch wenn sie ehrlich war, hatte sie vor lauter Vorfreude gar keinen Hunger, daher entschloss sie sich, gleich auf den Bahnsteig zu gehen.

Köln war eine große Stadt, aber gewissermaßen auch ein Dorf. Katja war es schon öfter passiert, dass sie irgendwelche Leute, die sie kannte, an irgendwelchen Plätzen, an denen sie es niemals erwartet hätte, wiedergetroffen hatte. Während sie vor der Tafel mit der Wagenfolge Aufstellung nahm, die Taschen zu ihren Füßen, ließ sie den Blick erst über den Bahnsteig und danach über die benachbarten Gleise streifen. Noch konnte sie kein bekanntes Gesicht ausmachen, doch es gefiel ihr, sich vorzustellen, dass jemand an ihr vorbeigehen könnte, ohne sie wiederzuerkennen. Oder sich zumindest fragen würde, woher er sie kannte.

Ein paar junge Männer schlenderten vorüber, und an den Tragegestellen auf ihrem Rücken war zu erkennen, dass sie eine längere Reise vor sich hatten. Katja fragte sich, ob es Studenten waren, und dabei fiel ihr ein, dass sie gar keine Ahnung mehr hatte, wie die Semesterferien oder überhaupt irgendwelche Schulferien lagen.

Einer der Wanderburschen blickte sich nach ihr um und

lächelte sie an. Er war blond, hatte einen Dreitagebart und ein beinahe unverschämtes Lächeln. Katja ließ den Blick an seinem Körper hinabschweifen und bemerkte sofort die gut ausgeprägten Beinmuskeln und den ansprechend geformten Hintern. Damit bekam er von ihr ein glattes Ja auf der Sexliste.

Weitere Reisende kamen hinzu, und der Bahnsteig füllte sich allmählich. Eine Horde Geschäftsleute drängte sich unter die Wartenden.

Katja zuckte zusammen, als sie in einem der Männer Philipp zu erkennen meinte. Nicht nur der Anzug ähnelte ihm, auch die Frisur und die Haarfarbe. Doch als der Fremde den Kopf zur Seite drehte, erblickte sie einen Schnauzbart auf der Oberlippe. Seine Augen waren dunkel, und Katjas erster Eindruck war, dass er vielleicht Franzose sein könnte.

Auch er bekam von ihr ein Ja, besonders dann, wenn er gut mit der Zunge umgehen konnte. Sie hatte mal einen bärtigen Lover, der auf Cunnilingus stand, und noch heute wurde sie unwillkürlich feucht, wenn sie daran dachte, wie seine Barthaare ihre Klit gekitzelt hatten, während er sie mit seiner kräftigen Zunge fickte. Auch jetzt spürte sie wieder das Verlangen nach ihm, und offenbar starrte sie den Mann so bohrend an, dass er es spürte. Der Fremde sah auf, ihre Blicke trafen sich einen Moment lang, und Katja konnte nicht anders, als herausfordernd die Lippen zu öffnen. Diese Geste zog, denn der Mann wandte sich nicht ab, sondern starrte sie weiterhin an. Katja fragte sich, ob er sich gerade vorstellte, wie sie ihm mit diesen Lippen einen blies, wie sie ihm mit der Zunge über die Eichel strich und sich dann an seinem Schaft festsaugte. Wie er ihren Mund fickte, sie seine Hoden massierte und schließlich sein Sperma schluckte, das sich in ihren Mund ergoss wie ein sahniger Cocktail …

Die Bahnhofsdurchsage holte sie aus dem erregenden Tagtraum fort, und auf einmal merkte sie nicht nur, dass sie sich genießerisch über die Lippen geleckt hatte, sondern der Bartträger war ebenfalls verschwunden. Hatte er womöglich geglaubt, dass sie den Verstand verloren hatte?

»Meine Damen und Herren, an Gleis acht fährt ein der Intercity vier-drei-eins von Luxemburg nach Borkum-Reede, über Koblenz, Köln und Münster …«

Wenige Augenblicke später rauschte der Zug heran, und Katja hatte keine Zeit mehr, länger darüber nachzudenken. Sie griff nach Rucksack und Tasche und stieg ein.

Die Reisenden, die bereits in dem Zug saßen, schenkten ihr entweder keine oder nur beiläufig Beachtung. Es dauerte eine Weile, bis sich der Strom der Zugestiegenen auf die einzelnen Wagen verteilt hatte.

Die Designerin fand ihren Platz in Wagen sieben, einem Abteilwagen, der die beste Zeit schon hinter sich zu haben schien. Hier war die Sitzplatzsituation überschaubar. Einige Plätze waren besetzt, aber zwischendrin waren noch einige Sitze frei.

Nach einem neuerlichen Blick auf ihre Platzkarte gelangte Katja schließlich zu ihrem Abteil. Zu ihrer großen Überraschung saß kein einziger Passagier darin. Ein seltsamer Geruch nach Gummi und Fußmattenreiniger schlug ihr entgegen. Die Sitze waren blau und erinnerten ein wenig an Zahnarztstühle. Das Lindgrün, in dem die Abteilwände gestrichen waren, versprühte den sterilen Charme einer Chirurgiepraxis.

Kaum hatte sie ihr Gepäck auf die Ablage geworfen, fuhr der Zug an. Die wenigen zurückgebliebenen Passagiere huschten an ihr vorbei und verschwanden schließlich, als der Zug die glasüberdachte Bahnsteighalle verließ.

Katja blieb am Fenster stehen und warf einen letzten kurzen Blick auf die beiden Domtürme. Der Vergleich mit spitzen Titten, den sie schon im Traum gehabt hatte, erschien ihr in diesem Augenblick ein wenig gotteslästerlich, aber irgendwie erinnerten sie die Dinger an den BH von Madonna, der seinerzeit einen Skandal ausgelöst hatte.

In Deutz nahmen schließlich die grauen Wohnblöcke zu, und von hier war der Dom nicht mehr auszumachen. Katja ließ sich auf ihren Sitz fallen und blickte sich im Abteil um. Es war einer der alten Waggons, die früher einmal als Interregio durch das Land gerollt waren. Die Bahn hatte sie ein wenig modernisiert, aber wie man aus einer Sumpfralle keinen Schwan machen konnte, so konnte auch dieser Wagen nicht seine ursprüngliche Verwendung verhehlen.

Es geschah sicher selten, dass ein Abteil nur einen Fahrgast hatte. Katja hatte nicht auf die Reservierungskärtchen an der Tür geblickt, aber sie hoffte inständig, dass sie noch ein wenig Begleitung bekommen würde. Vielleicht einen netten Mann oder zumindest jemanden, der mit seinen Kindern nicht ständig Uno spielen musste. Ihre Wunschkandidaten waren natürlich der Franzose (den sie so nannte, ohne es genau zu wissen) und der Bursche mit dem Dreitagebart, doch niemand fand sich ein.

Der Zug verließ schließlich Köln, und nach der üblichen Durchsage, bei der die Passagiere an Bord begrüßt wurden, rauschte er seinem nächsten Haltepunkt entgegen. Katja saß einen Moment lang unschlüssig da, dann entschied sie sich, die Zeit bis zum Erscheinen des Schaffners damit zu vertreiben, einen Entwurf aufs Blatt zu zaubern.

Nach drei weiteren Stationen kam endlich Leben in ihr Abteil. Ein Mann schob die Tür auf und trat ein. Katja war so in die Skizze eines kurzen Abendkleides mit Ballonrock und Korsage vertieft, das den Blick auf halterlose Strümpfe freigab, dass sie die Frage, ob hier noch frei sei, nur mit einem beiläufigen Nicken beantwortete. Der Fahrgast warf seine Taschen auf die Gepäckablage und setzte sich, und noch immer blickte Katja nicht zu ihm auf. Sie verpasste dem Model eine aufgetürmte Lockenfrisur und fragte sich, ob das Kleid in Weiß auch als Hochzeitskleid zu gebrauchen war.

»Heftig am Arbeiten?«, fragte der Mann schließlich, und erst jetzt wurde ihr bewusst, dass er sie die ganze Zeit über aufmerksam betrachtet hatte. Sie musterte ihn – und war überrascht. Er war höchstens Anfang dreißig, hatte brünettes Haar und die wohl schönsten Wangengrübchen, die sie bisher an einem Mann gesehen hatte. Ein wenig erinnerte er sie an den Schauspieler Sean Bean, nur ohne Bart und das Horn von Gondor. Wenngleich sie nicht abstreiten wollte, dass er ein großes hatte – in der Jeans, die er über weißen Markenturnschuhen aufgeschlagen trug. Unter dem schwarzen Blazer hatte er ein gemustertes lilafarbenes Hemd an, von dem sie ebenfalls wetten könnte, dass es dem Label eines bekannten Designers entstammte. Nicht Cologne Fashion und glücklicherweise auch nicht Starlight, aber gewiss von einem anderen großen Namen.

»Ja«, antwortete sie mit einem gewinnenden Lächeln. »Ich dachte, ich würde hier drin allein bleiben, da habe ich mir eben Beschäftigung gesucht.«

»Offensichtlich eine ganz spezielle Beschäftigung. Sind Sie Modezeichnerin?«

»Modedesignerin«, korrigierte Katja ihn und fragte sich gleichzeitig, was der Fremde wohl beruflich machte. Er hatte sehr gepflegte Hände, und seine Kleider waren einen Tick zu originell für jemanden, der Mode nur als reines Bedecken des Körpers betrachtete. Da er das Hemd ein ganzes Stück weit offen trug, konnte sie sehen, dass seine Brust blank war. Wahrscheinlich gut gewachst, denn der leichte Bartschatten an Hals und Kinn deutete darauf hin, dass er nicht von Natur aus kaum behaart war.

So, wie er vor ihr saß, hätte er gut und gern ein Model sein können. Außerdem hatte er genau erkannt, was sie da gekritzelt hatte. Natürlich unterschieden sich Modeskizzen deutlich von irgendwelcher Hobbyzeichnerei, wenngleich für absolute Laien darin manchmal kein Unterschied bestand. Vielleicht gehörte er ja zu den Models, die für den Kurs arbeiteten? Soweit sie in den Arbeitsmaterialien gelesen hatte, gab es zum Abschluss eine große Gala, und dazu konnten die Teilnehmer wohl kaum ihre Figurinen auf Rädern über den Laufsteg rollen.

Den Mann vor ihr hätte sie wirklich für eine ihrer Kreationen haben wollen – und vielleicht auch für mehr.

»Wohin fahren Sie?«, fragte sie und legte ihren Block beiseite. Das Kleid konnte warten, jeden ihrer Entwürfe hatte sie ohnehin im Voraus in ihrem Kopf abgespeichert.

»Ganz nach oben in den Norden«, entgegnete er.

Katja zog die Augenbrauen hoch. War er etwa ein Kursteilnehmer?

»Was ist mit Ihnen?«

»Ebenfalls in den hohen Norden. Nach Borkum.«

Obwohl sie der Anblick des Mannes faszinierte, löste die Tatsache, dass er die gleiche Fahrtrichtung hatte, ein Alarmsignal in ihr aus. *Du darfst ihm unter keinen Umständen deinen richtigen Namen sagen!*

»Zur Kur oder wegen etwas anderem?«, hakte er nach, was die Alarmglocken noch ein wenig lauter schrillen ließ. Sein Blick schweifte über ihr Gepäck, wahrscheinlich erkannte er ganz genau, dass sie nicht einen Monat lang auf Kur gehen wollte.

»Wegen etwas anderem. Ich nehme an einem Kurs für Modeschöpfer teil. Was ist mit Ihnen?«

So, jetzt musste er mit irgendwas rauskommen! Katja zog eine erwartungsvolle Miene.

Der Bursche grinste allerdings nur breit. »Ach, so dies und das«, antwortete er ausweichend, und bevor Katja gegen die karge Antwort protestieren konnte, setzte er hinzu: »Ein Kurs für Modeschöpfer klingt wirklich interessant.«

Was soll das?, ging es der Designerin durch den Kopf, aber dann strömte ihr der Duft seines Rasierwassers entgegen, vermischt mit dem Geruch seiner Haut. Auf einmal fühlte sie sich wie benebelt, und im Grunde genommen war es ihr egal, was er im Norden suchte und wo genau er danach suchte. Oft war es bei ihr so, dass der Verstand ihrem Körper sagte, dass sie einen Mann wollte. Diesmal war es genau umgekehrt. Ihr Körper wollte diesen Mann, obwohl ihr Verstand sagte, dass er einfach nur unverschämt war. Aber was sollte sie auch mit braven Schoßhündchen? Nein, ihr Körper war manchmal ein viel besserer Sensor, was Männer anging. Sie konnte sich nicht mehr erinnern, wie es bei Philipp gewesen war, daran gemessen, dass sie ihn noch immer nicht aus ihrem Verstand hatte streichen können, musste sie das Begehren für ihn im Kopf entwickelt haben. Man sah ja, wohin das geführt hatte. Diesmal wollte sie wieder auf ihren Körper hören. Und der schrie ganz laut: Nimm ihn!

»Ja, das ist es wirklich«, antwortete sie und bedauerte ein wenig, dass sie nur ein Shirt und keine Bluse trug, an der rein zufällig ein Kopf aufspringen und den Blick auf ihre Brüste freigeben konnte. »Außer Ärzten lernt wohl niemand den menschlichen Körper so gut kennen wie ein Modedesigner.«

»Mit dem kleinen Unterschied, dass Sie ihn nicht aufschneiden, sondern verhüllen.«

Katja lächelte. »Stimmt. Wenn ich ehrlich bin, ist mir das auch deutlich lieber. Neben dem Enthüllen natürlich.«

Eine ganze Weile sahen sie sich daraufhin an, ohne ein einziges Wort zu sagen.

»Was für Mode machen Sie? Damen oder Herren?«, fragte er schließlich, was Katja ein wenig enttäuschte. Mit dem Enthüllen hatte sie ihm ja bereits ein Stichwort gegeben, das er zu ihrem Bedauern nicht aufgenommen hatte.

»Beides«, entgegnete sie. »Mein Spezialgebiet ist die Frauenmode, aber bei dem Kurs werde ich es vielleicht auch mal mit Männermode probieren. Ich bin grundsätzlich offen für Neues.«

Ungeduldig fragte sie sich, ob sie denn noch deutlicher werden musste. Oder war der Kerl etwa schwul? Dann waren ihre Bemühungen natürlich vergebens, allerdings konnte sie ihm immer noch die Adresse des La Fleur geben, für den Fall, dass er in Köln war. Sie war sicher, dass Enrico Gefallen an ihm finden würde.

»Für Neues bin ich ebenfalls jederzeit zu haben.« Offenbar ging er nun doch auf ihr Spiel ein.

Aber bevor Katja sich weiter ins Zeug legen konnte, kündigte die Durchsage die bevorstehende Einfahrt in den Bahnhof von Bochum an. Mehrere Passagiere eilten an ihrem Abteil vorbei, und als hinge die Fortsetzung des Gesprächs davon ab, ob sich jemand zu ihnen gesellte oder nicht, schwiegen sie beide und lauschten den Geräuschen, die die ein- und aussteigenden Passagiere machten. Ein paar Fahrgäste mit schwerem Gepäck kamen vorbei, dahinter einige Teenager, die wohl wie die Jungen auf dem Kölner Bahnhof eine Rucksacktour vorhatten, danach versiegte der Strom. Noch immer schien niemand Anspruch auf die freien Plätze erheben zu wollen. Der Zug ruckte erneut an, und auch einige Minuten später tauchte niemand auf. Nicht, dass sich Katja darüber beschweren wollte. Sie war mittlerweile froh darüber, dass sie weiterhin mit dem jungen Mann allein war.

»Mein Name ist übrigen Chris«, durchbrach er die Stille. »Chris Steiger.«

»Gina Bergström«, antwortete Katja und reichte ihm die Hand. Als er sie ergriff, konnte sie spüren, wie weich seine Haut war, und der Gedanke, diese Hand unter ihrem Shirt, vielleicht auch in ihrem Höschen zu spüren, jagte ihr einen angenehmen Schauer durch den Körper, der ihrem Gegenüber unmöglich entgehen konnte.

Es gab jetzt zwei Möglichkeiten: Entweder sie schwenkten über zum Wetter und damit zu unweigerlichem Schweigen, das folgte, wenn man nichts mehr zu sagen hatte. Oder aber sie fuhren mit ihren Zweideutigkeiten fort.

»Sie haben mir noch immer nicht gesagt, was Sie beruflich machen.«

»Ist das denn so wichtig?«

»Es würde immerhin ein wenig über Sie aussagen.«

»Der Mensch definiert sich doch nicht allein über den Beruf. Was würde es beispielsweise über mich aussagen, wenn ich bei der Müllabfuhr arbeiten würde?«

»Dass Sie ein reinlicher Mensch sind?«

Chris lächelte breit. »Und wenn ich behaupten würde, ebenfalls Modedesigner zu sein?«

Also doch, ging es Katja durch den Kopf. *Auch wenn ich einen großen Teil meiner Arbeitszeit hinter dem Schreibtisch ver-*

bracht habe, hat sich mein Gespür für Menschen nicht wesentlich verschlechtert.

»Dann würde ich Sie für verrückt halten. Für genauso verrückt wie mich.«

»Sie mögen verrückte Menschen?«

»Ja, sehr sogar. Bei ihnen kann man nie sagen, was als Nächstes kommt.«

Der Mann funkelte sie einen Moment lang an, und als wollte er ihren Sinn für Überraschungen testen, fragte er: »Hatten Sie jemals Sex in einem Zug?«

Überrascht sog Katja die Luft ein. Offenbar konnte der Süße ihre Gedanken lesen. »Nein, bisher noch nicht. Und Sie?«

Ihr Gegenüber grinste vielsagend.

Angeber, dachte Katja, spürte jedoch ein verlangendes Ziehen zwischen ihren Schenkeln. Sie musterte ihn erneut, blieb länger, als es angebracht gewesen wäre, an seinem Hosenstall hängen und blickte ihm schließlich in die Augen. Erst jetzt fiel ihr auf, wie blau sie waren. Blau wie ein Drink in Enricos Bar, dessen Name ihr entfallen war.

»Könnten Sie es sich denn vorstellen?«

War das eine Frage, die ein Wildfremder einer Zugbekanntschaft stellen sollte?

Katja musste allerdings zugeben, dass ihr die herausfordernde Art des Mannes gefiel. Und Sex war nicht die schlechteste Methode, um die furchtbar lange Fahrzeit zu verkürzen. Aber wollte er wirklich darauf hinaus oder nur ein wenig spielen, wie es junge Männer manchmal so an sich hatten, um Bestätigung zu erlangen?

»Vorstellen kann ich es mir sicher. Kommt alles auf den Ort an. Viele Möglichkeiten gibt es in einem Zug nicht, jedenfalls wenn man nicht exhibitionistisch veranlagt ist.«

Chris grinste sie an, als wäre er genau das. »Es gibt da durchaus noch andere Möglichkeiten. Die Zugtoilette zum Beispiel.«

Katja schüttelte den Kopf. »Nein, da würde mir allein beim Geruch die Lust vergehen. Das Ambiente ist wichtig bei der schönsten Sache der Welt.«

Chris begann offensichtlich zu überlegen. Katja konnte die Gedanken hinter seiner Stirn förmlich sehen, die verzweifelte Suche nach einem Vorschlag, der sie überzeugen könnte – und den Wunsch, es wirklich mit ihr zu tun.

»Im Abteil dagegen, wenn man allein ist …«, half sie ihm auf die Sprünge.

Sie schielte zu den Vorhängen hinüber und bemerkte, dass Chris unruhig auf seinem Sitz hin und her zu rutschen begann. Brauchte er es so dringend? Oder lag es nur an der kräftigen Portion Pheromone, die sie über ihm ausschüttete. Katja hatte sich nie Gedanken darüber gemacht, worin ihre Anziehung bestand, aber bislang hatte sie noch jeden Mann gekriegt, den sie wollte und der lange genug in ihrer Nähe geblieben war, damit sie ihn überzeugen konnte.

Als Chris nicht gleich antwortete, erhob sie sich von ihrem Platz und zog die Vorhänge vor der Abteiltür zu. Immerhin diesen Vorteil boten die gammeligen Interregio-Wagen.

»Was, wenn der Schaffner noch mal vorbeikommt, um den Zugestiegenen die Tickets abzuknöpfen?«, fragte Chris, und obwohl er versuchte, cool zu bleiben, konnte sie an der Beule in seiner Hose deutlich erkennen, auf welch großen Zuspruch ihre Initiative bei ihm stieß.

»Dann bekommt er eben was zu sehen«, antwortete Katja ungerührt und öffnete demonstrativ ihre Jeans. »Außerdem gilt in den Abteilen zwar Rauchverbot, aber ich habe bisher nichts von einem Fickverbot gelesen.«

»Machst du das immer so, wenn du auf Reisen bist?«

Die Frage erinnerte Katja ein wenig an Philipp, doch in diesem Augenblick konnte auch er ihr die Vorfreude auf die Nummer mit Chris nicht nehmen. Wenn sie sich sagte, dass sie sich damit an ihm rächte, wurde es sogar noch reizvoller.

»Nicht immer, aber mit dem richtigen Kerl schon«, entgegnete sie, zog ihre Jeans und ihr schwarzes Seidenhöschen herunter und fischte ein Kondom aus der Handtasche. *Power of Love* nannte es der Hersteller, und dementsprechend war es rot und hatte Noppen in der Form kleiner Herzen. Als würde er eine zusätzliche Motivation brauchen, schwenkte sie das glitzernde Tütchen in der Luft, und Chris beeilte sich daraufhin, seine Hose zu öffnen. Entweder war sein Schwanz Weltmeister in schneller Erektion, oder er hatte die ganze Zeit schon unter der Jeans gelauert, in der Hoffnung, sie ficken zu können.

Katja ließ sich auf den Sitz neben ihn gleiten, griff nach seiner harten Stange und massierte sie, bevor sie ihm das Gummi überrollte.

»Man kann nicht behaupten, dass du unvorsichtig bist«, sagte er, als sie auf seinen Schoß krabbelte.

»Ich ziehe eben gerne Menschen an – und Schwänze ebenso. Sei froh, dass die Dinger aus Leinen aus der Mode gekommen sind.«

Für einen kurzen Moment waren ihre Gesichter dicht voreinander, dann schloss Chris die Augen, denn Katja zeigte jetzt seinem Schwanz, wo es langging. Der dicke Kopf öffnete ihre Lippen, und ihre Vagina schmiegte sich um ihn. Als sie ihn vollständig in sich aufgenommen hatte, verharrte sie einen Moment lang reglos und sah ihr Gegenüber an. Über seine Augen hatte sich ein Lustschleier gelegt, sein Atem streifte über ihr Gesicht.

Die Frage, was er wohl tun würde, wenn sie weiterhin so verharren würde, kroch durch ihren Verstand, aber sie selbst war viel zu scharf darauf, es mit diesem Burschen zu treiben, ihn zuzureiten wie einen ungezähmten Hengst, der nach seiner Meisterin sucht. Also begann sie sich zu bewegen. Das Gefühl, wie sich sein Schwanz an ihren Lippen rieb, ließ ein süßes Ziehen in ihrem Schoß aufsteigen. Das Kondom war bestens gewählt, und was *Power of Love* nicht brachte, das brachte Chris' kräftiges, dickes Lustinstrument.

Plötzlich hörten sie vom Gang her Stimmen, wahrscheinlich machten sich ein paar Fahrgäste auf den Weg zum Bordbistro, in dem es abgestandenen Kaffee und eingeschweißte Backwaren gab. Was würden die Leute wohl denken, wenn sie hörten, was sich hier hinter verschlossenen Vorhängen tat?

Katja war es egal. Sie ritt schneller. Damit sie besseren Halt fand, hielt sie sich an der Gepäckablage fest, was Chris ausnutzte, indem er ihr das Shirt hochschob und ihre Brüste aus den BH-Körbchen schob. Überraschender Kühle ausgesetzt versteiften sich ihre Nippel so schnell, dass es fast schon schmerzte. Chris umfasste einen von ihnen mit dem Mund und saugte lustvoll daran, was Katja auf ihrem Weg zum Höhepunkt ein gutes Stück voranbrachte. Der Orgasmus ballte sich in ihr zusammen wie Gewitterwolken am Himmel, und sie wusste, dass sie es nicht mehr lange aushalten würde.

Chris vergrub die Hände nun in ihren Hintern und versetzte ihr zwischenzeitlich ein paar schnellere Stöße von unten, die sie unwillkürlich aufstöhnen ließen.

Ein Rattern ging durch den Zug, offenbar hatte sich das Gleisbett geändert, doch die Vibrationen, die den Waggon erfassten und sich auch auf die Sitze übertrugen, verschafften den beiden einen zusätzlichen Kick, und die Geräusche verschluckten ihr Keuchen, das sich allmählich zum Höhepunkt steigerte.

Kurz bevor Katja kam, in den Momenten, in denen sich ihre Vagina in einem süßen Schmerz zusammenzog, um sich mit einem kräftigen Zucken zu entladen, griff Chris nach ihrem Nacken und küsste sie.

Bei Quickies mochte sie das eigentlich nicht, denn Küsse waren ihrer Meinung nach etwas für lange Liebesnächte oder eine feste Beziehung, doch selbst wenn sie sich hätte wehren wollen, hätte sie es nicht gekonnt. In dem Augenblick, als ihre Zungen sich ineinander verschlangen, kam sie. Der Orgasmus war so heftig, dass sie sich vorsehen musste, Chris nicht zu beißen. Auch er entlud sich, was sie am Pulsen seines Schwanzes fühlen konnte.

Als sich die Lustwelle wieder zurückgezogen hatte, sahen sie sich erneut an.

»Na, siehst du, keiner ist gekommen«, sagte er lächelnd.

»Das würde ich nicht so sehen«, entgegnete Katja. »Oder du bist verdammt gut im Vortäuschen von Orgasmen.«

»Das habe ich gar nicht nötig.«

»Schaffst du denn noch eine Runde?«, fragte die Designerin herausfordernd, denn bei so einem Kerl konnte sie sich unmöglich mit nur einem Höhepunkt zufriedengeben.

»Kommt drauf an, was der Reiseplan sagt«, entgegnete er. »Was meinst du, wann erreichen wir Münster?«

Katja griff nach dem Prospekt auf dem kleinen Klapptischchen und faltete es auseinander.

»Dauert noch eine Weile«, entgegnete sie dann und holte aus ihrer Handtasche ein Kondom, das sich *Banana Fun* nannte. Es schmeckte nicht nur nach Banane, sondern sah auch so aus. Über Chris' Schwanz gezogen, war es das köstlichste Obst, das man in den Mund bekommen konnte.

5. Kapitel

Blue Lagoon

5 cl Gin
1 cl Blue Curaçao
Zitronenlimonade nach Bedarf
Orangenscheibe
1 Cocktailkirsche

Gin und Blue Curaçao mischen,
mit Limonade auffüllen und mit
Orangenscheibe und Kirsche garnieren.

Die kleine Bahn, die Reisende vom Hafen in das Herz der Insel brachte, machte einen ohrenbetäubenden Krach. Katja gelang es allerdings, ihn in den Hintergrund zu drängen, indem sie die Landschaft betrachtete. Der Himmel wirkte hier irgendwie weiter als in Köln, und die Luft war merklich rauher. Der Strandhafer, mit dem die Dünen bepflanzt waren, bog sich im Wind.

Mit ihr waren noch einige andere Leute an Bord des Zuges. Viele Passagiere waren etwas älter, einigen konnte man deutlich ansehen, dass sie krank waren und sich bei einer Kur erholen wollten. Vergeblich hielt die Designerin Ausschau nach anderen Kursteilnehmern – in ihrem Wagen war jedenfalls niemand deutlich unter vierzig. Vielleicht hatten sie ein anderes Fährschiff genommen, vielleicht waren sie auch schon früher angereist. Katja hätte gern abgecheckt, was sie an netten Männern zu erwarten hatte, aber nun musste sie sich gedulden, bis sie in Borkum angekommen war. Da die Bahn nur langsam fuhr, blieb ihr genug Zeit, um ihren Gedanken nachzuhängen.

Ob sie Chris wiedersehen würde? Nachdem sie aus dem Zug ausgestiegen waren, hatte Katja ihn aus den Augen verloren. Sie hatten sich nicht verabschiedet, er war einfach im Gewühl untergegangen. Und das, obwohl sie noch zwei weitere Kondome verbraucht hatten, bevor eine alte Dame, die keine Platzkarte hatte, freundlich nachfragte, ob sie mit ins Abteil kommen durfte. Dass es dort ziemlich stark nach Gummi und Leidenschaft roch, hatte die Frau offenbar nicht weiter gestört. Oder sie hatte sich an frühere Zeiten erinnert. Auf jeden Fall hatte sie sich in einen abgegriffenen Lore-Roman vertieft und sich nicht mehr um ihre beiden Mitfahrer gekümmert. Katja und Chris hatten sich daraufhin nur noch über Belanglosigkeiten wie das Wetter unterhalten – hätten sie sich denn vor der alten Dame gegenseitig versichern sollen, dass dies drei der schärfsten Nummern waren, die sie jemals geschoben hatten?

Als der Zug hielt, wurde Katja von einer Frau mit Koffern und Kinderwagen aufgehalten, und Chris war auf einmal verschwunden. Natürlich hätte er auf sie warten können, aber das schien nicht seine Art zu sein.

Als Katja schließlich über die Straße zum Fährhafen gegangen war, hatte sie sich dann doch gefragt, ob Chris die Flucht vor ihr ergriffen hatte. Ausgerechnet sie, die sie die Angewohnheit hatte, One-Night-Stands noch in der gleichen Nacht auf die Straße zu setzen, fragte sich so was! Das musste mit Philipp zusammenhängen. Mittlerweile wartete sie zwar nicht mehr darauf, dass er sich meldete, trotzdem hatte er ihr irgendwie saftige Selbstzweifel eingebracht.

Immerhin blieb ihr die Hoffnung, dass sie Chris bei dem Kurs wiedersah. Er hatte nicht klar zugegeben, dass er ebenfalls ein Designer war, aber sie war sich sicher, dass er irgendwas mit Mode zu tun hatte.

Obwohl es noch ein wenig verfrüht war, versuchte Katja sich auszumalen, wie das nächste Mal mit ihm verlaufen würde. Sein Schwanz stand zu dem, was er versprach, doch würde er bei mehr Zeit auch mit den Fingern umgehen können? Mit der Zunge? Sie erschauerte bei dem Gedanken, seinen Kopf zwischen ihren Schenkeln zu haben, denn bevor sie genau dazu gekommen waren, hatten sie leider aufhören müssen.

Schließlich fuhr die Bahn auf dem kleinen Bahnhof von Borkum ein. Der Ort war nicht nur eine Kurstadt, er wirkte auch so. Nett aussehende Häuser drängten sich an überschaubaren Straßen zusammen, es gab eine Vielzahl an Lädchen mit allem, was das Touristenherz erfreute und anschließend auf irgendwelchen Fensterbrettern oder Kommoden Staub anzog. In der Ferne erhob sich ein Leuchtturm, und in den Fenstern der zahlreichen Kurhotels spiegelte sich die Nachmittagssonne. Das Meer war hier nicht nur zu hören, sondern auch zu riechen, und neben den Orgasmen, die ihr Chris verschafft hatte, war das eine der angenehmsten Wahrnehmungen dieses Tages.

Die Unterkunft für die Kursteilnehmer war eine alte Villa in der Nähe des Strandes. Katja hatte eine Anfahrtsskizze erhalten, mit deren Hilfe sie das Gebäude sicher schnell fand. Kurz blickte sie sich auf dem Bahnhof um, unbewusst auf der Suche nach Chris, doch als sie ihn nicht entdeckte, marschierte sie mit ihren Taschen los.

Unterwegs hatte sie ausreichend Gelegenheit, die Passanten zu beobachten und nach einem hübschen Kerl Ausschau zu halten. Allerdings war die Auswahl eher ernüchternd. Entweder kamen ihr ältere Einheimische entgegen oder Leute, die sofort als Kurgäste zu erkennen waren. Einige Angestellte aus den Kliniken fuhren per Rad an ihr vorbei. Als besonderen Clou hatte sich die Kurverwaltung eine Art Rikscha ausgedacht, mit der die Gäste transportiert wurden, aber auch dort war nichts zu finden, was in ihr Beuteraster gefallen wäre.

Wenn Katja ehrlich war, sah dieser Ort für sie nicht gerade wie ein pulsierendes Zentrum der Modewelt aus. Doch vielleicht änderte sich das ja in der Villa. Wenn es nicht nur zwei oder drei Teilnehmer gab. Mittlerweile war die Designerin sich nicht mehr sicher, ob die Sache wirklich so groß war, wie sie geklungen hatte. Dass die Veranstalter sie derart kurzfristig eingeladen hatten, zeugte nicht gerade davon, dass der Kurs überlaufen war. Vorher waren ihr diese Zweifel nicht gekommen, aber auf einmal waren sie da, wie ein kalter Windhauch im Nacken an einem warmen Sommertag. *Am Ende ist das hier eine Falle, eine abgeschmackte Masche, junge Frauen in die Hände zu bekommen.*

Katja verspürte einen kurzen Stich in der Magengegend, dann vertrieb sie den Gedanken mit einem forschen Kopfschütteln. *Wenn Passanten mich sehen, glauben sie vielleicht, ich hätte einen Tick*, dachte sie kurz, dann klärte sich ihr Verstand wieder. Was sie in der Villa erwartete, würde sie schon noch erfahren, jetzt war sie erst mal hier, viele hundert Kilometer von Köln entfernt. Hier gab es niemanden, der sie kannte, niemanden, der von ihrer Kündigung wusste oder ihr wahres Alter kannte. Wenn sie zurückwollte, musste sie auf die Fähre warten. Sofern sie den Prospekt richtig verstanden hatte, sollte noch ein Katamaran die Insel ansteuern und auch wieder zurückfahren, bevor es Abend wurde.

Ehe sie die Flucht ergriff, wollte sie sich jedoch erst mit eigenen Augen überzeugen, ob es wirklich so schlimm war.

Als sie bereits das Gefühl hatte, durch das Laufen mit den Taschen zwei Zentimeter kleiner geworden zu sein, tauchte die Villa endlich vor ihr auf. Das Anwesen war nicht mit den Stadtvillen zu vergleichen, die Katja aus Köln kannte, vielmehr hatte es, obwohl es riesig war, das küstentypische Aussehen. Fachwerkbalken durchzogen die Wände, das Gebäude selbst war ein wenig verwinkelt und hatte zahlreiche kleine Türmchen, die sich in den Himmel reckten. Ein Reetdach gab es hier zwar nicht, doch auch sonst fühlte sich Katja auf einmal in den *Schimmelreiter* von Theodor Storm versetzt und konnte sich gut vorstellen, wie der Deichgraf auf einem Pferd durch das hohe Tor preschte oder sonntags mit der Kalesche zur Kirche fuhr. Das nahe Rauschen des Meeres verstärkte diesen Eindruck, aber dann riss sie etwas jäh aus diesem Eindruck fort. Neben dem Tor lehnte Chris! Anscheinend nahm er doch ebenfalls an dem Kurs teil. Nur, wie war er hierhergekommen? Die nächste Fähre war eine Stunde später losgefahren als ihre.

»Hi, was machst du denn hier?«, fragte Katja und setzte ihre Tasche ab. Die Tragegurte hatten ihr schmerzhaft in die Handfläche geschnitten. *Vielleicht hätte ich besser die Rikscha nehmen sollen*, ging es ihr durch den Kopf.

»Ich schätze mal, dasselbe wie du«, entgegnete er mit einem breiten Lächeln. »Entschuldige, dass ich mich im Zug so bedeckt gehalten habe.«

»Dafür hast du dich ja anderweitig offenbart«, gab Katja versöhnlich zurück und zwinkerte ihm zu.

»Wenn du willst, können wir das in den nächsten Tagen gern wiederholen. Ich gehöre nämlich ebenfalls zu den hoffnungsvollen Jungtalenten, und von denen wird erwartet, dass sie sich gegenseitig befruchten. Mit Ideen natürlich.«

Katja hatte schon verstanden, wie er es gemeint hatte. Aber sie hatte nichts dagegen. »Wie bist du hierhergekommen? Ich habe dich gar nicht auf der Fähre gesehen.«

»Ich bin geflogen und per Fallschirm über der Insel abgesprungen.«

Das konnte er nicht ernst meinen! Die Designerin musterte Chris mit gerunzelter Stirn, bevor sie sich wieder daran erinnerte, dass die zusätzlichen Fältchen ihr wahres Alter verraten könnten.

Chris grinste nach wie vor, aber er ließ sich noch ein bisschen Zeit damit, die Sache aufzuklären. »Mein Freund hat ein Motorboot, mit dem er mich unbedingt auf die Insel bringen wollte. Wahrscheinlich, um mir zu zeigen, dass das Boot echt ist. Und natürlich, um damit anzugeben. Es hätte ihn gekränkt, wenn ich sein Angebot nicht angenommen hätte.«

Katja erinnerte sich an ein rotes Motorboot, das nicht weit entfernt an der Fähre vorbeigezogen war. Das mussten Chris und sein Freund gewesen sein.

»Warum hast du kein Wort mehr gesagt, bevor du ausgestiegen bist?«, hörte sich Katja fragen und konnte es selbst nicht glauben.

»Ich wusste ja, dass wir uns wiedersehen, du hattest mir schließlich eine Menge von dir erzählt.«

Elender Schuft!, ging es Katja durch den Kopf, trotzdem verzogen sich ihre Lippen zu einem Lächeln.

»Du hättest ruhig eine Andeutung machen können.«

»Jetzt sag bloß, du hast mich vermisst.«

Wenn Katja ehrlich war, hatte sie das. Chris hatte etwas an sich, das in ihr den Wunsch aufkeimen ließ, er möge bei ihr bleiben. Zumindest für eine Weile.

Allerdings brachte sie es nicht über sich, das zuzugeben. Und Chris schien es auch nicht zu erwarten.

»Also, was ist, wollen wir? Soweit ich gesehen habe, sind die meisten anderen schon da.«

Er zwinkerte ihr zu, und da Katja sich inzwischen sicher war, dass sich hinter den weißen Mauern kein Frauenhändlerring verbarg, folgte sie ihm an Rosenbeeten vorbei zum Haus.

Als die beiden die Treppe erklommen, tönten Stimmen durch das Kieselknirschen unter ihren Füßen. Aufgrund der Tatsache, dass keines der drinnen gesprochenen Worte zu verstehen war, schätzte Katja die Teilnehmerzahl auf mindestens zwanzig.

Chris musste bemerkt haben, dass sie innerlich nachgerechnet hatte, denn er sagte: »Es werden ungefähr fünfzig Leute in der Villa sein. Eine Hälfte Modeschöpfer, die andere Hälfte Models. Ich war vorhin schon mal drinnen und habe munkeln hören, dass jeder Designer sich ein Model aussuchen darf. Deinen Entwurf aus dem Zug könnte ich mir prima an einem der muskelbepackten Hünen vorstellen.«

»Ich bin eher für schlanke Männer«, entgegnete Katja schlagfertig. »Außerdem sind Röcke für Männer verkannt. Die Schotten wissen schon, warum sie ihre Kilts tragen, da können sie alles frei schwingen lassen und den Frauen jederzeit zeigen, was sie draufhaben.«

Chris setzte wieder das unverschämte Grinsen aus dem Zug auf. »Das werde ich mir merken. Vielleicht steige ich ja während der Zeit hier auf Rock um, allerdings nur, wenn du auch einen trägst.«

»Mal sehen«, gab Katja zurück, dann betraten sie gemeinsam das Foyer der Villa.

Es war keine große Überraschung, dass der Besitzer einen Hang zum Maritimen hatte. Goldgerahmte Ölschinken von Schiffen im Sturmwind hingen an den Wänden, außerdem ein echtes Fischernetz, das mit zahlreichen Muscheln und Bernsteinen besetzt war, und auch das typische Steuerrad eines Schiffes, dessen Name auf der Messingtafel nicht richtig zu erkennen war, durfte nicht fehlen.

Mehr als die Raumdekoration interessierten Katja jedoch die anderen Kursteilnehmer. Ein buntes Durcheinander von Männern und Frauen befand sich in der Halle, und auf den ersten Blick konnte sie erkennen, dass sich die Masse in zwei Gruppen aufteilte. Models und Modeschöpfer? Katja würde es herausfinden.

Sie wollte etwas zu Chris sagen, doch als sie zur Seite blickte, war er verschwunden. Offenbar hatte er sich bereits unter die Anwesenden gemischt. Oder er war auf dem Weg zu seinem Gepäck, denn das hatte er vorhin am Tor nicht bei sich gehabt.

Sie schlenderte also auf die Gruppe zu, in der sich die nicht ganz so perfekt aussehenden Menschen aufhielten. Vielleicht dachte sie zu klischeehaft, aber sie hätte wetten können, dass dies hier die Modemacher waren.

Einige von den jungen Leuten nahmen gar keine Notiz von ihr, während andere sie sogleich aufmerksam musterten. Obwohl Katja niemanden kannte, spürte sie ein ungutes Kribbeln im Nacken. Was war, wenn ihre Tarnung nicht hielt und man sie für älter hielt, als sie sich ausgab?

Aus der Menge, die trotz der vereinzelten Blicke mit sich selbst zu tun hatte, schälte sich schließlich eine junge Frau mit einem extrem kurzen, verwuschelten Haarschnitt und kam auf sie zu.

»Hi, ich bin Eva«, sagte die Blonde und reichte ihr in

beinahe männlicher Manier die Hand. »Findest du das hier nicht auch alles total aufregend? Wenn ich die Fischernetze sehe, fällt mir gleich ein Meerjungfrauen-Outfit ein.«

Katja musste zugeben, dass das wirklich sehr naheliegend war, und genau deshalb würde sie dieses Motiv nicht wählen. Oder sollte sie es vielleicht doch?

»Ich bin Gina«, stellte sie sich der jungen Frau vor, die sie nach einem kurzen Blick auf Mitte zwanzig schätzte. Ihre grünen Augen hatten etwas Katzenhaftes, und wenn man genauer hinschaute, konnte man erkennen, dass das Weißblond ihrer Haare gefärbt war.

Dank der beinahe knabenhaften Figur hätte Eva durchaus auch eines der Models sein können, durch ihre Outfit-Idee hatte sie sich jedoch als Designerin verraten.

»Wir müssen nachher Zimmernummern ziehen, habe ich gehört«, plapperte Eva munter weiter, ohne pikiert zu sein, weil Katja oder besser gesagt Gina gar nicht darauf eingegangen war, dass hier alles so aufregend war. »Mal sehen, welche Zimmer wir erwischen, nicht wahr? Eigentlich müsste es hier keine großen Unterschiede geben, so traumhaft, wie das alles ist.«

So, wie ihre Augen leuchten, könnte sie direkt Werbung für den Tourismusverband dieses Ortes machen, dachte Katja. Sie lächelte und entschloss sich, in das Gespräch mit Eva einzusteigen.

»Ist denn schon irgendwas passiert, das ich verpasst habe?«

Die junge Frau schüttelte den Kopf. »Nein, bisher nicht. Die Models sind angerückt, das ist alles. Da drüben stehen sie.« Eva deutete auf die zweite Gruppe, doch auch dort konnte Katja Chris nicht ausmachen. Vielleicht war er ja auf Toilette.

»Ich habe gehört, dass jeder nur ein Model nehmen darf, also muss man sich von vornherein gleich für eine Richtung entscheiden – feminin oder maskulin.«

Eva bedachte sie mit einem fragenden Blick, dessen Hintersinn sich Katja nicht gleich erschloss.

»Es sei denn, man zieht einem Mann etwas Feminines an«, entgegnete sie, und dann erst machte es Klick. Eva meinte mit der Entscheidung offenbar nicht nur die Richtung des Outfits, das man kreieren wollte.

»Bist wohl eher eine Unentschlossene, wie?«, fragte Eva, und Katja meinte in ihrem Blick so etwas wie Hoffnung aufleuchten zu sehen.

»Nun ja, ich denke mal, dass ich mich für ein männliches Model entscheiden werde«, antwortete sie und beobachtete, wie der Funke augenblicklich erlosch.

Kurze Zeit später fing Eva sich wieder. »Also ich werde eine Frau nehmen. Es gibt nichts Schöneres, als einen perfekt geformten weiblichen Körper zu verhüllen.« Sie zwinkerte Katja zu und ließ den Blick zu den Models schweifen. Nach einer Weile sagte sie: »Dieses Mädchen da drüben gefällt mir, sie hat genau die richtige Figur für eine Meerjungfrau.«

Offenbar war das vorhin nicht einfach so dahingesagt, sie wollte tatsächlich ein solches Kostüm entwerfen. Glücklicherweise war Evas Auserwählte nicht rothaarig, das wäre dann doch zu sehr Arielle gewesen.

Auch Katja versuchte unter den Models eins auszumachen, das ihr gefallen könnte, doch bislang war nichts Anständiges dabei. Die jungen Männer hatten Allerweltsgesichter, hübsch zwar, aber nichts Besonderes. Eigentlich könnte sie genauso gut eine Frau nehmen, immerhin waren Frauen ihr Spezialgebiet bei Cologne Fashion gewesen. Seit der Bemerkung von Chris, dass sie einen Mann in einen Rock stecken könnte, wollte sie jedoch genau das tun.

Weitere Teilnehmer des Kurses trafen schließlich ein, trotzdem wich Eva aus einem unerfindlichen Grund nicht von ihrer Seite. Sie erzählte Katja, dass sie aus Hamburg komme, an der dortigen Modefachschule studiert und bei einem kleinen Designer gearbeitet habe, bis dieser schließen und sie sich eine andere Stelle suchen musste. Mittlerweile hatte sie sich einem Modekollektiv angeschlossen und hoffte nun, durch den Wettbewerb ihren Bekanntheitsgrad zu erhöhen.

Die Ankunft der Neuen unterbrach den Redefluss für einen Moment, und Katja hatte Zeit, sich etwas auszudenken. Natürlich hatte sie den Lebenslauf von Gina Bergström im Kopf, aber so farbig, wie Eva ihr Leben geschildert hatte, konnte sie nicht von ihrem Alter Ego sprechen, denn das hätte zu viel von ihrer eigenen Person verraten. Auch wenn Eva ihr sympathisch war, zu erfahren, wer Katja wirklich war, brauchte sie nicht. Nicht einmal Chris sollte das.

Blondes Haar und breite Schultern rissen Katja schließlich aus ihren Gedanken. Der Besitzer war groß, hatte blaue Augen und ein breites Lächeln. Nein, es war nicht Chris, sondern eines der männlichen Models. Vonseiten der anderen Kursteilnehmerinnen ertönte ein gemeinschaftliches »Ahhhhh«, als er an ihnen vorbeischritt. Katja konnte sich also darauf gefasst machen, dass sie um diesen Burschen kämpfen musste. Er war einfach perfekt! Seine Hüften waren schmal, der Hintern knackig wie ein Juliapfel und die Beine schlank genug, um knackige Hosen zu tragen – oder einen Rock. Sein Blick streifte den von Katja mit einem Selbstbewusstsein, das in ihr den Wunsch weckte, es diesem Burschen derart zu besorgen, dass er sich selbst nicht mehr wiederfand. *Den muss ich haben!*, ging es ihr durch den Sinn, und sie machte sich eine Notiz im Geiste, dass sie sich um diesen Mann schlagen würde, wenn es nötig war.

Als Katja zur Seite blickte, merkte sie, dass Eva zumindest für die männlichen Models nichts übrig hatte. Sie checkte die Frauen ab – doch das, was sie sah, schien sie nicht von ihrem Wunsch-Girl abzubringen.

»Na, was gefunden?«, fragte Katja.

Nach kurzem Überlegen schüttelte Eva den Kopf. »Nein, ich denke, ich bleibe bei meiner Wahl.« Wieder wanderte ihr Blick zu der brünetten Arielle. »Hauptsache, keiner schnappt sie mir vor der Nase weg. Morgen früh soll es mit der Modelverteilung losgehen, wer schnell ist, bekommt auch das, was er will.«

Katja war sichtlich erstaunt über den Wissensvorsprung, den Eva hatte. In den Prospekten hatte dies alles nicht gestanden. Allerdings hatte sie keine Lust, ihre Kollegin nach der Informationsquelle zu fragen. So redebedürftig, wie Eva war, würde sie ihr das sicher noch mitteilen, sobald sich die Gelegenheit ergab.

Schließlich erschienen die Organisatoren, und als sie vor den Wartenden Aufstellung nahmen, wurde es schlagartig still. Es handelte sich um drei Männer und drei Frauen, die alle Mienen aufgesetzt hatten, als sollte hier jemand zur Richtbank geführt werden. Wahrscheinlich wollten sie den Teilnehmern von Anfang an zeigen, dass es keine Verbrüderungsversuche geben würde – jedenfalls nicht mit ihnen.

»Meine Damen und Herren, ich begrüße Sie im Namen von Berger und Partner zu unserem diesjährigen Modeseminar«, sagte ein Mann in einem eleganten, etwas extravagant geschnittenen grauen Nadelstreifenanzug, bei dessen Anblick sogar der gelackte Typ im Sitzungsraum von Cologne

Fashion grün vor Neid geworden wäre. In der Brusttasche steckte ein schwarzes Seidentuch, und schwarz war auch das Hemd, das der Mann darunter trug. Mehrere goldene Ringe glänzten an seiner Hand, die auf dem Knauf eines eleganten Gehstocks lag.

Katja schätzte den Sprecher auf Mitte fünfzig, aber aus irgendeinem Grund passte er nicht in ihr Beuteschema. Er wirkte unterkühlt, und sein Gesicht wies zu wenige Falten auf. Entweder hatte er seine Lebensjahre in einem Glaskasten verbracht, oder er war geliftet oder gebotoxt. Die Designerin tippte auf Letzteres, denn das Nervengift war nicht nur unter Schauspielern beliebt. Bei so vielen hübschen jungen Männern war Katja zum Glück nicht auf den Mann angewiesen. Das Einzige, was er mögen sollte, waren ihre Entwürfe.

»Mein Name ist Harald Berger, ich bin der Chef des Unternehmens, das diesen Lehrgang veranstaltet. Ich freue mich sehr, dass Sie so reges Interesse an unserem Seminar haben.«

Es folgte das übliche Begrüßungsblala, und nachdem er allen Anwesenden klargemacht hatte, dass sie so etwas wie die Auserwählten des Modeuniversums waren, gab er das Wort an eine der Frauen ab, die den Ablauf des Kurses erklärte. So würden sich die Teilnehmer am ersten Tag mit Körperstudien ihrer Models beschäftigen – der Wortlaut ließ Katja breit grinsen –, dann sollten sie nach und nach ein gesamtes Outfit erschaffen, von der ersten Skizze bis zur Präsentation auf dem Laufsteg. Die Dame, die aussah, als wäre ihr letzter Sex schon ein Weilchen her, merkte außerdem an, dass kein Teilnehmer von dem anderen plagiieren sollte, und wünschte allen einen fairen Wettbewerb.

»Dann werde ich wohl darauf verzichten müssen, den anderen Löcher in ihre Klamotten zu schneiden«, raunte Eva mit einem breiten Lächeln.

Nachdem noch ein paar langweilige organisatorische Dinge geklärt worden waren, von denen Katja wetten konnte, dass sie niemand so recht mitbekommen hatte, bat man die Teilnehmer, sich an dem provisorischen Schalter zu treffen, der hinter den Massen der Kursteilnehmer und Models versteckt lag.

Katja hatte erwartet, dass es vielleicht eine kleine Begrüßungsparty geben würde, doch da irrte sie sich. An diesem ersten Abend erwarteten die Veranstalter offenbar von ihnen, dass sie sich ausschliefen und am nächsten Morgen pünktlich zum Kursbeginn einfanden. Langweiliger wäre es in einer Jugendherberge auch nicht zugegangen. Dort hätte man ganz bestimmt eine Party gefeiert.

Vielleicht konnte sie ja einen kleinen Abstecher zu Chris machen. Dazu musste sie nur seine Zimmernummer herausfinden und überlegen, wie sie seinen Mitbewohner abwimmeln konnte.

An dem provisorisch errichteten Schalter angekommen, hatte Katja eine Art Lostrommel erwartet, doch alles, was sie sah, waren Listen. Von wegen Zimmernummern ziehen!

Auf der Liste für die weiblichen Teilnehmer (ja, es wurde nach Geschlecht unterschieden) entdeckte die Designerin ihren Namen neben dem von Eva. Bergmann war ihr Nachname, sofern es nicht noch eine andere Eva gab. Na, wenn das kein Zufall war! Hatte die andere etwa davon gewusst, als sie gleich so zielstrebig auf Katja zugekommen war? Nein, das war unmöglich. Woher hätte die Frau denn wissen sollen, wer sie war?

Mehr als diese Tatsache interessierte sie, welche Zimmernummer Chris hatte. Oder hatte er sie etwa erneut an der Nase herumgeführt?

Das Murren der hinter ihr Stehenden ignorierend, suchte sie die Liste für die Männer ab und entdeckte den Namen tatsächlich auf der Liste. Zimmer sieben. Zusammen mit einem anderen Mann. Vielleicht konnten sie ja ein wenig Anarchie stiften, indem sie mit dem Kerl tauschte und dann mit Chris zusammenwohnte. Dass das eigentlich gar nicht ihre Art war, fiel ihr erst im nächsten Augenblick ein, allerdings kam sie nicht mehr dazu, sich darüber zu wundern.

»Sieh mal einer an, das ist aber ein Zufall!«, trällerte es hinter ihr. Wie nicht anders erwartet, war es Eva, die sich über diese für sie anscheinend sehr positive Zimmerverteilung freute. »In meinem Horoskop von heute Morgen stand, dass ich demnächst eine längere Zeit mit einer sehr netten Person verbringen werde. Abgesehen von dem Model, das ich unbedingt haben will, werden wir beide wohl ziemlich viel Zeit miteinander verbringen, und ich kann nicht sagen, dass ich mir bei dir den Finger in den Hals stecken müsste.«

»Danke, du bist mir auch sympathisch«, war das Einzige, was Katja dazu sagen konnte, obwohl sie sich nicht sicher war, wann wohl der Zeitpunkt käme, an dem Eva ihr auf die Nerven ging.

Genauso, wie sich die Schlange in Richtung des Schalters bewegt hatte, wanderten die Anwesenden nun die breite Treppe hinauf. Die Segelschiffe kamen näher, und als Katja den Korridor »für die Frauen« betreten hatte, erwarteten sie noch mehr davon. Irgendwie hatte hier jemand vorgehabt, die weltgrößte Sammlung an Segelschiffgemälden zusammenzutragen. Angesichts dieser Menge an maritimen Themen fragte sich Katja, ob sie nicht auch etwas entwerfen sollte, was mit dem Meer zu tun hatte. Ein Meerjungmann wäre sicher mal was. Das könnte ihr allerdings leicht als Plagiat von Evas Idee ausgelegt werden. Und wenn sie hier einen guten Einruck machen wollte, musste sie etwas präsentieren, das wirklich neu war. Das den Machern von Starlight Fashion, wenn sie es denn sehen könnten, die Luft wegbleiben ließ.

Schließlich kamen sie an ihrer Zimmertür an. Die Veranstalter hatten zwar nicht auf Post-its für die Zimmernummern zurückgegriffen, aber edle Messingschilder waren es auch nicht gerade. Die Zimmernummern waren vielmehr kurzerhand auf Papier ausgedruckt und dann mit Klebestreifen an den Türen befestigt. Das gab den Teilnehmern hier immerhin die Möglichkeit, sich einen kleinen Scherz mit den anderen zu erlauben und ihre Zimmernummern zu vertauschen, überlegte Katja spontan. Aber dann verwarf sie den Gedanken wieder, immerhin waren sie hier nicht in einem Kinderferiencamp.

Das Zimmer, das sie sich mit Eva teilte, war geräumig und zu ihrer großen Überraschung modern eingerichtet. Es gab eine riesige Kommode mit vier Schubladen, dafür aber keinen Kleiderschrank. Die Betten hatten den leichten Charme von Tagungshotels, außerdem gab es einen Schreibtisch, an dem zwei Leute Platz hatten. Ergonomie lautete das Zauberwort.

Katja hatte erwartet, zumindest eine Figurine oder sonst etwas, das auf den Kurs hindeutete, vorzufinden, doch diese Zimmer waren anscheinend nur da, damit sie sich dort von den Strapazen des Tages erholen konnten.

Einen großen Pluspunkt hatte dieser Raum allerdings. Von hier aus hatten sie einen traumhaften Blick auf den Strand und aufs Meer. Sogar den Pavillon, der so etwas wie das Wahrzeichen von Borkum war, konnten sie von hier aus sehen.

»Ist das nicht herrlich?«, fragte Eva, die neben sie getreten war und mit leuchtenden Augen aufs Meer blickte.

Im Dunstschleier des Horizonts war ein Schiff zu erkennen, ein paar Möwen kreisten über die Wasseroberfläche auf der Suche nach Beute. »Ich wohne schon viele Jahre hier oben, aber wenn ich das Meer sehe, geht mir immer wieder das Herz auf.«

Katja musste ihr recht geben. Das Meer war etwas anderes als der Rhein. Natürlich konnte Kölns Lebensader bei schönem Wetter ebenfalls sehr reizvoll aussehen, doch das Meer würde seine Schönheit auch dann behalten, wenn der Himmel grau und dunstig war. Der Rhein wurde bei solchem Wetter zu einem brackig aussehenden Band, das Touristen vorrangig an Verschmutzung denken ließ, obwohl sich die Wasserqualität in den vergangenen Jahren merklich verbessert hatte.

»Hast du eine Ahnung, welche Himmelsrichtung das ist?«, fragte Eva und trat dichter ans Fenster.

»Nein, woher sollte ich? Ich weiß, dass ich aus dem Süden gekommen bin, die Insel liegt nördlich, nur leider ist meine Orientierung durch die Fahrt mit dieser scheußlichen kleinen Bahn durcheinandergeraten.«

»Nenn sie nicht scheußlich, sie ist nostalgisch«, entgegnete Eva. »Solche kleinen Dampflokomotiven findet man in Deutschland nicht mehr häufig.«

»Dennoch ist es mir lieber, mit anderen Verkehrsmitteln zu reisen.«

Ihre Entgegnung schien Eva nur beiläufig mitbekommen zu haben, denn sogleich machte sie sich wieder Gedanken über die Himmelsrichtung.

»Sag mal, ist es nicht egal, in welche Richtung das Fenster zeigt?«, fragte Katja, während sie sich ihrem Rucksack zuwandte. Glücklicherweise hatte sie darauf verzichtet, irgendwelche feinen Kostüme mitzunehmen, denn die hätte sie hier unmöglich aufhängen können. Für die Abschlussveranstaltung hatte sie lediglich ein schwarzes Kleid aus Seidenjersey eingepackt, das beinahe knitterfrei war und sich wie eine zweite Haut an ihren Körper schmiegte. Kein Outfit der Welt konnte gegen die schlichte Schönheit dieses Teils ankommen!

»Egal ist es schon, aber mich würde schon interessieren, ob wir eher den Sonnenaufgang oder den Sonnenuntergang sehen können«, hörte sie Eva antworten.

»Warte ab bis heute Abend, dann wirst du es erfahren«, entgegnete Katja und zog das Kleid unter dem Gewühl der anderen Sachen hervor, als fürchtete sie, dass sich doch noch Knitterfalten einstellen könnten. Aber alles war glatt und glänzend, und das Gefühl des Stoffes in ihrer Hand ließ sie wieder an Chris' blank rasierte Brust denken. Zwar hatte er einen Zimmergenossen, doch irgendwo fanden sie sicher einen Platz, um es miteinander zu treiben. Wenn der andere partout nicht weichen wollte, machten sie es eben zu dritt. Katja würde es durchaus genießen, von vorn und von hinten gefickt zu werden und dann zwischen zwei warmen Männerleibern erschöpft einzuschlafen.

Nachdem sie die Schubladen verteilt, das Gepäck aus den Taschen geräumt hatten und Eva auf der Suche nach der Himmelsrichtung schlauer geworden war, fanden sie sich wieder unten im Foyer ein.

Als Vorgeschmack auf das Abendessen gab es einen kleinen Sektempfang, bei dem die Teilnehmer die Gelegenheit hatten, sich ein wenig näher kennenzulernen.

Katja hatte sich dazu in ein schwarzes Shirt und eine schwarze Hose geworfen. Eva trug ein hochgeschlossenes blaues Kleid, das ihr kurzes Haar sehr gut zur Geltung brachte. Keine von ihnen bildete sich allerdings ein, aus der Masse herausstechen zu können, immerhin waren hier ausschließlich Menschen versammelt, die sich mit Stil und Mode auskannten. Die meisten trugen Schwarz oder gedeckte Farben, lediglich einige extrem junge weibliche Models wirkten in ihren Kleidern wie bunte Schmetterlinge, die zwischen den Anwesenden umherflatterten.

Katja entging nicht, dass Eva nach »ihrem« Model Ausschau hielt. Es stand zusammen mit anderen Frauen, lachte und redete, und die Augen der jungen Designerin blieben förmlich an ihr kleben wie zwei große Brummer an einem Fliegenfänger.

Katja hätte ihrer Kollegin am liebsten gesagt, dass sie losgehen und sich das Schätzchen schnappen sollte, doch darauf schien Eva schon allein zu kommen.

»Entschuldige«, sagte sie, ohne den Blick von dem Model zu lassen, und schwebte davon.

Katja verharrte einen Moment lang an Ort und Stelle, dann erblickte sie einen Tisch mit Sektgläsern auf einem Silbertablett.

Es wäre zu viel gewesen, bei solch einem Anlass Champagner zu erwarten. Der Sekt, der in ihrem Glas nur noch schwach perlte, schien mit Mengenrabatt eingekauft worden zu sein, und der fade Geschmack erinnerte Katja irgendwie an eine der Studentenpartys, auf denen sie regelmäßig mit irgendeinem Kommilitonen im Bett gelandet war, ohne genau sagen zu können, wie sein Name war und welcher Studienrichtung er angehörte. Seit sie Enricos Cocktailmixkunst zum Opfer gefallen war, hatte sie Sekt nur dann pur getrunken, wenn wieder einmal eines dieser langweiligen Firmenmeetings angesagt war.

Dennoch nahm sie sich ein Glas und mischte sich dann

ebenfalls unter die Leute. Oder besser gesagt, sie tat so als ob, denn in Wirklichkeit suchte sie nach Chris.

Dabei stellte sie fest, dass sich die Gruppen inzwischen ein wenig vermischt hatten. Einige Models unterhielten sich mit den Modeschöpfern, und nicht wenige von ihnen wirkten, als wollten sie eine ganz bestimmte Person dazu überreden, mit ihm oder ihr zu arbeiten.

Einige der weiblichen Models machten sich ziemlich offensichtlich an die männlichen Designer heran, und auch Chris war von einer Frau belagert, die vor lauter Aufregung am ganzen Körper zu zittern schien und sich bestimmt schon zum zehnten Mal während des Gespräches mit den Händen durchs Haar fuhr.

Häng dir doch gleich ein Schild mit der Aufschrift »Ich bin zu haben« um den Hals, dachte Katja und verspürte zum ersten Mal seit langer Zeit einen Stich von Eifersucht. Chris fand sicher nichts dabei, mit dem Model zu ficken, genauso wenig, wie er etwas bei den Nummern mit ihr gefunden hatte. Sie wusste nicht einmal, ob er in festen Händen war. Auch wenn er es mit wildfremden Frauen im Zug trieb, war es gut möglich, dass irgendwo eine Partnerin auf ihn wartete, die sich nach seiner Rückkehr darüber wunderte, wie gut er im Training war.

Katja rang einen Moment lang mit sich, dann beschloss sie, der allzeit Verfügbaren den Rang streitig zu machen. Dabei überlegte sie allen Ernstes, ob sie dem Mädchen den billigen Sekt über das Kleid schütten sollte, rein zufällig natürlich. Sicher wäre das zu offensichtlich, und Chris würde sich darüber kaputtlachen. Aber ganz wollte sie diese Idee nicht verwerfen. Wenn alle Stricke rissen und sich die Kleine nicht abschütteln ließ, würde sie eben zufällig stolpern. Doch das brauchte sie gar nicht, denn just als sie auf die beiden zutrat, schien ihre Konkurrentin bereits genug von Chris zu haben und zog weiter.

»Du bist offenbar sehr begehrt bei den Damen.«

»Ja, Nicole hat es darauf abgesehen, meine Kreation zu tragen.«

»Nicht auf mehr?«

»Vielleicht, aber so deutlich ist sie nicht geworden. Wir haben nur über Mode gesprochen.«

Chris hob sein Glas und zwinkerte sie über den Rand hinweg schelmisch an. »Dich hat doch wohl nicht die Eifersucht gepackt?«, fragte er, nachdem er den schalen Sekt runtergeschluckt hatte.

»Wo denkst du hin!«, entgegnete Katja und raunte ihm dann zu: »Ich wollte dich bloß fragen, was du von einer schnellen Nummer in der Besenkammer hältst.«

»Meinst du, die haben hier so was?«

»Möglich wäre es«, entgegnete Katja. »Wir können uns ja auf die Suche danach machen, es sei denn, du hast noch was mit der Süßen vor.«

»Die Chance hast du mir ja verdorben«, gab Chris zurück und deutete auf das Sektglas in ihrer Hand. »Ich wette, du hast für einen kurzen Moment überlegt, ihr das Zeug überzukippen.«

Offenbar hatte der Sex mit ihm bewirkt, dass er ihre Gedanken lesen konnte. Sagte das am Ende auch etwas über ihr Verhältnis zueinander aus? Katja hätte Enrico danach fragen können – und vielleicht sogar eine befriedigende Erklärung bekommen. Doch Enrico war viele hundert Kilometer entfernt, ja, sie konnte sogar behaupten, dass er hinter dem Meer war, denn genau das war er. Sie würde sich wohl allein darüber klarwerden müssen, ob sie es mit diesem Mann länger aushalten würde.

»Für einen sehr kurzen Moment«, entgegnete Katja. »Allerdings spricht es für meine Willensstärke, dass ich es nicht getan habe.«

»Das tut es. Also, wollen wir uns auf die Suche nach der Besenkammer machen?«

»Nachher vielleicht«, hörte sich Katja sagen. Die neue Katja wohlgemerkt. Die Alte hätte ihn auf der Stelle am Arm gepackt und wäre mit ihm in den Gängen verschwunden. Nun, da die Frage, ob dieser Mann etwas für länger war, schon mal aufgekommen war, wollte sie erst ein bisschen mehr über ihn erfahren. »Jetzt wäre es an der Zeit, mir ein bisschen über dich zu erzählen. Das bist du mir schuldig, nachdem du einfach so aus dem Zug verschwunden bist.«

Für einen kurzen Moment blickte er sie an, als wollte er fragen, warum sie sich für sein Leben interessierte. Oder als ob er fragen wollte, was sie das anginge.

Doch dann war das Lächeln wieder da. Und die Frage: »Was willst du wissen?«

»Alles«, kam es wie aus der Pistole geschossen zurück. »Nehmen wir mal Eva, meine Zimmergenossin. Von der weiß ich, dass sie aus Hamburg kommt. Dass sie im Norden aufgewachsen ist und dass sie das Meer ebenso wie Sonnenauf- und -untergänge liebt.« Dass ihre Kollegin heiß auf eines der Models war, fügte Katja nicht hinzu, denn das war ihre Privatsache.

»Gegen Sonnenauf- und -untergänge habe ich auch nichts einzuwenden. Das Meer ist sehr schön, besonders wenn man Sex darin hat. Und geboren wurde ich dort, wo ich eingestiegen bin – in Essen.«

Er stammte also aus dem Rheinland. Das war das Erste, was Katja registrierte. Wenn sie von der Insel zurückkehrten, könnten sie sich vielleicht regelmäßig sehen. Essen war nicht weit von Köln entfernt, und wer konnte schon wissen, was noch alles auf sie zukam. Womöglich würde sie sogar umziehen, eine kleine Wohnung würde sie auch in Essen finden. Letzten Endes war ja auch möglich, dass sie ihr eigenes Label gründete und …

Stopp!, schrie eine Stimme in ihrem Kopf. Du hast mit ihm im Zug gevögelt. Du bist eine Woche mit ihm auf dieser Insel. Es war eindeutig zu früh, derartige Pläne zu schmieden. Vielleicht trieb er es zwischendurch noch mit ein paar anderen und stellte fest, dass sie eigentlich gar nichts für ihn war. Außerdem gab es da auch diesen Blonden, den sie gerne als Model gehabt hätte. Es war gut möglich, dass er sie so sehr um den Verstand vögelte, dass Chris nichts als eine schwache Erinnerung sein würde. Doch dann musterte sie den Mann vor sich wieder und wusste, dass ein Kerl verdammt gut sein musste, wenn er Chris vergessen machen wollte.

Immerhin gab es nicht zuletzt noch ein weiteres Problem. Für Chris war sie nicht Katja, die vierzigjährige, entlassene Modedesignerin, sondern Gina, die man auf Anfang dreißig schätzen konnte und die ihre Karriere noch vor sich hatte. Wenn es zu einer Beziehung kam, würde sie die Karten auf den Tisch legen müssen. Natürlich hatte sie schon von Menschen gehört, die viele Jahre unter falscher Identität lebten, aber das waren meist Kronzeugen, die von irgendwelchen Verbrecherorganisationen verfolgt wurden. Solange das nicht der Fall war oder sie vielmehr einem Mafia-Paten keinen schlecht sitzenden Anzug schneiderte, würde sie keinen anderen Pass bekommen. Sie würde früher oder später zugeben müssen, dass sie mit dem Namen gelogen hatte (ihr Alter kannte er ja noch nicht). Ob er in dem Fall noch bei ihr bleiben wollte?

»Alles in Ordnung?«, fragte Chris schließlich.

Erst jetzt merkte Katja, dass sie die ganze Zeit über wie versteinert dagestanden hatte. Das Sektglas in ihrer Hand fühlte sich warm an, wahrscheinlich war es der Inhalt inzwischen auch und damit ungenießbar. »Ja, alles in Ordnung. Ich war nur gerade mit den Gedanken woanders.«

»Bei was Unanständigem?«

Katja nickte der Einfachheit halber und wollte gerade den Vorschlag mit der Besenkammer wiederholen, als hinter ihnen ein Mann auftauchte. Er war dunkelhaarig, trug ein dunkelgraues Jackett über einem schwarzen Hemd und schien geradewegs einem Modemagazin entsprungen zu sein.

»Chris, du hier?«, fragte er, und während Katja fragend die Augenbrauen hochzog, wandte sich der Angesprochene um.

»Thomas?«

Auf diesen Ausruf hin erfolgte das, was man im Allgemeinen als typisch männliches Begrüßungsritual bezeichnen konnte. Die beiden schlugen die Fäuste gegeneinander wie zwei Rapper, danach fielen sie sich in die Arme und klopften einander auf den Rücken. Katja war sich nicht sicher, aber sie glaubte, dass unter diesen Schlägen kleine Staubwolken aufstiegen.

»Mensch, Chris, dass ich dich gerade hier wiedertreffe!«, rief Thomas begeistert aus, als sie voneinander abgelassen hatten. »Wann haben wir uns das letzte Mal gesehen? In der zehnten Klasse?«

»Da bist du weggezogen«, entgegnete Chris, und jetzt war es klar, dass ihn nicht irgendein Verrückter überfallen hatte, der sich das Wiedersehen mit einem alten Bekannten bloß einbildete.

»Ich hätte nicht gedacht, dass es dich mal unter die Modeleute verschlägt. Wo du doch damals so ein großer Fan von Motoren warst.«

»Ja, so kann es manchmal gehen. Ursprünglich wollte ich Industriedesigner werden, habe aber keinen Studienplatz bekommen. Der Professor, der meine Bewerbungsmappe durchgesehen hat, fragte daraufhin, ob ich nicht Lust hätte, Modedesigner zu werden. Das erschien mir zunächst ein wenig komisch, und du kannst dir sicher denken, was in der Klasse abgegangen ist, als das bekannt wurde.«

Sie haben sicher überall herumposaunt, dass du schwul bist, dachte Katja in Erinnerung an ihre eigenen Schultage, und war dankbar, dass sie diese Zeit hinter sich hatte.

»Na ja, ich habe mich trotzdem beworben und den Studienplatz bekommen. Danach habe ich ein paar Jahre für ein großes Modelabel gearbeitet, und jetzt bin ich hier, sozusagen bereit für den Schritt in die Selbständigkeit, sobald ich den letzten Schliff erhalten habe.«

»Und, vermisst du deine Motoren?«, wollte Thomas wissen.

»Ein bisschen. Aber ich kann ja zu Hause daran herumbasteln, wenn ich Zeit dazu habe.«

War das zu fassen? Diesem Typen, den er zwar aus Kindertagen kannte, den er jedoch jahrelang nicht gesehen hatte, erzählte Chris seinen halben Lebenslauf, während er sie, mit der er geschlafen hatte, gerade mal mit den wichtigsten Eckdaten vertraut machte. Und dann tat er auch noch so, als wäre sie gar nicht da.

Katja räusperte sich, was Chris augenblicklich innehalten ließ. Er blickte sie an, und sofort schien ihm aufzugehen, dass er etwas vergessen hatte.

»Äh …«, machte er, kratzte sich ein wenig verlegen am

Kopf und deutete auf Katja. »In meiner Wiedersehensfreude habe ich ganz vergessen, dir Gina vorzustellen. Das möchte ich hiermit nachholen. Das ist Gina Bergström. Gina, das ist mein alter Freund Thomas Finn.«

Thomas machte nicht den Eindruck, als würde ihn das interessieren, der Form halber reichte er Katja dennoch die Hand. Im nächsten Augenblick kam sie sich ziemlich blöd vor, denn wahrscheinlich hätte Chris sie gleich vorgestellt, wenn sie so etwas wie eine Freundin gewesen wäre. Stattdessen war sie bislang nur ein scharfer Zugfick, und das schien Thomas nicht wissen zu wollen, zumal er ohnehin nur Augen für Chris hatte.

Bevor dieser sich unter irgendwelchen fadenscheinigen Ausreden zurückziehen musste, um mit Thomas allein zu sein, setzte Katja das unverbindliche Lächeln auf, das sie in vielen geschäftlichen Besprechungen geschult hatte, und sagte: »Entschuldigt mich, ich glaube, ich habe da jemanden gesehen, mit dem ich mich dringend unterhalten will.«

Chris zwinkerte ihr zu, als hätte er die Ausrede durchschaut, doch Katja kümmerte sich nicht darum. Sie wandte sich um und versuchte so zu tun, als hätte sie tatsächlich einen anderen Gesprächspartner ausfindig gemacht.

Ihr Glück war es, dass Eva gerade auf dem Weg zu ihr war.

»Kennt ihr euch?«, fragte sie, und als sich Katja nach Chris umdrehte, sah sie, dass er sich mit Thomas zurückzog.

»Wir haben uns im Zug getroffen«, antwortete sie und wusste gar nicht, warum sie plötzlich Groll verspürte. Klar, Thomas hatte sie gerade um einen Fick im Mondschein gebracht, doch den konnten sie sicher nachholen. Falls Chris das wollte.

Seit wann bist du denn unsicher?, fragte die altbekannte kleine Stimme in ihrem Hinterkopf, und bevor sie dagegen protestieren konnte, fragte Eva laut: »Magst du ihn?«

»Ich denke schon«, antwortete Katja ehrlich.

»Ein Model ist er nicht, oder? Sonst hättest du dir ihn schnappen können.«

»Nein, er ist ein Kollege.«

»Dann pass bloß auf, dass keines von den Models sich an ihn ranmacht. Die Mädels sind alle superscharf, und die meisten sind nicht nur hier, um sich anziehen zu lassen, wenn du verstehst, was ich meine.«

Katja verstand sehr wohl. Und es würde sie nicht wundern, wenn so gut wie jeder hier darauf aus wäre, ein paar nette Nummern mit den anderen Kursteilnehmern zu schieben. Sie war es jedenfalls, und es ärgerte sie, dass sie sich so auf Chris fixiert hatte. Der schöne Blonde wusste sicher auch hervorragend mit seinem Schwanz umzugehen.

Bevor Eva weiter fragen konnte, entschloss sie sich, zum Gegenangriff überzugehen. »Was macht dein Model?«

»Oh, sie ist irre nett!« Offenbar hatte sie genau das richtige Thema angeschnitten. Chris war augenblicklich aus ihrem Verstand verschwunden. »Ihr Name ist Jenny. Sie ist schon für Lagerfeld gelaufen, aushilfsweise zwar, aber sie hat den großen Meister persönlich gesehen.«

Das war alles sehr eindrucksvoll, doch wahrscheinlich wäre Eva auch von dem Mädchen begeistert gewesen, wenn es nicht für Lagerfeld gelaufen wäre.

»Ich werde versuchen, sie zu bekommen. Sie ist meine Meerjungfrau!«

»Schön, dass du fündig geworden bist.«

»Was ist mit dir, hast du dir inzwischen auch ein Model ausgeguckt?«

»Ich denke schon.« Katja deutete auf den Blonden, der zwischen den Frauen, die ihn umringten, aufragte wie ein Maibaum.

»Da wirst du dich früh anstellen müssen. Auf den werden die anderen fliegen wie Bienen auf einen Honigtopf.«

Katja hätte beinahe gefragt, warum es Bienen nötig haben sollten, einen Honigtopf zu überfallen, wo sie Unmengen von dem Zeug in ihrem Stock hatten. Doch da es nur eine Redewendung war und Eva so wirkte, als hätte sie einen tollen Tipp, fragte sie nur: »Weißt du denn, ab wann man sich die Models aussuchen kann? Oder mit wem man schlafen muss, um vorher dranzukommen?«

Den zweiten Satz überging Eva, aber auf den ersten antwortete sie: »Das Büro ist gleich neben den unteren Zimmern. Ich war als eine der Ersten hier, und da ich Langeweile hatte, habe ich mich gleich ein wenig umgesehen. Als ich hinter die Tür schauen wollte, fuhr mich eine Dame an, dass es erst morgen mit dem Aussuchen der Models losginge. Also, wenn du deinen Traumtypen haben willst, solltest du dich frühzeitig dort melden.«

Katja fragte sich, wie früh frühzeitig tatsächlich war, denn vielleicht hatten ja einige andere dieselbe Idee. Doch bevor sie nachhaken konnte, wurde zum Sturm auf das Buffet geblasen. So, wie die Menge voranstürmte, schwante der Designerin für die Modelvergabe Böses. Doch vielleicht fand sie einen Grund, nachts wach zu bleiben. Chris konnte schließlich nicht den ganzen Abend mit seinem wiedergefundenen Schulkameraden reden.

Das Essen war in etwa so gut wie der Sekt, und zum Glück hatte Katja ohnehin nicht viel Hunger. Als die Veranstaltung vorbei war, trotteten die Kursteilnehmer brav in ihre

Zimmer zurück. Katja war so sehr mit ihren Gedanken über Chris und das Model beschäftigt, dass sie gar nicht mitbekommen hatte, wie sich die Organisatoren unters Volk gemischt hatten. Für einen kurzen Moment kam es ihr in den Sinn, dass sie vielleicht die Chance verpasst hatte, sich den großen Blonden zu sichern. Allerdings blieb es ihr immer noch freigestellt, morgen eine der Ersten zu sein und freie Auswahl zu haben.

Eigentlich hätte man glauben können, dass die Modeleute es vor dem Seminar noch einmal so richtig krachen lassen würden, doch es war erstaunlich schnell ruhig auf den Gängen.

Auch Eva war nicht daran interessiert, länger als nötig aufzubleiben. Katja hingegen fühlte sich merkwürdig aufgekratzt. Vielleicht lag es an dem Essen, vielleicht auch an dem schlechten Sekt oder der Meeresluft, die kontinuierlich durch einen Spalt unter dem Fenster ihren Weg in den Raum suchte. Mit offenen Augen lag sie da, starrte auf die Zimmerdecke, an der sie eine Reflexion des Mondlichts auf dem Meer wahrnahm (oder zumindest glaubte, dass es das Meer wäre), und fragte sich, wann wohl der beste Zeitpunkt war, um sich hinauszuschleichen. Sie wollte sich am kommenden Morgen nicht fragen lassen, wo sie gewesen war, und einen desinteressierten Blick ernten, wenn sie berichtete, dass sie es mit einem Kerl getrieben hatte.

Als Katja sich sicher war, dass Eva eingeschlafen war, erhob sie sich, griff in ihre Tasche, in der sie ihre Seidenstrümpfe verstaut hatte, und holte sie hervor. Bereits das Gefühl, sie leicht und zart in der Hand zu halten, erregte sie, und als sie sich vorstellte, was sie damit alles anstellen konnte, begann ihre Pussy zu kribbeln. Rasch tauschte die Designerin ihren Slip gegen ein durchsichtiges schwarzes

Höschen, von dem sie hoffte, dass es Chris anmachen würde, schnappte sich ein paar *Green Crocodiles* und schlich sich aus dem Zimmer.

Die Villa wirkte auf den ersten Blick ruhig und verlassen, nirgendwo brannte Licht. An der Treppe angekommen, spähte Katja nach unten. Der Eindruck, in einer Jugendherberge zu sein, stellte sich wieder ein, und gleichzeitig das erregende Gefühl, etwas Verbotenes zu tun. Sicher, es war nicht untersagt, dass sich die Teilnehmer untereinander besuchten, aber in Katjas Phantasie gab es eine strenge Aufseherin mit an den Kopf geklatschter Frisur, die nur darauf lauerte, irgendwelche armen Sünder zu erwischen. Diese Dame sah ein klein wenig wie die Organisatorin aus, die sie eingewiesen hatte, und Katja war sicher, dass sie die Aufseherin überlisten konnte. Wer weiß, vielleicht trieb sie es ja gerade wild mit dem Mann in dem grauen Anzug.

Da erregte ein Geräusch ihre Aufmerksamkeit und brachte sie dazu, an der Treppe stehen zu bleiben. Machte etwa doch jemand die Runde und passte auf, dass die Gäste ja nichts Unmoralisches trieben?

Katja hielt es für angebracht, sich neben das Treppengeländer zu hocken, für den Fall, dass es hier tatsächlich so etwas wie einen Aufseher gab.

Zunächst konnte sie nichts erkennen, vielleicht hatte sie ja auch nur das Gebälk knarren gehört. In der Wohnung, in der sie bisher ihre Nächte verbracht hatte, hatte es keine arbeitenden Balken und Treppen gegeben. Allerdings gab es dort auch kein Meeresrauschen, das man selbst hinter den dicken Mauern noch hören konnte.

Die Designerin wollte sich gerade erheben, als sie nicht nur wieder ein Geräusch hörte, sondern auch einen Schatten vorbeihuschen sah. Durch die hohen Fenster fiel ziemlich viel Mondlicht herein, und da sich Katjas Augen mittlerweile an die Dunkelheit gewöhnt hatten, konnte sie erkennen, dass eine Person sich den Sofas näherte, die im Foyer herumstanden. War da etwa noch jemand auf der Suche? Vielleicht sogar Chris, der zu ihr nach oben wollte?

Katja verharrte, wo sie war. Wenn Chris wirklich die Treppe hinaufkommen würde, konnte sie ihm einen kleinen Schrecken einjagen, bevor sie ihn in den Korridor zerrte und ihn in der Dunkelheit fickte.

Doch die Person unten, von der sie inzwischen sicher war, dass es sich um einen Mann handelte, machte keinerlei Anstalten, zur Treppe zu laufen. Der Unbekannte ließ sich auf dem Sofa nieder. Konnte es sein, dass er lediglich die Schönheit der Nacht bewundern wollte?

Wenige Augenblicke später hörte sie ein weiteres Geräusch hinter ihr, und allmählich wurde ihr klar, dass jemand die gleiche Idee gehabt hatte wie sie. Sicher wartete der Mann dort unten auf einen der Teilnehmer von hier oben.

Katja wusste, dass man sie sehen konnte, daher versteckte sie sich rasch hinter der monströsen Palme neben dem Treppengeländer. Der Übertopf allein war groß genug, um damit eine Rudertour auf dem Meer zu machen, also war sie sicher, dass sie der ominöse Fremde nicht bemerkte.

Schließlich tauchte jemand aus dem Korridor auf. Überraschenderweise nicht aus dem für Frauen. Ein junger, schlanker Mann kam aus dem Männerflur, in dem Chris leider nicht sein Zimmer hatte. Achtlos ging er an der Zimmerpflanze und damit auch an der Designerin vorbei.

Katja war sich nicht sicher, ob sie gehen oder bleiben sollte. Sie konnte Chris auch später noch besuchen, aber sie war von Natur aus neugierig und wollte wissen, was dort unten gleich abgehen würde.

Vielleicht hatten die beiden Männer eine geheime Besprechung wegen der Entwürfe …

Im nächsten Moment hätte sie am liebsten kehrtgemacht, doch was sie nun sah, brachte sie davon ab. Die beiden hatten alles andere als eine geschäftliche Besprechung. Kaum standen sie sich gegenüber, fielen sie sich auch schon in die Arme und küssten sich innig. Katja musste neidvoll zugeben, dass die beiden leidenschaftlicher waren, als sie jemals geküsst hatte. Kannten sich die beiden schon länger, oder lief das bei den Jungs anders? Sie hatte Enrico nie gefragt, und vielleicht würde er ihr auch die Cocktails streichen, wenn sie es tat, aber irgendwie wollte sie es schon wissen.

Natürlich hätte es sich für sie gehört, jetzt auf dem Absatz umzudrehen und ins Zimmer zurückzukehren, doch von den beiden ging eine intensive Schwingung aus, die Katja wie eine Welle erfasste und sie verharren ließ, wo sie war.

Die beiden Männer küssten sich, als wollten sie einander verschlingen, dann begann der Wartende, seinem Gegenüber das Hemd aufzuknöpfen. Durch das Licht konnte sie erkennen, dass der Zweite ein Latino war, den sie am Abend unter den Wartenden gesehen hatte. Der Mann, der es nicht nur bei dem Hemd beließ, sondern nun auch die Hose seines Lovers öffnete, hatte dagegen helles Haar, und ein wenig erinnerte er sie an Chris. Doch als er sich vor den Latino kniete und dessen halb steifen Schwanz zwischen die Lippen saugte, konnte sie erkennen, dass es nicht ihre Zugbekanntschaft war.

In diesem Augenblick dachte sie nicht daran, dass ihr ein Mann ihren neuesten Lover streitig machen könnte. Vielmehr war sie völlig fasziniert, wie sich die Nackenmuskeln des Blonden bewegten, während er den Kopf rhythmisch vor und zurück stieß. Katja hatte schon etlichen Männern einen geblasen, allerdings nicht so virtuos, wie sie es gerade beobachtete. Vielleicht sollte sie sich ein bisschen von dem Profi hier abschauen.

Der Latino hielt sich an den Schulten seines Partners fest und krallte sich schließlich regelrecht in den Stoff, denn der Blonde wurde nun schneller und drohte, ihn jeden Augenblick umzuwerfen. Katja hörte leise Schmatzlaute, die sich mit unterdrücktem Stöhnen mischten. Sie wusste, wie sich ein Schwanz anfühlte, der kurz vor dem Explodieren stand, und sie wusste auch, welche Geräusche ein Mann machen konnte, unmittelbar bevor er kam. Sie beneidete den Blonden ein wenig um dieses Vergnügen, denn so, wie sich die Latino-Sahneschnitte anhörte, würde er jeden Moment kommen. Schließlich war es so weit. Der Blonde zog die Hüften des Dunkelhaarigen an sich, und der Latino warf den Kopf in den Nacken. Das Mondlicht strich ihm über Kinn und Kehle, über die Brust und den Bauch und über den Kopf des Mannes, der immer noch vor ihm verharrte. Erst eine ganze Weile später erhob er sich, und da sah Katja, dass er den Latino festhielt, damit er nicht nach hinten kippte.

Sie an seiner Stelle hätte jetzt etwas gesagt, das ihren Partner zum Lachen gebracht hätte, aber der Blonde brauchte keine Bestätigung für sein Können. Der Latino fuhr ihm zärtlich durch die Haare, und wieder küssten sie sich, diesmal mit der Sanftheit von Frischverliebten, die die Lippen des anderen erst einmal kennenlernen mussten.

Kaum konnte der Latino wieder fest auf beiden Beinen stehen, ließen sich die beiden auf das Sofa sinken. Sie schienen keine Bedenken zu haben, dass sie jemand beobachten oder vorbeikommen könnte. Die Aufseherin war offenbar doch nur in Katjas Phantasie vorhanden. Seelenruhig schälten die beiden sich nun gegenseitig aus den Kleidern und ließen sie achtlos neben dem Sofa fallen. Angesichts der gutaussehenden Männerkörper konnte Katja nicht anders, als den Atem anzuhalten. Das Spiel der Muskeln im Mondlicht, das Auftauchen eines knackigen Hinterns aus der Dunkelheit, das Streicheln einer Hand über ein wohlgeformtes Sixpack. In den Augen der Designerin musste so ein Werbespot für Herrenparfüm aussehen. Sie erinnerte sich an den Porno, den sie neulich geschaut hatte, in der Nacht, nachdem sie ihre Radikalverwandlung durchgemacht hatte. Doch der war nicht mal halb so scharf gewesen wie das, was die beiden Männer da unten taten. Der Blonde schob sich jetzt über den Latino, der halb auf dem Bauch lag. Er küsste den Nacken seines Partners, biss sanft hinein und griff schließlich nach dessen Schwanz. Er massierte ihn einen Moment lang, dann erhob er sich kurz. Was er nun tat, konnte Katja nicht erkennen, aber nach einer Weile hockte er sich hinter den Latino und drang in ihn ein.

Beide stöhnten gleichzeitig auf, während der Blonde nach vorne griff. Seine Hand schloss sich um seinen Schwanz, und er rieb ihn vorsichtig, während er mit den Hüften zu stoßen begann. Das Mondlicht, das auf die linke Gesichtshälfte des Dunkelhaarigen fiel, legte gleichzeitig Lust und Schmerz offen, aber bei dem Schmerz handelte es sich um etwas, das sich der Mann wünschte. Das Stöhnen der beiden wurde lauter, zwischendurch sagte der Dunkelhaarige etwas, das Katja nicht verstand. Doch die Worte waren ohnehin nur für seinen Lover bestimmt, und er hatte einen Wunsch geäußert, den der Blonde nur allzu gern erfüllte. Er stieß weiter und schneller und wichste ihn gleichzeitig, und nach einigen Minuten, deren Zahl weder die Männer noch Katja kannten, kamen die beiden, einer nach dem anderen. Keuchend barg der Blonde das Gesicht an der Schulter seines Partners, der seinerseits nach hinten griff und über die Schenkel seines Lovers streichelte. Die Männer verharrten eine ganze Weile in der Position, dann erhoben sie sich und zogen sich an.

Keiner von ihnen sprach ein Wort, auch dann nicht, als sie sich anschickten, Abschied zu nehmen. Wieder küssten sie sich leidenschaftlich und streichelten einander die Wangen, dann gingen sie auseinander. Der Blonde verschwand in den Tiefen des Korridors, während der Latino wieder die Treppe erklomm, leise und geschmeidig wie eine Katze. Katja duckte sich noch ein Stück tiefer hinter die Topfpflanze, doch selbst, wenn sie es nicht getan hätte, wäre der Mann nicht auf sie aufmerksam geworden. Ein glückliches Lächeln umspielte seine Lippen, das ihn alles um sich herum vergessen ließ.

Katja beneidete ihn irgendwie darum. Aber auch sie würde in dieser Nacht vielleicht noch eine Chance bekommen, befriedigt einzuschlafen. Als sie sich erhob, spürte sie es zwischen ihren Beinen so hart pochen wie nie zuvor. Obwohl die beiden Männer längst verschwunden waren, hatte sie noch immer vor sich, wie sie es miteinander getrieben hatten. Davon angestachelt, wurde die Lust auf Chris beinahe übermächtig, und nach einer Weile war es ihr egal, ob sein Zimmergenosse etwas gegen ihren Besuch hatte oder nicht. Sollte er ihretwegen ruhig zuschauen, wenn sie nur Chris' Schwanz in sich spüren konnte!

Ebenso lautlos wie der Latino huschte sie die Treppe hinunter. Ihr Blick streifte das Sofa, auf dem sich die beiden geliebt hatten, dann betrat sie den Gang zu den »Männerzimmern«. Sie fragte sich, was sie tun würde, wenn sie Chris fickend mit seinem ihr bislang noch unbekannten Zimmergenossen vorfinden würde. Sollte sie darum bitten, mitmachen zu dürfen?

Erst jetzt fiel ihr ein, dass es vielleicht besser gewesen wäre, ein Feuerzeug oder eine Taschenlampe mitzunehmen. Beides hatte sie nicht dabei, und so blieb ihr nichts weiter übrig, das Licht kurz anzuschalten, um wenigstens eine Idee von der Lage der einzelnen Zimmer zu bekommen.

Die Lampen leuchteten gleichzeitig auf, nur eine davon flackerte dabei, als wollte sie es sich noch einmal überlegen, und nach einem schnellen Rundblick hatte Katja die Nummer sieben ausgemacht: zweite Tür links.

Wenn ich mich irre, wird sich gleich jemand ganz schön wundern, dachte Katja und betätigte erneut den Lichtschalter. Die Dunkelheit umgab sie jetzt noch stärker als zuvor, aber das war für ihren Tastsinn irrelevant. Sie zählte die Türklinken und drückte schließlich jene herunter, von der sie meinte, dass sie zu Chris' Zimmer gehörte.

Eine Wolke von verbrauchter Luft, Bettfedergeruch und zweierlei Duschgelnoten strömten ihr entgegen. Glücklicherweise standen die Betten so, dass das Mondlicht auf die Gesichter der Schlafenden fiel, so lief sie nicht Gefahr, die beiden Männer zu verwechseln und dem Falschen mit ihren Brüsten übers Gesicht zu streichen.

Nachdem sie sichergestellt hatte, dass keine herumstehende Tasche sie zu Fall bringen konnte, schlich sie an das Bett des Mannes, der Chris von weitem am meisten ähnelte. Direkt neben ihm ging sie in die Hocke. Noch einen letzten Blick zu seinem Bettnachbarn, dessen leises Schnarchen langsam, aber sicher stärker zu werden schien, dann wandte sie sich ihrem Lover zu. Der Schlaf verlieh seinem Gesicht etwas Unschuldiges, das beinahe mütterliche Rührung in ihr hervorrief. Allerdings schüttelte sie dieses seltsame Gefühl sogleich wieder ab und beugte sich über ihn.

Wie weckte man einen Mann, ohne dass er mit einem Aufschrei in die Höhe fuhr? Katja überlegte einen Moment lang, dann erkannte sie an einem kurzen Glitzern in Chris' Augen, dass er sie ansah.

»Du schläfst ja gar nicht«, raunte sie ihm zu, und er wusste offenbar auch keinen Grund, sich weiter zu verstellen. Er richtete sich auf, griff sanft nach ihren Hüften und zog sie zu sich aufs Bett. Die Federkernmatratze knarrte protestierend, aber das Geräusch war nicht so laut, dass es jemanden hätte wecken können.

»Was verschafft mir die Ehre deines Besuches?«, flüsterte Chris, und im selben Augenblick suchte seine Hand ihren Weg unter ihr Nightie. Dabei streifte er das durchsichtige Höschen und glitt schließlich hinein. Siedend heiß fiel Katja ein, dass es womöglich an der Zeit gewesen wäre nachzurasieren, aber dazu war es jetzt zu spät. Und es schien Chris auch nicht zu stören.

»Ich wollte dich sehen. Und mit dir ficken«, antwortete sie ehrlich.

»In der Gegenwart von Michi?«

»Ist das dein Zimmerkumpel? Oder hat dein Schwanz einen Namen.«

»Mein Schwanz heißt Big Ben, Michi ist tatsächlich mein Zimmergenosse.

»Big Ben, wie?« Katja musste sich beherrschen, um nicht laut loszulachen.

»Findest du etwa, das passt nicht?«

»Kommt ganz darauf an.« Katja ließ eine Hand schlangengleich unter die Bettdecke gleiten, während seine Finger mit ihrem nachwachsenden Busch spielten.

Sie wurde rasch fündig, und auch wenn Chris noch ein wenig müde wirkte, dieser Teil seines Körpers war hellwach! Da ergriff sie doch gleich die Gelegenheit und begann mit einer Massage, die Chris nach Luft schnappen ließ.

»Nicht so schnell, in diesem Zustand bin ich extrem reizbar«, flüsterte er und barg den Kopf an ihrer Schulter.

Instinktiv fand er den Punkt an ihrem Hals, an dem auch sie äußerst reizbar war, und küsste ihn. Katja biss sich auf die Lippen, während sie innehielt. Ein warmer Sehnsuchtstropfen floss über ihre Hand. Chris verharrte noch eine Weile an ihrem Hals, während er mit den Fingern den Weg zwischen ihre Lippen suchte. Er fand ihren Kitzler auf Anhieb, und Katja konnte sich nur schwerlich beherrschen, laut aufzuschreien. Nach einer Weile zog sich die Hand wieder zurück. Erst jetzt merkte sie, dass sie mit der Massage aufgehört hatte. Ihr Herz wummerte gegen ihren Brustkorb, und ihr Blick bohrte sich geradezu in seine Augen. Verdammt schöne Augen!

»Und nun?«, fragte er, als ihnen beiden klar war, dass sie sich nicht einfach so voneinander trennen konnten, ohne dass etwas geschah. »Wenn wir vor Michi loslegen, wird er wach, und dann wird er mich der Verbrüderung mit dem Feind bezichtigen.«

»Wo wollen wir es sonst tun?«

»Draußen!«, antwortete Chris, kaum dass sie die Frage zu Ende formuliert hatte.

»Ist es dort nicht ein bisschen frisch?«

»Nicht, wenn wir in den Pavillon gehen.«

»Du meinst den Pavillon am Strand?«

»Nein, den hinten auf dem Schlosshof. Es gibt dort Bänke, und wir wären allein, bis der Gärtner kommt, um den Rasen zu mähen. Also?«

Katja war sich nicht sicher, ob sie eine Erkältung riskieren wollte. Doch da die Alternative für sie beide einsames Masturbieren gewesen wäre, antwortete sie: »Okay, dann im Pavillon.«

Sie erhob sich vom Bett und spürte die klebrige Feuchtigkeit zwischen ihren Schenkeln. Es war wie damals in dem Traum, den sie gehabt und noch immer nicht vergessen hatte. Wie hatte der Mann, mit dem sie es so heftig getrieben hatte, bloß ausgesehen? Sie konnte sich noch sehr gut an den Schwanz erinnern, aber nicht an sein Gesicht. Hatte er überhaupt eines gehabt? Träume hatten es manchmal an sich, solche Details auszusparen.

Aber in diesem Augenblick war es egal. Sie war nicht in einem Penthouse in Köln, ihre Seidenstrümpfe hielt sie in der Hand, und Chris warf ihr gerade eine Jacke über, damit sie auf dem Weg nach draußen nicht fror. Wenn sie erst einmal im Pavillon waren, würde er sicher dafür sorgen, dass ihr ganz schnell warm wurde.

Rasch zog er eine Hose und einen Pullover über, dann schlichen sie in Richtung Tür. Chris schlug sich das Bein an der Kommode neben dem Bett an, doch das Geräusch und sein unterdrückter Fluch ließen Michi nicht aus dem Schlaf schrecken.

Als sie endlich durch den Korridor hasteten, hätte Katja Chris beinahe von ihrer Beobachtung erzählt. Aber dann sagte sie sich, dass es die Sache der beiden Männer war, was sie miteinander trieben. Schließlich wollte sie auch nicht, dass irgendwer etwas von ihren Sexerlebnissen erzählte.

Diesmal war die Eingangshalle frei von knutschenden und fickenden Pärchen, den Weg durch die Vordertür nahmen sie trotzdem nicht. Chris bildete sich ein, den Hinterausgang zu finden, also betraten sie schließlich einen Korridor, der jedem Darkroom in einem Sexclub Ehre gemacht hätte.

»Bist du dir sicher, dass das der richtige Weg ist?«, flüsterte Katja. Viel erkennen konnte sie nicht, aber sie würden es sicher merken, wenn sie in eine Sackgasse gerieten.

»Ich bin mit Thomas auf dem gleichen Weg nach draußen gegangen. Er wollte eine rauchen und wusste nicht, ob es drinnen erlaubt ist. Schließlich wollte er keinen schlechten Eindruck auf die Kursleute machen.«

»Streber«, entschlüpfte es Katja, doch die Beziehung zwischen den beiden war offenbar nicht so tief, dass Chris Thomas verteidigte.

»Das war er wirklich«, stimmte er ihr zu. »Wir werden uns auf einen harten Konkurrenzkampf gefasst machen müssen. Hätte ich mich damals auf der gleichen Fachschule wie er beworben und hätten sie nur einen genommen, hätte er sicher das Rennen gemacht.«

»Nun stell dein Licht mal nicht so unter den Scheffel«, gab Katja zurück.

»Danke, dass du das so siehst. Aber Tom ist wirklich gut. Ich habe ein paar Arbeiten von ihm in der Hand gehabt, es war geflunkert, dass ich ihn schon lange nicht mehr gesehen habe. Höfliches Gerede. In Wirklichkeit ist mir im Lauf der Jahre die eine oder andere Idee von ihm untergekommen, und ich habe mich geärgert, wie gut dieser Mistkerl ist. Jetzt habe ich endlich die Gelegenheit, ihn zu schlagen, und das auch noch öffentlich.«

»Klingt ja nach einer richtig dicken Freundschaft.«

»Wer hat gesagt, dass wir Freunde sind? Er nicht und ich auch nicht. Wir kennen uns halt.«

Katja hörte, wie Chris stehen blieb. Er schien sich kurz zu orientieren, dann tastete er in der Dunkelheit nach ihrer Hand.

Ob es Absicht war, dass er ihr zuerst über die Brüste strich und dann ihr Handgelenk umfasste, konnte sie nicht sagen, aber ihre Nippel versteiften sich augenblicklich, und sie wusste nun wieder, warum sie durch diesen Korridor schlichen.

»Hier geht es lang«, sagte Chris entschlossen und zog sie mit sich.

Die Tür, an der sie wenig später ankamen, führte tatsächlich in den Garten hinter der Villa. Das Mondlicht beleuchtete einen weißen Pavillon, der von Blumenrabatten umgeben war. Ein malerischer Ort, von dem sie sich gut vorstellen konnte, hier Modeaufnahmen zu machen. *Back to the 1890s* oder so.

In dem Pavillon sitzen wir auf dem Präsentierteller, ging es Katja im nächsten Moment durch den Kopf. Es braucht nur jemand aus dem Fenster zu schauen, dann kann er sich bei unserem Anblick einen runterholen. Aber irgendwie störte sie das nicht. Genauso wenig wie es sie gestört hatte, nackt am Fenster zu stehen, damals in ihrem Traum.

In die Wände des Pavillons waren mehrere Fenster eingelassen, und die Tür stand offen. Katja hätte damit gerechnet, hier irgendwelche Gartengeräte vorzufinden, aber offenbar diente dieses kleine Gebäude immer noch dem Zweck, zu dem es einst errichtet worden war. Man konnte sich hier hinsetzen, lesen, seinen Gedanken nachhängen – oder unanständige Dinge tun. Vielleicht hatte ja vor Jahren sogar der Deichgraf mit der Deichgräfin …

»Komm her«, flüsterte Chris und zog die Designerin an sich.

Katja spürte, dass seine Erektion zurückkehrte. Während sie sich küssten, öffnete sie seine Hose und griff hinein. Sein Schwanz hatte die maximale Steife fast erreicht, aber es würde sicher nicht schaden, wenn sie ein wenig nachhalf.

Sobald er die Lippen kurz zurückgezogen hatte, glitt sie an ihm hinab und zog ihm die Hose ein Stück weit herunter. Ein würziger Geruch strömte ihr entgegen, und angesichts der prallen Eichel konnte sie nicht anders, sie musste ihn einfach kosten.

Chris stöhnte auf, als sich ihre Lippen über seinen Schwanz stülpten und sie begann, die Spitze mit der Zunge zu reiben.

»Das ist das Geilste, was es gibt«, raunte er, doch Katja hörte ihn kaum. Sie erkundete ihn mit dem Mund, saugte, rieb und massierte seine Hoden, die sich stramm anfühlten und nur darauf warteten, ihr eine volle Ladung in den Mund zu schießen.

Chris stöhnte auf und griff sanft in ihr Haar. Katja wichste ihn mit den Lippen, und als sie spürte, dass er kurz davor war zu kommen, ließ sie für einen Moment von ihm ab. Chris blickte sie überrascht an, sah dann jedoch, dass sie sich das Nachthemd herunterzog und seinen harten Prügel zwischen die Brüste nahm.

»Fick mir die Titten«, sagte sie und umschloss den harten Schaft mit ihren prallen Hügeln, so dass nur noch die glühende Spitze hervorlugte. Darauf ließ sie nun ein paar Tropfen Speichel fließen, damit er sich nicht heiß rieb, dann massierte sie ihn. Chris stöhnte und griff schließlich nach ihren Schultern. Nachdem er die Massage noch eine Weile reglos genossen hatte, begann er sie zu stoßen, hart und kraftvoll, so dass Katja aufpassen musste, nicht umgeworfen zu werden. Sie spürte, wie die zarte Haut ihrer Brüste heiß wurde und sein Schwanz zu zucken begann. Als sie nach seinen Hoden griff, war es um ihn geschehen. Sein Sperma spritzte ihr in einer Fontäne entgegen und traf sie am Kinn, dann regnete es auf ihre Brüste herab und floss in dicken Strängen über ihre Nippel. Katja spürte die angenehme Wärme seines Saftes und behielt ihn noch eine Weile bei sich.

Chris' Atem ging noch immer heftig, und es dauerte eine Weile, bis er sich wieder beruhigt hatte. Das Sperma kühlte ab und trocknete allmählich, doch Katja machte keine Anstalten, es abzuwischen. Sie genoss die geile Klebrigkeit und den würzigen Duft, der zu ihr aufstieg.

Als sein Schwanz kapitulierend erschlaffte, erhob sie sich wieder und gab Chris einen Kuss, den er zärtlich erwiderte.

»Weißt du«, sagte er, während er sie an sich zog. Das Sperma, das ihrer beider Haut aneinanderklebte, schien ihn ebenfalls nicht zu stören. »So eine Frau wie du ist mir noch nie untergekommen. Erst der Fick im Zug und jetzt die geile Nummer hier.«

»Ich habe noch viel mehr auf Lager«, entgegnete Katja und streichelte ihm über die Wange. »Ich bin mir sicher, das wird die heißeste Woche deines Lebens.«

»Das will ich hoffen. Mein Schwanz steht jedenfalls unheimlich auf dich.«

»Ich hoffe, der Rest auch.«

Ohne eine Antwort abzuwarten, griff Katja nach seinem Nacken und zog ihn an sich. Ihre Münder trafen sich, küssten sich gierig, und für eine ganze Weile erforschten ihre Zungen einander. Die Designerin dachte wieder an die Männer in der Eingangshalle, und bevor sie sich fragen konnte, ob sie ebenso leidenschaftlich zu sein vermochte wie die beiden, fragte Chris atemlos: »He, Moment mal, wo hast du so küssen gelernt? Das ist ein himmelweiter Unterschied zu gestern.«

»Willst du reden oder weitervögeln?«

Die Antwort darauf war ein langer, intensiver Kuss. Sie ließen sich auf den Deckenstapel in der Ecke sinken und schälten sich aus ihren Kleidern.

Viel auszuziehen hatten sie nicht, und das wenige, das vorhanden war, war in Windeseile von ihren Körpern herunter.

Katja hatte erwartet, dass Chris sie so schnell wie möglich vernaschte, doch er ließ sich Zeit. Erst küsste er ihren Hals, dann glitt er hinunter zu ihren Brüsten und begann, ihre Nippel auf die gleiche Weise zu reizen, wie sie es vorher mit seiner Eichel gemacht hatte. Seine Zunge war rauh, und er trieb das Spiel so lange, bis ihre Brustwarzen beinahe schmerzten. Erst dann ließ er die Zunge über ihren Bauch gleiten, machte kurz halt bei ihrem Nabel und wanderte weiter hinab zu ihrem Venushügel. *Rasieren!,* ging es Katja erneut durch den Kopf. Eigentlich hatte sie das bei der heutigen Dusche erledigen wollen, aber sie hatte es so eilig gehabt, dass sie daran nicht mehr gedacht hatte. Doch auch diesmal störte es Chris nicht. Er rieb sein Gesicht an dem dunkelroten Busch, und es verwunderte ihn nicht, dass sich die Farbe der Schamhaare von jener der Haare auf ihrem Kopf unterschied.

Mit der Zunge suchte und fand er den Weg durch die honigfeuchte Spalte. Als er ihre geschwollene Perle streifte, zuckte Katja zusammen und stieß ein leises Wimmern aus. Am liebsten hätte sie es gehabt, wenn er an genau der Stelle verharrt hätte, doch den Gefallen tat er ihr im Moment noch nicht. Er wanderte weiter, öffnete mit den Lippen die feuchte Knospe und tauchte tief darin ein.

Katja hatte das Gefühl, jeden Augenblick zu explodieren, aber als würde Chris ihr die Verzögerung von vorhin heimzahlen wollen, zog er sich unvermittelt aus ihr zurück. Katja stieß einen Unmutslaut aus, und Chris hatte zum Glück nicht vor, sie lange warten zu lassen. Er setzte seine Reise fort bis zu ihrem Anus, was Katja nach Luft schnappen ließ.

Dorthin hatte sich noch keiner ihrer Lover vorgewagt. Ein kleiner Anfall von Sauberkeitshysterie überkam die Designerin, aber sie hatte keine Möglichkeit, sich ihm zu entziehen. Chris umkreiste mit der Zunge die Rosette, dann kehrte er zu ihrem südlichen Mund zurück und versetzte ihm noch einen tieferen Kuss als zuvor. Katja stöhnte erneut, diesmal noch lauter, denn nicht nur Chris' Zunge fand den Weg in sie. Mit einem Finger, den er zuvor in ihren Säften gebadet hatte, drang er vorsichtig in ihren Anus ein. Das Gefühl war ihr nicht unangenehm, im Gegenteil, es machte sie sogar noch geiler. Das spürte Chris deutlich und begann, sie zu lecken. Immer wieder traf er mit der Zunge dabei ihren strammen Kitzler, was sie mit einem lustvollen Stöhnen zusammenzucken ließ. Schließlich begann er, den Finger in ihrem Hintern zu bewegen, und beides zusammen ließ sie so heftig kommen, dass sie ihm die Schenkel um den Kopf schlang, damit er ja keinen Zentimeter von ihr wich.

»He, du willst mich doch hoffentlich nicht ersticken!«, protestierte er wenig später, worauf sie sofort von ihm abließ. Als er aufsah, glänzte sein Gesicht von ihren Säften. Und er lächelte. Offenbar hatte er ihr die Schenkelattacke nicht übel genommen.

»Entschuldige«, sagte sie.

Chris schüttelte den Kopf, was so viel heißen sollte, dass es nicht der Rede wert war.

»Und nun?«, fragte er, die Hand noch immer an ihrer Nektarblüte, die ganz offenkundig nach mehr verlangte.

»Machen wir einfach weiter, bis nichts mehr geht«, entgegnete Katja und küsste ihn.

6. Kapitel

Ladies Choice

5 cl Gin
1,5 cl trockener Wermut
3 TL Kümmellikör

Alles gut verrühren
und genießen.

Obwohl sie noch eine ganze Weile im Pavillon geblieben waren, fühlte sich Katja am nächsten Morgen so frisch und ausgeruht wie noch nie. Die Meeresluft schien ihr zu bekommen – ebenso wie der Sex mit Chris. Was Letzteres anging, war sie sich allerdings nicht sicher, denn Sex hatte sie auch in Köln regelmäßig gehabt, und nie hatte sie sich am Morgen danach so frisch gefühlt. Oder lag es vielleicht daran, dass sie es nun schon zum zweiten Mal mit demselben Mann trieb?

Eine dritte Möglichkeit kam ebenfalls in Frage, aber gegen die sperrte sich Katja so sehr, dass sie nicht mal daran denken wollte.

Noch vor Eva stieg sie aus dem Bett und schlich sich auf Zehenspitzen in die Dusche. Es hatte durchaus seine Vorteile, die Erste im Bad zu sein. Die Spiegel waren noch nicht verschmiert, und man musste sich auch nicht fragen, wo der Duschkopf wohl bis vor kurzem noch war. Katja genoss das warme Prasseln auf ihrer Haut, und wie gewohnt machte sie sich Gedanken darüber, wie der anstehende Tag ablaufen würde.

Dass sie Chris wiedersehen und vielleicht noch mal mit ihm vögeln würde (na gut, nicht vielleicht, sondern ganz sicher), war beinahe schon ein fester Punkt auf der Tagesordnung, ebenso das Seminar, auf das sie sich bereits freute, vor allem wenn sie es schaffte, den Blonden als Model zu ergattern.

Da ihr außerdem wieder einfiel, dass Eva etwas von dem Büro und davon, dass sie frühzeitig dort sein sollte, gesagt hatte, beendete sie die Dusche früher als sonst, schlüpfte in ihren roten Nickianzug und ging nach unten.

Das Landhaus wirkte so verlassen irgendwie reizvoll. Das Morgenlicht fiel durch die hohen Fenster, und vom Garten her funkelte sie der Morgentau auf den Rosen an. Katja musste zugeben, dass der Morgen in einem Stadthaus anders war, lange nicht so romantisch wie hier in einer eher ländlichen Gegend.

Sie fragte sich, wie es jetzt wohl am Meer aussah, doch bevor sie ins Träumen geraten konnte, erinnerte sie sich wieder an das Model. Und dass sie die Sahneschnitte niemand anderem überlassen wollte.

Tatsächlich lag das Büro in der Nähe der Zimmer, in denen die Männer untergebracht waren. Sie kannte die Historie dieses Hauses nicht, doch sie konnte sich gut vorstellen, dass dort früher der Butler untergebracht war. Um diese Zeit hatte er sicher angefangen, die Zeitung zu bügeln und die Schuhe seines Herrn zu putzen. Jetzt wurden hier Models ausgegeben – wenn man das so nennen konnte, denn sie waren ja keine Uniform oder ein Verpflegungspaket.

Kurz fragte Katja sich, wie sie den Verantwortlichen ihren Wunschkandidaten schildern sollte, aber als sie eintrat, konnte sie die Porträtfotos der einzelnen Kandidaten auf einer Wäscheleine bewundern.

»Ah, guten Morgen, Sie sind aber früh hier«, sagte die Frau, die offenbar für die Verteilung der Models zuständig war. Sie hielt eine Kaffeetasse in der Hand und war offenbar auf so frühen Besuch nicht gefasst.

»Meine Oma sagte immer, wer zuerst kommt, mahlt zuerst.« Sicher hätte Chris für die Bemerkung ein spöttisches Grinsen parat gehabt, aber die Frau hier nahm die Worte ohne Hintergedanken.

»Na, dann suchen Sie sich mal eine Person aus. Die Männer sind rechts, die Frauen links.« Damit setzte sie sich hinter den Schreibtisch und schlürfte genüsslich ihren Kaffee.

Da Katja klar war, welches Geschlecht ihr Model haben sollte, ging sie schnurstracks zum rechten Teil der Wäscheleine. Die Fotos waren alle sehr professionell gemacht, wahrscheinlich zahlte der Veranstalter Unsummen dafür, dass die Kursteilnehmer nur die besten Models an die Hand bekamen. Einige Gesichter kamen Katja bekannt vor, wenngleich sie nicht genau sagen konnte, in welcher Modezeitschrift und auf welchem Plakat sie sie gesehen hatte. Gestern Abend bei der Begrüßungsparty war ihr das gar nicht aufgefallen, dabei wusste sie selbst, dass die Gesichter, die auf den Bildern zu sehen waren, in natura oft ganz anders wirkten.

Der Fotograf brachte die Models dazu, in eine bestimmte Rolle zu schlüpfen, und ein Foto war stets ein eingefrorener Moment, nämlich der, in dem sich das jeweilige Gesicht in Perfektion zeigte. Dass im wirklichen Leben Lachfalten und Mimik vorhanden waren, wusste dieser eine Moment nicht, er kannte nur die Perfektion. Dazu wurde er unter vielen anderen Momenten, die nicht so perfekt erschienen, ja auch ausgesucht.

Manchmal hieß das, dass ein Mensch, wenn er einem gegenüberstand, ganz anders, etwa jünger oder älter, erschien. Ganz selten war ein Mensch allerdings wirklich so perfekt, dass man ihn überall wiedererkennen würde. Das galt anscheinend für das Gesicht des Mannes, der es sich gestern von dem Blonden hatte besorgen lassen. Obwohl Katja ihn nur im Mondschein gesehen hatte, erkannte sie ihn sofort. Er war wirklich SCHÖN. Es passierte selten bei Männern, dass man sie schön nennen konnte. Gutaussehend, attraktiv, interessant, niedlich, süß – das waren alles treffende Attribute, wie sie jedes Model aufwies. Aber wahre Schönheit war auch dort selten. Dieser Mann hatte sie. Und der Kerl, der ihn in der Nacht hatte haben können, war ein Glückspilz. Wenn er sich dessen bewusst und kein Idiot war, würde er darauf bestehen, auch bei dem Kurs mit dem Latino zu arbeiten.

Katja riss sich von dem Anblick des schönen Mannes los und überflog die anderen Fotografien. *Attraktiv, gutaussehend, interessant,* bewertete die kleine Stimme in ihrem Kopf die Bilder.

Nachdem sie einen Großteil davon hinter sich gebracht hatte, ohne ihren Blonden wiedergefunden zu haben, begann sie sich zu fragen, ob er überhaupt ein Model war. Vielleicht hatte sich ja auch ein weiterer Modeschöpfer unter die Anwesenden gemischt. Das wäre schade, denn die restlichen Gesichter waren alle nicht besonders aussagekräftig, attraktiv zwar, doch irgendwie ohne den Hauch des Besonderen.

Katja wollte sich schon frustriert den Frauen zuwenden, immerhin hatte sie dafür schon einen ersten Entwurf, als sie ihn plötzlich entdeckte. In Schwarzweiß wirkte er natürlich etwas anders, irgendwie weniger lebendig, aber Katja war sich sicher, dass er es war. Das Gesicht war in einer Stellung aufgenommen, die es erlaubte, sich den Rest seines Körpers in der Pose eines Unterwäschemodels vorzustellen – oder in der eines Aktmodells.

Mit der Schönheit des Latinos konnte er es nicht aufnehmen, dazu war er viel zu engelsgleich. Trotzdem fiel er unter die Kategorie »sehr attraktiv«, und das reichte Katja schon, um fasziniert zu sein. Als hinter ihr die Tür ging und vermutlich ein weiterer Modeschöpfer eintrat, um sein Model auszuwählen, nahm sie schnell das Bild von der Wäscheleine und trat an den Schreibtisch.

Die Frau dahinter war vom Typ Sekretärin, nicht unansehnlich, jedoch so korrekt, dass es schon fast ins Eisige überging. Bevor sie sich um die Designerin kümmerte, gab sie dem Neuankömmling den Hinweis, dass er sich einfach ein Bild von der Leine nehmen solle, dann wandte sie sich Katja zu. An dieser Stelle wäre vielleicht ein Lächeln angebracht gewesen, doch offenbar war Mode für sie eine ernste Sache. »Der hier soll es sein?«

Irgendwie hörte es sich an, als würde die Frau in einem Bekleidungsgeschäft einen Blazer über den Ladentisch reichen.

»Ja, der und kein anderer!«, platzte es begeistert aus Katja heraus.

Die Frau musterte das Bild einen Moment lang, dann spitzte sie die Lippen. »Wirklich eine gute Wahl. Warten Sie, ich hole die Kartei.«

Erst jetzt merkte Katja, dass auf der Rückseite des Bildes eine Nummer notiert war. Mit deren Hilfe durchsuchte die Frau einen Karteikasten, bis sie schließlich die passende Karte gefunden hatte.

»Hier ist Ihr Kandidat. Denken Sie bitte dran, dass Sie

Ihren Entschluss nicht mehr ändern können, sobald alle anderen Designer ihre Wahl getroffen haben. Wenn Sie es sich also überlegen wollen, dann tun Sie es rasch.«

Katja nickte und nahm die Kartei zur Hand. Der Name des Blonden war Peter Jensen, er war gebürtiger Schwede und seit sieben Jahren im Business tätig. Er war gute fünfzehn Jahre jünger als Katja und zehn jünger als Gina. Die Liste der Designer, für die er bereits gelaufen war, war beträchtlich, und es verwunderte sie schon ein wenig, dass er an diesem Kurs teilnahm. Immerhin wiesen seine Referenzen auch Städte wie Paris und London auf. Wie gesagt, Berger und Partner zahlten sicher gut.

Für Katja war solch ein Model jedenfalls ein Glücksfall. Der Mann hatte einen tollen Körper und würde ihre Kreation sicher so präsentieren, dass man nicht annehmen musste, er habe einen Stock verschluckt.

»Ich glaube, ich bin mit Herrn Jensen vollauf zufrieden«, bekräftigte sie daher noch einmal ihre Wahl, woraufhin die Schreibtischdame sie mit einem Kopfnicken entließ.

Als Katja sich umwandte, konnte sie nicht anders als breit lächeln, denn sie entdeckte den jungen Mann, der den scharfen Latino in der Nacht so hingebungsvoll verwöhnt hatte. Wie sie richtig vermutete hatte, wollte er sich seinen Auserwählten nicht wegschnappen lassen. Vollkommen versunken in das Konterfei des Models schien er die Welt um sich herum zu vergessen.

Katja betrachtete ihn noch einen kurzen Moment, dann verließ sie mit dem Bild und dem Namen ihres Models das Büro.

Auf dem Weg zur Treppe kam ihr eine Horde Frauen in Jogginganzügen entgegen. Vermutlich wollten sie geschlossen in das Büro einfallen oder vorher noch eine Runde um die Villa drehen. Katja freute sich erneut, dass sie auf Evas Ratschlag gehört hatte, und huschte die Treppe hinauf.

Als sie die Tür zu ihrem Zimmer aufzog, saß Eva gerade im Lotussitz vor dem Fenster und schmetterte der Morgenluft, die durch das weit geöffnete Fenster hereindrang, ein kraftvolles »Hallo, Welt!« entgegen. Schlimmstenfalls erschreckte sie damit die Joggerinnen oder den Gärtner, doch das schien sie nicht weiter zu kümmern.

Katja erinnerte sich entfernt, dass sie mal für eine Probestunde einen Yogakurs besucht hatte, in dem man ihr empfohlen hatte, genau dies zu tun. Abseits der Empfehlungen hatte sie es allerdings vorgezogen, mit dem Yogalehrer zu schlafen, um ihr Yin und Yang in Einklang zu bringen. Das war dem Kerl tatsächlich gelungen, und danach hatte sie nie wieder einen Lover gehabt, der so beweglich war wie er. Wenn sie es über sich gebracht hätte, zu einer weiteren Stunde in dem Kurs zu erscheinen, hätte er sicher sein *Kamasutra* hervorgeholt und mit ihr einige Stellungen durchprobiert. Aber damals war sie mehr denn je der Meinung, dass es uninteressant war, zweimal denselben Mann im Bett zu haben.

»Ah, hallo Gina, wie war es im Büro?«, fragte Eva, als sie Katja bemerkte. »Hast du dein Model bekommen?«

Katja hielt das Foto so stolz hoch, als wäre es eine Jagdtrophäe. »Ja, und ich war die Erste dort unten. Was ist mit dir, willst du nicht runtergehen und deine Meerjungfrau sichern?«

»Natürlich«, entgegnete ihre Zimmergenossin und erhob sich aus der Sitzhaltung, die Katja wie ein Wunder erschien. Sobald sie sich nämlich in den Schneidersitz sinken ließ, hatte sie nicht nur Probleme mit dem Gleichgewicht, sie fand auch, dass sie total bescheuert aussah. Bei Eva wirkte das alles absolut geschmeidig, so als würde sie den ganzen Tag über nichts anderes tun. Oder ihr Geld als Profiturnerin verdienen.

»Machst du das jeden Morgen?«, fragte Katja, nachdem sie einen versonnenen Blick auf das Foto von dem Schweden geworfen hatte.

»Sicher«, entgegnete Eva leichthin und griff nach der Tasche mit ihren Duschsachen. »Ich habe herausgefunden, dass man tagsüber viel mehr Energie hat, wenn man am Morgen durch Yoga seine innere Mitte findet. Machst du etwa kein Yoga?«

Sah sie etwa so aus? Katja schüttelte den Kopf.

»Vielleicht solltest du damit anfangen. Ich könnte dir ein wenig Unterricht geben. Du wirst sehen, man fühlt sich hinterher viel ausgeglichener.«

Katja hätte wetten können, dass sie ihre Kollegin in diesem Augenblick genauso ansah wie das Model gestern. Doch sie wollte die Ärmste nicht vor den Kopf stoßen.

»Ich überlege es mir vielleicht.«

Eva lächelte geheimnisvoll. »Tu das. Ich stehe zur Verfügung, wenn du Lust hast.« Damit rauschte sie aus der Tür.

Die Designerin blickte ihr einen Moment lang nach, dann schüttelte sie den Kopf und warf einen Blick auf den Schweden. Er war wirklich eine Sahneschnitte! Nach der vergangenen Nacht mit Chris hatte sie eigentlich geglaubt, dass sie so schnell nichts mit einem anderen anfangen würde, aber allein das Lächeln dieses Mannes konnte dazu führen, dass eine Frau sich die Kleider vom Leib riss, die Beine spreizte und bettelte: »Nimm mich!«

Sie wusste wirklich nicht, was sie tun würde, wenn sie diesen Typen nackt vor sich hatte. Solange alle Teilnehmer zusammen in einem Raum arbeiteten, bestand wohl keine

Gefahr, dass sie ihn zu Boden warf und bestieg, wenn sie jedoch allein mit ihm war, konnte sie für nichts garantieren.

Nicht mal eine Stunde später war in der Eingangshalle die Hölle los. Als sie die Treppe hinunterkam, hatte Katja den Eindruck, als würden die Teilnehmer vor dem Büro anstehen. Oder war das schon der Sturm aufs Frühstücksbuffet?

Nein, es ging immer noch um die Models.

Einige Modeschöpfer hatten ihre Bilder bereits in der Hand, andere waren gerade auf der Suche nach den Personen, die zu den Bildern gehörten.

Eva hatte ihr Model bereits leibhaftig ausgemacht und unterhielt sich lebhaft mit ihr. Ob sie die junge Frau nach persönlichen Dingen fragte oder ihr lediglich erläutern wollte, wie ihre Vision einer Seejungfrau aussah, war nicht ersichtlich. Katja wollte sie nicht stören und machte sich auf die Suche nach ihrem Model.

Die Garderobe der Herren war heute nicht wesentlich anders als gestern, die meisten trugen Jacketts, und in ihr stieg die Frage auf, ob sie irgendeinen hohen Besuch erwarteten. Sie selbst hatte ein Shirt an, das für die Arbeit vollkommen okay war, für einen offiziellen Empfang allerdings ein kleines Stück zu unelegant.

Chris konnte sie unter der ersten Männertraube nicht ausmachen, dafür entdeckte sie den Schweden. Auch er trug ein Jackett, darunter allerdings kein Hemd, sondern ein weißes Shirt, das die Konturen seines Körpers betonte. Seine Jeans saß knackeng, und Katja bedauerte ein wenig, dass sie nicht hinter ihm stand und sein Gesäß genauer in Augenschein nehmen konnte.

Er unterhielt sich gerade mit einem Mann, den Katja zunächst für Thomas hielt, doch es gab bei dieser Veranstaltung mehrere dunkelhaarige Männer, und als sie Thomas' aufdringliche Stimme aus einer anderen Ecke des Raumes vernahm, war sie sicher, dass er es nicht war.

Doch egal, wer dieser Typ war, sie wollte endlich auf Tuchfühlung gehen.

Mit dem breitesten Lächeln, das sie auf ihre Lippen zaubern konnte, drängte sie sich zwischen die beiden Männer.

»Hallo, bist du Peter?«, fragte sie den Schweden und wedelte mit dem Foto durch die Luft.

»Ja, der bin ich«, gab das Model zurück und sprach die Worte mit einem ziemlich süßen Akzent aus. Katja hatte ihn plötzlich in einem Wikinger-Outfit vor sich, und sie hätte in diesem Augenblick nichts dagegen gehabt, wenn er sie auf die Arme gehoben und zum Strand getragen hätte, um sie an Ort und Stelle zu vernaschen. »Und wer bist du?«

»Ka... ich meine Gina. Ich bin Gina!« Sie streckte ihm die Hand entgegen und verfluchte sich selbst, dass der bloße Anblick eines blonden Hünen dazu führen konnte, dass sie alle Vorsicht um ein Haar fahren ließ.

»Hallo Gina, schön, dich kennenzulernen.«

Während er sprach, blieb Katjas Blick an seinen Augen hängen. Was für blaue Augen! Sie war sich sicher, dass sie noch nie einen Mann mit solchen Augen gesehen hatte. Vielleicht Terence Hill oder Henry Fonda oder irgendein anderer Italo-Western-Star. Aber im wirklichen Leben niemals. Nicht mal unter den Models, die für Cologne Fashion gelaufen waren. Auch konnte sie sich beim besten Willen nicht vorstellen, dass die neuen Typen von Starlight solche Männer an der Hand hatten.

Katja war derart fasziniert von dem Schweden, dass sie nicht mitbekam, wie sich sein Gesprächspartner diskret zurückzog. Sie konnte nicht mal sagen, wer es eigentlich war, denn sobald sie ihren Wikinger vor Augen gehabt hatte, hatte sie alles andere vergessen.

»Willst du wissen, wo ich vorher gearbeitet habe?«, fragte Peter, und auf seinem Gesicht zeichnete sich ein nachsichtiges Lächeln ab, so als wüsste er, warum Frauen in seiner Gegenwart plötzlich still wurden und die Augen nicht mehr von ihm lassen konnten.

»Eigentlich …« Katja fühlte sich in ihre Schulzeit zurückversetzt, in der sie Schwierigkeiten hatte, Jungen anzusprechen. »Ja, warum denn nicht?«

Peter lächelte, dann bot er ihr ganz gentlemanlike den Arm an und führte sie fort aus dem Pulk von Leuten.

An einem verhältnismäßig ruhigen Ort angekommen, erfuhr Katja ein Großteil der Dinge, die sie dank der Kartei bereits wusste, aber sie fand Peters Akzent so niedlich, dass sie ihn nicht stoppte.

Danach folgten ein paar persönliche Dinge, die sie überraschten. Seine Mutter war Deutsche, sein Vater schwedischer Botschaftsangestellter. Eigentlich hatte er Maschinenbau studiert, doch dann war er von einem Modelscout entdeckt worden. Er hatte einige kleinere Jobs bei verschiedenen jungen Designern, und demnächst würde er für ein großes Jeanslabel Werbung machen. Das Engagement hier sah er als Überbrückung der Wartezeit an. Das Geld war kaum der Rede wert, doch wann hatte man schon die Gelegenheit, an solch einem Projekt mitzuwirken!

So, wie er es aussprach, konnte man glauben, dass es nicht einfach nur ein Kurs war, der junge Designer fortbilden sollte. Hatte sie in den Prospekten vielleicht etwas überlesen? Oder wusste Peter mehr als sie?

Sie nahm sich vor, das herauszufinden. Der Schwede war jedenfalls sehr sympathisch, und der Gedanke, dass sie seine Bauchmuskeln, die sich deutlich sichtbar unter seinem Shirt spannten, berühren konnte, während sie Maß bei ihm nahm, bescherte ihr ein vorfreudiges Kribbeln zwischen den Schenkeln.

Im Speisesaal war es so laut, dass man kaum sein eigenes Wort verstehen konnte. Katja hatte von ihrem Schweden ablassen müssen, denn es gab Tischkärtchen, und sie war zusammen mit Eva an einem Tisch voller Frauen gelandet. Allerdings war es sehr interessant, was die Damen so zu erzählen hatten.

»Also letztes Jahr habe ich mich um eine Anstellung bei Armani beworben, ich wusste selbst nicht, was mich da geritten hat«, flötete eine attraktive Blondine. Dabei stocherte sie in ihrem Fruchtsalat, als hätte sie vor, eines von den Magermodels zu werden, die in der Branche zum Glück allmählich aus der Mode kamen. »Natürlich hätten die mich zurückweisen können, aber sie haben mir geantwortet, wenn es mir gelänge, noch ein wenig Praxis zu bekommen, sollte ich mich noch mal bewerben.«

»Das ist im Grunde dasselbe wie eine Absage«, meinte ihre Tischnachbarin. »Sie wollen die Bewerber nun mal nicht vor den Kopf stoßen.«

»Machst du Witze?«, ging Eva dazwischen. »Wenn Armani sich die Mühe macht, deine Entwürfe anzusehen und dich nicht gleich mit einem belanglosen Schreiben abzufrühstücken, ja, wenn sie sich überhaupt bei dir melden, dann kannst du davon ausgehen, dass sie zumindest ein bisschen Talent bei dir sehen. Du solltest es auf alle Fälle noch mal versuchen, beim nächsten Mal hast du vielleicht mehr Glück.«

Katja wusste nicht, wann sich Eva mit der Blonden bekannt gemacht hatte, doch augenscheinlich hatte sie schon mal mit ihr gesprochen.

»Glaubt ihr denn, Armani sucht jedes Jahr neue Leute? Noch dazu in Deutschland?«, hielt die Tischnachbarin der Blonden weiter dagegen. »Ich bin mir sicher, dass das die große Ausnahme war.«

Vielleicht solltest du es mal bei Starlight versuchen, hätte Katja beinahe gesagt, allerdings wusste sie nicht, ob sie die Worte hätte aussprechen können, ohne zynisch oder wütend zu klingen. Das richtige Alter hatte die Blonde, sicher würde sie den Haifisch im Anzug beeindrucken – und erst recht Philipp. Doch bei diesen Typen zu arbeiten, bedeutete, dass man weggeworfen wurde wie ein altes Hemd, sobald man jenseits der fünfunddreißig war. Das wollte sie der Frau, sie die kaum kannte, nicht zumuten, selbst wenn sie ein bisschen neidisch auf ihr Aussehen und die Bewerbung bei Armani war. Katja hatte nie herausgefunden, ob man sie irgendwo angenommen hätte. Stattdessen hatte sie sich eingebildet, Cologne Fashion würde sie ihr Leben lang behalten und ernähren.

»Du bist auf einmal so still, ist alles in Ordnung?«

»Hm?«, machte Katja und tat so, als wäre sie mit den Gedanken woanders gewesen.

»Du hast wohl von deinem Schweden geträumt, wie?«, fragte Eva verschwörerisch.

»Erwischt«, gab sie zu und schob sich einen großen Löffel Fruchtsalat in den Mund. Wer kaute, brauchte nicht zu reden.

»Welcher Schwede?«, wollte die Blondine wissen.

Da Katja nicht ewig auf der Mischung aus Mango, Papaya und Melone herumkauen konnte, schluckte sie und antwortete: »Ja, mein Model ist Schwede. Peter ist sein Name.«

Offenbar hatte er sich noch nicht mit den anderen Damen bekannt gemacht, denn diese blickten sie alle ratlos an.

»Der große Blonde mit dem Waschbrettbauch!«, half Eva ihnen auf die Sprünge. Obwohl sie offenkundig eher auf zarte weibliche Reize stand, hatte sie ihn genau gemustert.

Noch immer fiel der Groschen nicht. Dabei hätte Katja wetten können, dass auch die anderen gerade auf diesen Typ Mann abfuhren.

Nach dem Frühstück stellte sich ihnen der Dozent vor. Er war ein Mann aus dem Gefolge des eleganten Anzugträgers und trug den klangvollen Namen Konstantin Waldenbrook. Er war Dozent an der Designhochschule Berlin, eine der teuersten des Landes, die sich die Ausbildung etwas kosten ließ, dafür jedoch beinahe jedem Absolventen eine Anstellung bei einem angesehenen Label garantierte. Sicher waren bei Starlight auch einige davon untergekommen, vielleicht hatte einer von ihnen sogar Katja die Stelle gekostet. Dieser Gedanke ließ den Groll ein wenig zurückkehren, doch die Designerin sagte sich, dass sie, wenn sie hier fertig war, viel besser sein würde als all diese grünen Jungen und Mädchen, die zwar eine gute Ausbildung genossen hatten, aber noch weit weg von jeglicher Erfahrung waren.

Katja war ein wenig enttäuscht, dass in dem Raum, in dem das Seminar abgehalten werden sollte, Stuhlreihen wie in einem Hörsaal standen. Ihr wäre es lieber gewesen, wenn sogleich Studien am Modell stattgefunden hätten, allerdings konnte ein wenig Theorie nicht schaden. Die Anwesenden nahmen also auf den Stühlen Platz und lauschten andächtig dem Dozenten, der ein schier überbordendes Selbstbewusstsein hatte und sie alle behandelte, als wären sie Studenten am ersten Tag des ersten Semesters.

»Vielleicht denken einige von Ihnen, dass das, was ich Ihnen in der kommenden Stunde vermitteln möchte, ein alter Hut sei, aber ich sage Ihnen, dass gerade frisch ausgebildete Designer bei ihren Kreationen oft vergessen, worauf es hauptsächlich ankommt: die Proportionen des Körpers. Ein Kleidungsstück sieht nur dann gut aus, wenn es die Konturen des menschlichen Körpers aufnimmt, sie umschmeichelt und eventuelle Schwächen kaschiert. Nicht, dass unsere Models figürliche Schwächen hätten, doch nicht alle Menschen haben so perfekte Körper. Ich werde Ihnen gleich noch zeigen, welche Techniken man dazu anwenden kann.«

In der folgenden Stunde dozierte Waldenbrook über Linien, die Wirkung von Mustern und Farben, verschiedene Silhouetten und das Durchbrechen von Stilen.

Zuweilen kam sich Katja vor wie damals in ihrer Ausbildung. Vieles von dem, was der Redner erzählte, war bereits damals gültig gewesen. Wie Schlaghosen oder die engen Röhren aus den Achtzigern wiedergekehrt waren, so kamen auch gewisse Dozenten immer wieder auf die bewährten Lehrmethoden zurück. Die Designerin fragte sich zwischen den Notizen, warum sie selbst nicht angefangen hatte zu unterrichten. Vielleicht könnte sie das ja jetzt tun? Gut, mit zehntausend Euro Abfindung und ihren Ersparnissen konnte sie noch kein eigenes Modeinstitut gründen. Aber wer wusste schon, was in dieser Woche noch alles geschah? Immerhin war das hier ja erst Tag eins. Und langweiliger als das, was ihnen Waldenbrook erzählte, konnte es nicht mehr werden.

Da Katja sich allerdings nicht schon wieder von Eva fragen lassen wollte, ob sie von dem Schweden träumte, setzte sie ihren Stift aufs Blatt und kritzelte irgendwelche Notizen, von denen sie sicher war, dass sie sie ohnehin nicht brauchen würde.

Der zweite Kurs an diesem Tag war schon eher nach Katjas Geschmack. Sie sollten die Silhouette ihres Models erfassen und zeichnen. Zwar geschah es unter der Leitung von Waldenbrook, doch die Aussicht auf praktische Betätigung stimmte die Designerin gnädig.

Alle Kursteilnehmer fanden sich dazu im großen Saal der Villa ein. Früher mochten hier glanzvolle Bälle stattgefunden haben (der Deichgraf kam Katja wieder in den Sinn), doch nun war der teure Parkettboden mit dicken Teppichen belegt, damit niemand mit den Schuhen Schaden anrichtete. Schon bald tummelten sich nicht nur über zwanzig Modeschöpfer hier, auch die Models kamen herein – in Unterwäsche, was den Damen und Herren Designern ein ziemlich unprofessionelles Raunen entlockte.

Auch Katja konnte nicht anders, als angesichts von Peter scharf einzuatmen. Was für ein Mann!

Mit Shirt und Jeans hatte er bereits scharf ausgesehen, aber jetzt, in den grauen Shorts von Calvin Klein, war er einfach umwerfend. Bereits in unerregtem Zustand hatte seine Ausstattung beeindruckende Ausmaße. Die Haut spannte sich wie ein zartrosa Seidentuch über seine Muskeln, und Katja verspürte augenblicklich ein Kribbeln in den Fingerspitzen. Sie wollte Peter berühren, wollte jede Pore seiner Haut erfühlen und erfahren, ob sie wirklich mit Seide zu vergleichen war. Augenblicklich bekam sie eine Gänsehaut, und der wohlige Schauer, der von ihrem Nacken in Richtung Beine lief, machte in ihrer Körpermitte halt und entwickelte sich zu einem sehnsuchtsvollen Ziehen. Der Schwede war pure Magie!

Umso enttäuschter war sie, als Waldenbrook meinte, sie sollten ihre Models genau betrachten und dann eine Silhouettenzeichnung erstellen. Anfassen schien bei dieser Übung also nicht vorgesehen zu sein. *Schade,* fand Katja. *Äußerst schade.*

Augenblicklich ertönte das Rascheln von mehr als zwanzig Zeichenblöcken, die aufgeschlagen wurden, dann blickten mehr als zwanzig Augenpaare auf die Models, die durch eine unsichtbare Linie von den Modemachern getrennt waren.

Während Katja Peters Konturen mit Leichtigkeit auf das Blatt zauberte, stellte sie sich vor, wie sich die seidige Haut wohl anspannte, wenn er über sie glitt, sich mit seinem sicher beeindruckend großen Schwanz einen Weg in sie bahnte und sie dann stieß. Die Designerin stellte sich vor, ihre Hände auf seinem Hintern zu haben und jeden einzelnen Muskel unter der Seide zu spüren, während er immer schneller wurde, hinein- und hinausglitt, den Schwanz bedeckt mit ihren Säften …

»He, was ist mit dir?«, riss eine Stimme sie aus ihrem Tagtraum fort. Es war Eva, die bemerkt hatte, dass ihre Zimmergenossin mit dem Zeichnen aufgehört hatte.

»Nichts, gar nichts«, gab Katja schnell zurück und lenkte den Blick wieder auf das Blatt.

Eva schien jedoch genau zu wissen, was los war. »Dich scheint es ja ziemlich erwischt zu haben.«

War ihr das so deutlich anzusehen? Wenn Eva denn schon so feinfühlig war, warum hatte sie Katja dann nicht darauf angesprochen, warum sie am Morgen so entspannt gewesen war? Nicht, dass sie hätte gefragt werden wollen, aber wenn sie wegen einem verträumt dreinschaute, dann wegen Chris. Oder fuhr sie auf den Schweden stärker ab, als sie sich selbst eingestehen wollte?

Quatsch, sie wollte Peter! Sie wollte ihn zureiten wie einen widerspenstigen Hengst, sie wollte ihn vor Lust schreien hören. Chris war ein geiler Lover, doch Peter war eine Versuchung, der sie nur zu gern nachgeben wollte.

»Ich finde ihn attraktiv, nichts weiter«, gab sie zurück und zeichnete weiter an dem Umriss, den sie eigentlich schon fertig hatte.

Evas Blick und ihr Lächeln ruhten noch eine ganze Weile auf ihr, dann konzentrierte sie sich wieder auf ihr eigenes Blatt.

Noch eine ganze Weile kratzten die Stifte über das Papier, und Katja warf zwischendurch immer wieder einen begehrlichen Blick auf Peter, der einfach nur locker dastand und es zu genießen schien, dass nicht nur seine Designerin seinen Körper mit Blicken abtastete. Auch die anderen Frauen starrten ihn an, und wenn sie bei seinem Anblick sich selbst vergaßen, würden sie vielleicht sogar eine falsche Silhouette zu Papier bringen.

Schließlich waren auch die letzten Zeichner fertig, und als der Dozent, der zwischendurch immer wieder ungeduldig auf seine teure Armbanduhr geblickt hatte, es mitbekam, fuhr er mit dem Unterricht fort.

»Als Nächstes werden Sie etwas Unerwartetes tun«, erklärte Waldenbrook, während er den Models ein Zeichen gab, dass sie den Raum wieder verlassen durften. Katja schaute Peter sehnsüchtig nach und dachte in diesem Augenblick gar nicht daran, dass Chris sie womöglich beobachten könnte.

»Sie erhalten jetzt alle ein Stück Transparentpapier und werden auf die Silhouette einen Entwurf zeichnen, der das Gegenteil des Geschlechts Ihres Models ist. Wer ein weibliches Model hat, entwirft also ein Herren-Outfit, bei den männlichen Models sollte es etwas Weibliches sein. Allerdings darf dieser Entwurf weder lächerlich wirken noch das eigentliche Geschlecht verschleiern. Bedienen Sie sich der geschlechtsspezifischen Elemente des Outfits und des Models und schaffen Sie so eine Symbiose.«

Katja musste zugeben, dass die Aufgabe wirklich mal etwas Neues war. Wenn sie bei Cologne Fashion mit einem Abendkleid für Männer angerückt wäre, hätte man sie für übergeschnappt gehalten. Und sie war sicher, dass auch Starlight für solche Ideen nichts übrighatte. Aber ihr gefielen sie. Auf einmal hegte sie sogar auch so etwas wie Sympathie für den Dozenten, der offenbar doch nicht so staubtrocken war, wie sie gedacht hatte. Wenn es so weiterging, würde dies gewiss eine Woche voller Überraschungen werden!

Das Papier teilte eines der Models aus, das sich inzwischen wieder angezogen hatte, und kurz darauf begann das Stiftekratzen von neuem. Wenn sie zwischendurch aufblickte, beobachtete Katja belustigt, dass einige Designer wie Kurzsichtige über ihren Blättern hingen, sicher nicht, weil ihre Sehkraft nachließ, sondern weil sie fürchteten, jemand könnte von ihnen abzeichnen. Soweit sie es beurteilen konnte, war niemand dabei, von ihr abzugucken, also konnte sie ihren Rücken schonen und blieb in ihrer gewohnten Arbeitshaltung.

Sie hatte keine Ahnung, wie die anderen die Aufgabe lösen wollten, und es interessierte sie auch nicht. Sie hielt an ihrer ersten Idee fest, dem Abendkleid für Männer. Natürlich würde sie keine Volants und Schleifen anbringen können, dafür aber ein Korsettteil. Aus ihrem Studienkurs über Modehistorie wusste sie, dass Männer früher Korsette getragen hatten, um die Schultern breiter und außerdem Hüfte sowie Taille schmaler wirken zu lassen. Für die Damen war es gewiss eine Überraschung, ihren Auserwählten im Bett nackt zu sehen. Warum hätte es bloß Männern so gehen sollen, wenn die elfengleiche Schönheit doch nicht so zart war wie gedacht.

Der Gedanke zauberte ein breites Lächeln auf Katjas Gesicht, und ehe sich das Papier versah, trug Peters Silhouette das Korsett, dem sie die Textur von Leder gab. Es folgte ein langer Rock, den sie mit Schnallen versah. Das Oberteil hielt sie hochgeschlossen und einfach, außerdem sollte der Mann zu diesem Outfit schwere Boots tragen, als Gegengewicht zu seinen Schultern.

Als die Designerin fertig war, betrachtete sie ihr Werk. Sie hatte keine Ahnung, was Waldenbrook dazu sagen würde, aber sie für ihren Teil war zufrieden. Es war unverkennbar ein Kleid, das die Silhouette trug, und dennoch wirkte es durch die Schnallen und das Leder sehr männlich. Außerdem, und da meldete sich wieder der Verkaufssinn von Cologne Fashion zurück, gab es etliche Männer jenseits von Sean Connery, die auf Röcke schworen. Gewissermaßen könnte man den Herren der Schöpfung diese Kreation als Gewand des Großstadtkriegers verkaufen. Selbst die Römer hatten früher Tuniken getragen, ohne dass jemand an ihrer Männlichkeit gezweifelt hatte. Vielleicht war es wirklich an der Zeit, sich von den langweiligen Anzügen und Krawatten zu trennen.

Da einige der Designer noch immer am Zeichnen waren, erlaubte sich Katja einen Rundblick und entdeckte schließlich Chris zwei Reihen hinter ihr. Den ganzen Morgen über hatten sie noch kein einziges Wort miteinander gewechselt, entweder hatte sie mit Peter zu tun gehabt, oder er war von Frauen umringt gewesen. Da er die Augen noch immer auf das Blatt geheftet hielt, ergab es keinen Sinn, dass sie ihm winkte. Vielleicht wollte er ja gar nicht, dass man sie miteinander in Verbindung brachte. Nicht weil er sich ihrer schämte oder glaubte, das könnte seine Chancen bei anderen Frauen schmälern. Nein, vielleicht wollte er nicht, dass jemand ihm vorwarf, mit einem anderen Designer gemeinsame Sache zu machen. Thomas jedenfalls schien nichts weiter mit ihm zu tun haben zu wollen, er saß auf der genau entgegengesetzten Seite des Raumes.

»Das ist ja mal abgefahren!«, hörte sie Eva neben sich flüstern. Zunächst dachte Katja, dass ihre Kollegin damit ihren eigenen Einfall meinte, doch dann merkte sie, dass Eva ihr männliches Abendkleid musterte.

»Ich habe wirklich nicht viel Ahnung von Männermode, aber wenn jemand diesen Entwurf sieht, wird er dich sofort engagieren. Vielleicht solltest du das Armani schicken.«

Bevor Katja etwas darauf erwidern konnte, ertönte ein erbostes »Sch!« aus einer der hinteren Reihen.

»Ich habe nicht vor, mich dort zu bewerben«, entgegnete Katja und klappte das Deckblatt des Blockes über die Zeichnung. »Aber danke für das Kompliment.«

»Sch!«, machte es wieder.

»Ja, Mensch, krieg dich wieder ein!«, flüsterte Katja und war sich sicher, dass derjenige, der sich gestört fühlte, es auch hörte.

»Was ist mit deiner Idee?«, fragte Katja beinahe tonlos, worauf Eva das Deckblatt ihres Blockes lüftete.

Die Silhouette der Meerjungfrau steckte in einer Art Anzug, der irgendwie männlich war und doch wieder nicht. Er war asymmetrisch geschnitten, und man konnte Frau und Mann gleichermaßen darin erkennen. Katja musste zugeben, dass der Entwurf ebenfalls sehr gut war. Ja, sie ging sogar so weit, innerlich zu behaupten, dass sie solch eine Designerin in ihrer eigenen Firma sofort anstellen würde.

Nachdem alle fertig waren, bat der Dozent darum, dass sie ihre Entwürfe mit Namen versahen und sie bei ihm ablieferten.

»Ob wir dafür Noten wie in der Schule bekommen?«, fragte Katja, während sie mit Eva zum Lehrerpult ging, wenn man den Tisch so nennen konnte.

»Wir werden sehen. Vielleicht gibt es ja auch eine kleine Prämie für die besten Entwürfe. Eine heiße Nummer mit deinem Model oder so.«

Dagegen hätte Katja nichts einzuwenden gehabt. Allerdings dachte sie daran, dass eventuell auch Chris nichts dagegen einzuwenden hatte, und das versetzte ihr einen kleinen Stich. Außerdem brachte es sie dazu, sich über sich selbst zu wundern. Hatte sie sich etwa allen Ernstes verknallt?

In der Mittagspause traf sie auf Chris. Sie hatte nicht mitbekommen, wer sein Model war, umso neugieriger war sie darauf, ihn auszuquetschen. Natürlich würde er wieder mit einem seiner Spielchen anfangen, aber Katja musste zugeben, dass es dadurch herausfordernder war, als jemanden zu fragen, der gleich eine klare Antwort gab.

»Was hältst du von einem kurzen Spaziergang am Strand?«, fragte er.

Da Katja sich fühlte, als würde die Geilheit sie jeden Moment platzen lassen, willigte sie ein. Sie wusste, warum Chris fragte, und in diesem Augenblick wollte sie es mehr denn je. Vielleicht konnte er sie von dem Gedanken an Peter kurieren, der ihre Arbeit immer wieder zum Stocken brachte.

»Na, hast du dein Wunschmodel bekommen?«, begann sie, obwohl sie wusste, dass die Frage unweigerlich zu Peter führen würde. Wer welches Model abbekommen hatte, konnte niemand so genau sagen, es sei denn, dieser Jemand hatte es herausposaunt, oder sein Nebenmann im Zeichenkurs hatte die Umrisse erkannt.

Chris lächelte wieder sein undurchsichtiges Lächeln. »Sagen wir mal so, ich habe eine gute Wahl getroffen.«

Da war es wieder, dieses Ausweichen, nur diesmal entschied Katja, dass sie mitspielen würde. »Männlich oder weiblich?«

»Weiblich natürlich. Wenn ich einen Kerl sehen will, gucke ich in den Spiegel.«

»Klingt ganz schön eingebildet, findest du nicht?«

»Nö, finde ich nicht.«

»Und, wie ist sie so? Hübsch, interessant, knochig?«

Katja hätte sich für diese Worte im Nachhinein ohrfeigen können. Was ging es sie an? Wollte sie etwa Besitzansprüche bei Chris anmelden? Irgendwie hatte es sich gerade so angehört, auch wenn es nur eine scheinbar harmlose und allgemeine Frage war. Die Designerin wusste genau, dass sie Chris nicht davon abhalten konnte, die Frau zu vögeln, genauso, wie er sie nicht davon halten konnte, es mit dem Schweden zu treiben.

Unglücklicherweise schien Chris den Unterton richtig zu deuten. *Jetzt wird er noch mehr mit dir spielen,* ging es ihr durch den Kopf. Und genau damit fing er im nächsten Augenblick an.

»Sie ist ziemlich hübsch, schlank und hat pralle Titten. Soweit ich das unter dem Kleid sehen konnte, hatte sie außerdem einen Arsch so glatt wie ein rundgelutschtes Sahnebonbon.«

Na warte!, dachte Katja und versuchte, eine gleichgültige Miene aufzusetzen. Immerhin waren sie Profis.

»Mein Model ist ein Traum von einem Mann«, konterte sie und beobachtete Chris aus den Augenwinkeln. »Er ist groß, hat einen Knackarsch und Bauchmuskeln, auf denen man eine Betonplatte zerbrechen könnte.« Der Vergleich war nicht so treffend wie das Sahnebonbon, aber er zündete.

»Pass trotzdem auf, dass du ihn nicht allzu sehr beanspruchst, du brauchst ihn noch für die Abschlussvernissage.«

»Keine Sorge, ich werde ganz sanft mit ihm umgehen.«

Um diese Zeit war am Strand bereits ziemlich viel los. Zwar war noch keine Hochsaison, dennoch wagten sich einige Mutige in die Sonne und begannen ihre Bräune ein wenig aufzufrischen. Das Meer kehrte allmählich wieder auf den Höchststand zurück. Katja wusste nicht viel über die Gezeiten, aber dass der Meeresspiegel noch nicht zu voller Höhe zurückgekehrt war, konnte sie anhand des Strandes erkennen.

»Meinst du, dass wir hier ein ungestörtes Plätzchen finden?«, fragte Chris, nachdem er einen Moment lang das Meer und das Treiben am Strand verfolgt hatte.

Viele junge Menschen waren um diese Zeit hier nicht zu finden, und für die älteren wäre es gewiss ein Schock fürs Leben, ein fickendes Paar am Strand zu beobachten.

»Vielleicht sollten wir uns ein Boot mieten und aufs Meer hinausfahren«, schlug Katja nicht ganz ernst vor. »Ist zwar ein wenig wacklig, aber das Schaukeln kann auch sehr angenehm sein.«

»Nee, dann schon lieber einen Strandkorb.«

»Der ist vorne offen, und wenn jemand vorbeikommt ...«

»Wird er die Nummer seines Lebens sehen«, vervollständigte Chris den Satz.

»Würdest du das wollen?«

»Im Pavillon hätte uns auch jemand ertappen können. Also, warum nicht?« Er fasste Katja am Handgelenk und zog sie mit sich, bevor sie einwenden konnte, dass die Strandkörbe, die noch nicht vermietet waren, sicher abgeschlossen waren.

Nachdem sie eine Weile den Strand entlanggelaufen waren, fanden sie einen Korb, der offen war – ohne Insassen.

Die Designerin war sich allerdings nicht ganz sicher, ob er leer bliebe. Es war gut möglich, dass der Besitzer nur kurz in sein Hotel zurückgekehrt oder auf Toilette gegangen war.

»Meinst du wirklich, wir sollten das tun?«

»Natürlich! Ein bisschen Abenteuer muss sein.«

»Was, wenn uns jemand sieht? Er wird die Kurpolizei rufen, wegen Erregung öffentlichen Ärgernisses.«

»Dann müssen wir eben dafür sorgen, dass er uns nicht als Ärgernis betrachtet.«

Chris ließ sich in den Strandkorb sinken und zog sie mit sich. Sie küssten sich leidenschaftlich, und als er ihr eine Hand unters T-Shirt schob und ihre rechte Brust knetete, traten jegliche Bedenken in den Hintergrund.

Katja öffnete seinen Hosenstall, griff nach seinem Schwanz, der bereits halb steif war, und massierte ihn, bis er in voller Pracht bereitstand.

»Jetzt du!«, raunte er ihr zu, und während sie sich erhob, griff er in seine Hosentasche. Während Katja sich die Jeans aufknöpfte, sah sie, dass Chris diesmal ein Gummi dabeihatte.

»Gefühlsecht«, sagte er und schwenkte es grinsend durch die Luft. »Ich wette, es hat nicht so einen klangvollen Namen wie deine, aber ich habe damit gute Erfahrungen gemacht.«

»Wenn das so ist …« Katja zog die Hose und ihren Tanga herunter, allerdings nur so weit, dass alle strategisch wichtigen Stellen frei waren. Der Wind strich ihr über die Pobacken, und es war angenehmer als erwartet. Kaum hatte Chris sein bestes Stück »verkleidet« und sie noch einen prüfenden Blick über den Strand gleiten lassen, kam sie wieder zu ihm.

Die richtige Stellung in einem Strandkorb zu finden war nicht ganz einfach, immerhin wollten sie nicht, dass das gute Stück unter ihrem Herumrackern umkippte, doch dann hatte Katja eine Idee.

Kurzerhand ließ sie sich mit dem Rücken zu Chris auf sein strammes Glied sinken. Da sie die Schenkel dabei zusammenpresste, konnte sie ihn noch intensiver spüren. Der dicke Kopf schob ihre Lippen auseinander, dehnte ihre Vagina und glitt schließlich in voller Länge in sie. Bebend schloss Katja die Augen und verharrte einen Moment in dieser Stellung. Nachdem sie sich vergewissert hatte, dass kein älterer Herr in riesiger Badehose auf den Strandkorb zustürmte, begann sie sich zu bewegen. Sie ließ das Becken kreisen, ritt zwischendurch auf ihm und versuchte ihre Schenkel dabei noch enger zusammenzupressen. Chris hielt sie an den Hüften fest, und die Tatsache, dass sie es nicht eilig hatte, schien ihn beinahe verrückt zu machen.

Katja spürte das unruhige Zucken seines Schaftes und wollte ihn schließlich nicht mehr länger quälen. Sie hielt sich an den Seiten des Strandkorbs fest und raunte ihm zu: »Fick mich. Und zwar so schnell du kannst.«

Das ließ sich Chris nicht zweimal sagen. Sein Griff an ihrer Hüfte verstärkte sich, und als sie sich ein wenig erhob, fing er an, sie zu stoßen. Sein Becken bewegte sich schnell auf und ab, seine Hoden drängten gegen ihren Kitzler und rieben ihn, und von den Erschütterungen, die durch ihren Körper gingen, rutschte das T-Shirt ein Stück nach oben. Als ein Nippel Meeresluft schnupperte, versteifte er sich noch mehr als ohnehin schon. Katjas Sinne vernebelten sich durch den aufsteigenden Orgasmus, wäre jetzt jemand vorbeigekommen und hätte sie so gesehen, hätte sie sich wahrscheinlich nichts daraus gemacht.

Das süße Ziehen in ihrem Schoß erfasste bald ihren gesamten Unterleib, zerrte ungestüm an den Brüsten und entlud sich mit einem kraftvollen Zucken, das sie einen Schrei ausstoßen ließ, ohne an die eventuellen Konsequenzen zu denken. Vielleicht würde das Geräusch ein paar Badegäste anlocken, die sich Sorgen machten, was hier geschah. Aber Katja war es egal.

Während der Orgasmus sie vollständig erfüllte und ihre geheimen Muskeln an Chris' Schwanz saugten, als wollten sie ihm sämtliche Lebenskraft entziehen, fühlte Katja sich so leicht und glücklich wie noch nie zuvor. In diesem Augenblick war nichts wichtig. Es kümmerte sie nicht, ob sie gesehen wurden, es kümmerte sie nicht, ob jemand glaubte, dass hier jemand abgeschlachtet wurde. Allein das erhebende Gefühl in ihrem Körper existierte – und die plötzliche Klarheit in ihrem Geist, dass sie das alles schon früher hätte haben können, es sich jedoch nicht genommen hatte.

Erst einige Augenblicke später wurde ihr bewusst, dass Chris die Bewegungen seiner Hüfte eingestellt hatte. Sie saß auf ihm und spürte noch immer seinen Schwanz in ihr, während die Meeresbrise um den Strandkorb strich.

»Ich denke, wir sollten allmählich zurückgehen«, sagte Chris und rutschte weiter auf dem Sitz nach hinten. Sein schlaffes Glied glitt aus ihr heraus, und Katja merkte, dass sie einen kleinen Nachschlag hätte haben wollen. Aber

Chris hatte recht. Bisher hatten sie Glück gehabt, was sich schon bald ändern konnte. Also richteten sie ihre Kleider und überließen den Strandkorb wieder seinem unbekannten Besitzer.

Den gesamten Nachmittag über dozierte Waldenbrook, und Katja kam sich allmählich vor wie auf einem der Lehrgänge, zu denen sie ihr Chef immer geschickt hatte. Der einzige Unterschied war, dass es hier keine U-förmig aufgestellten Tische gab, an denen die gelangweilten Zuhörer saßen. In der Pause wartete ein Buffet auf sie, danach gingen die Vorträge weiter bis zum Abend.

Nach dem Essen saßen sie noch eine Weile in der Halle zusammen und redeten über das Seminar. Einige von ihnen bemängelten, dass sie heute so viel Theorie wie seit Studienzeiten nicht mehr abbekommen hatten, ein paar andere Teilnehmer hätten am liebsten gleich mit den Models gearbeitet. Das sah Katja genauso, trotzdem sagte sie nichts dazu. Sie blickte aus dem Fenster, hinter dem sich das Abendrot zu nächtlicher Schwärze zusammenzog, und fragte sich, wie es wohl gerade in Köln aussah. Hatte Enrico sich einen neuen Lover aus der Bar mitgenommen? Welchen Klatsch und Tratsch gab es? Und wen fuhr Peter durch die Gegend, wenn er sie nicht zur Bar brachte? Sie hätte es vorher nicht für möglich gehalten, aber irgendwie hatte sie Heimweh. Bevor es allerdings so weit ging, dass sie auch noch an Cologne Fashion und Philipp dachte, setzte sich Eva zu ihr.

»Na, was meinst du zu unserem Kurs?«, fragte die Kollegin und reichte ihr ein Glas Limo. Wie Katja bereits bemerkt hatte, trank Eva nicht. Nicht einmal den Sekt bei dem Empfang hatte sie angerührt.

»Es ist noch ziemlich trocken, und vieles von dem, was

Waldenbrook uns gesagt hat, wusste ich bereits«, entgegnete Katja und ergriff das Glas mit einem dankbaren Nicken. »Ich freue mich schon darauf, mit meinem Model arbeiten zu können.«

Eva lächelte sie breit an, dann fragte sie: »Aber der Mann, mit dem du heute Mittag verschwunden bist, war kein Model, oder?«

Katja zog überrascht die Augenbrauen hoch. Hatte Eva sie etwa beobachtet? Spionierte die Frau ihr nach?

Den Gedanken fand sie dann doch zu paranoid. Wahrscheinlich hatten sie auch noch andere mit Chris weggehen sehen und kümmerten sich nur nicht darum. Eva hatte sich von Anfang an für alles interessiert, was sie betraf. Sie hatte den Spaziergang mitbekommen und sich dann vorgenommen, Katja nach ihrem Begleiter zu fragen.

»Das war der Mann von der Party. Dein Bekannter, stimmt's?« Im nächsten Moment schien sie einzusehen, dass sie etwas zu neugierig war. »Entschuldige, es geht mich eigentlich nichts an.«

»Ja, das war er«, antwortete Katja und fragte sich, ob sie Eva von dem Fick im Strandkorb erzählen sollte. Mit einer Freundin würde sie schließlich auch darüber sprechen. Doch war Eva ihre Freundin? Und hatte sie in Köln je irgendwem von ihren Eroberungen erzählt? Selbst bei Enrico hatte sie immer nur Andeutungen gemacht, oder er hatte sie mit dem betreffenden Kerl aus der Bar gehen sehen. Hinterher hatte er bloß wissen wollen, ob die vergangene Nacht gut gewesen war. Ins Detail gegangen war sie bei ihm ebenfalls nicht, es sei denn, der Lover hatte sich als derartiger Blindgänger entpuppt, dass sie über ihn lästern wollte.

»Worüber habt ihr bei eurem Spaziergang geredet?« So, wie Eva sie anfunkelte, schien sie zu ahnen, dass sich die beiden nicht nur unterhalten hatten. Immerhin hatten sie sich vollständig von der Designer-Herde abgesetzt.

»Über dies und das. Chris hat einen alten Schulkameraden getroffen, da sieht man mal, wie klein die Welt ist.«

Katja versuchte, Chris an Eva vorbei auszumachen, konnte ihn aber im Gewühl nicht entdecken. »Wir haben über unsere Models gesprochen und, na ja, was man eben so redet …«

Sie glaubt mir kein einziges Wort, ging es Katja durch den Kopf, als sie Eva musterte. »Was ist mit dir? Was hast du in der Mittagspause gemacht?« Die Frage war reichlich blöd, doch vielleicht brachte sie Eva dazu, endlich von ihr abzulassen.

»Ach, so dies und das. Bisschen gequatscht und versucht, herauszufinden, was der Waldenbrook mit unseren Zeichnungen macht.« Ein kleiner, unangenehmer Moment des Schweigens stellte sich zwischen sie. Es war, als hätte Eva erkannt, dass Katja eigentlich nur deshalb mit ihr redete, weil sie keine andere Wahl hatte. Das stimmte zwar nicht, denn die Designerin war sehr wohl froh, dass sie jemanden zum Reden hatte. Allerdings wollte sie sich nicht über Dinge ausfragen lassen, die sie auch sonst nicht thematisierte. Ob Eva den feinen Unterschied erkannte, wusste sie nicht.

Da nahte ihre Rettung in Form von Evas Traummodel. So, wie das Mädchen sich beim Herankommen bewegte, konnte man verstehen, warum Lagerfeld es mal gebucht hatte. Die Kleine hatte die Bewegungen dermaßen verinnerlicht, dass sie sogar beim Gang durch einen Supermarkt so laufen würde.

»Hi, Eva, dich habe ich schon überall gesucht«, flötete sie und setzte ein Lächeln auf, das eine Spur zu professionell wirkte.

»Was gibt es denn *cherie?*«, entgegnete Eva, und Katja glaubte beinahe schon, sich verhört zu haben. Offenbar war die Mittagspause bei ihrer Kollegin auch nicht nur mit Reden vergangen.

»Ich wollte dich gerne jemandem vorstellen.«

Der Satz klang in Katjas Ohren wie eine Ausrede. Für Eva schien es jedoch genau der richtige Klang zu sein, denn sie erhob sich, murmelte ein halbherziges »Entschuldige« und folgte dem Mädchen, das mit schwingenden Hüften vor ihr herging.

Katja nahm einen Schluck aus dem Glas und ließ sich gegen die Rückenlehne sinken. Da legten sich plötzlich zwei Hände auf ihre Schultern. Sie erschrak und bekleckerte sich daraufhin mit der Limonade. Ein Fleck in Herzform breitete sich auf dem Stoff über ihrer linken Brust aus.

»Entschuldige, ich wollte dich nicht erschrecken«, sagte eine Stimme, die so klang, als meinte sie es keineswegs ernst. Es war Chris, unverkennbar. Eva hatte Katja für einen Moment dermaßen eingenommen gehabt, dass sie nicht mitbekommen hatte, wie er hinter sie getreten war. Er senkte den Kopf auf ihre linke Schulter, und während sein Haar die empfindliche Stelle an ihrem Hals kitzelte, sagte er: »Ich glaube, wir sollten duschen gehen. Schließlich möchte ich nicht, dass du klebrig bist.«

»Kommt ganz drauf an, wovon«, entgegnete sie und spürte, wie sich ihre Brustwarzen aufrichteten. Durch den Stoff konnte man es deutlich sehen.

»Das können wir in Ruhe besprechen, während ich dir die Limo von den Titten lecke.«

»Was wird wohl Michi dazu sagen?« Auch unten gab es sicher für mehrere nebeneinanderliegende Zimmer nur ein Bad. Wenn der Raum nicht bereits okkupiert wurde und sie in das Schlafzimmer der beiden Männer ausweichen mussten.

»Michi wird wohl noch eine ganze Weile hier unten bleiben.« Chris deutete auf einen Pulk junger Frauen. Sie umringten einen Mann, der zwischen ihnen kaum zu erkennen war.

»Hast du ihm die alle auf den Hals gehetzt?«, wollte Katja wissen.

Chris setzte die Miene eines Unschuldsengels auf, der hinter dem Rücken eine große rote Teufelsforke versteckte. »Sagen wir mal so, ich habe die Damen wissen lassen, dass Michi verdammt gut bestückt ist. Vielleicht hast du es noch nicht mitbekommen, aber in diesem Raum liegen seltsame Schwingungen, und es müsste mich schon sehr wundern, wenn die Paarungen auf den Zimmern heute Nacht diejenigen sind, die von den Veranstaltern festgelegt wurden.«

Katja musste wieder daran denken, wie bereitwillig Eva ihrem Model gefolgt war, und wenn sie unter dem von Chris aufgeworfenen Gesichtspunkt auf die Anwesenden blickte, musste sie ihm zustimmen. Hier herrschten eindeutig gewisse sexuelle Schwingungen, und wenn man in dieser Nacht nicht selbst beschlief und beschlafen wurde, so konnte man einiges zu sehen bekommen.

»Was, wenn jemand mit in das Bad will?«

»Solange wir von innen abschließen, wird uns niemand stören. Außerdem rechne ich fest damit, dass eine der Damen Michi mit auf ihr Zimmer nehmen wird, um meine Behauptung zu überprüfen. Oder wir gehen auf dein Zimmer.«

»Ich fürchte, das wird nicht gehen«, entgegnete Katja und sah vor ihrem geistigen Auge bereits Eva mit ihrem Model knutschen.

»Na gut, dann lass uns von hier verschwinden, ehe uns jemand zuvorkommt.«

Die Hände zogen sich von ihren Schultern zurück, und während sie deren Abdrücke noch immer auf der Haut zu spüren schien, erhob sich auch Katja. Die Limonade nahm sie allerdings mit, nicht weil sie fürchtete, Durst zu bekommen, sondern weil sie etwas damit vorhatte. Das Reden und Lachen der Anwesenden klang etwas seltsam, als sie die stille Eingangshalle betraten. Katja blickte zur Seite und entdeckte ein knutschendes Pärchen auf dem Sofa, auf dem sich gestern Nacht der Latino mit dem Blonden vergnügt hatte. Gleichzeitig fragte sie sich, warum sie es noch immer nicht hinbekommen hatte, alle Namen der Teilnehmer herauszufinden oder vielmehr sie sich zu merken. Bevor sie jedoch eine Antwort darauf finden konnte, zog Chris sie weiter, und wenig später näherten sie sich der Tür des Badezimmers.

Chris lauschte kurz, dann drückte er die Klinke herunter.

Ein Geruchsgemisch aus verschiedenen Rasierwassern strömte ihnen entgegen, als sie das Bad betraten. Katja stellte ein wenig neidisch fest, dass dieses Bad deutlich größer war als das in ihrem Gang. Vor dem großen Spiegel waren zahlreiche Spray- und Aftershave-Flaschen aufgereiht, wie in einer Männer-WG. Edelmarken waren darunter genauso zu finden wie Flaschen aus dem Discounter. Katja fragte sich, welche wohl Chris gehörten. Er roch unheimlich gut, aber es war schwer auszumachen, ob der Duft edel war, dazu war er einfach zu leicht, und das, worauf sie abfuhr, war wohl eher der ursprüngliche Duft seiner Haut.

Chris verschloss die Tür von innen und trat dann hinter Katja vor den Spiegel. Mit beiden Hände griff er gierig nach ihren Brüsten, dann küsste er ihren Hals. Katjas Lider flatterten, und sie ließ sich vollständig in die Umarmung sinken.

Sie betrachtete ihr Bild im Spiegel und wusste, dass sie sich nicht nur äußerlich verändert hatte. Die wenigen Tage hier hatten es vollbracht, eine Frau aus ihr zu machen, die den Körper ein und desselben Mannes zu schätzen wusste. Enrico würde Augen machen über ihre plötzliche Monogamie. Doch eine vollkommen andere Frau war sie nicht geworden. Sie begehrte nach wie vor den Schweden und wollte ihn zumindest probieren. Das galt gewiss auch für andere Männer. Neu war nur, dass sie Chris deswegen nicht in den Wind schicken wollte. Sie wollte ihn als ständigen Lover behalten, als jemanden, zu dem sie jederzeit zurückkehren und bei dem sie Wärme finden konnte. Die Nummer im Strandkorb hatte ihr das klargemacht. Allerdings war jetzt nicht die Zeit für philosophische Gedanken. Chris' Küsse ließen ihre Venusfrucht kribbeln, außerdem packte er auf einmal fester zu.

»Ich denke, du wolltest die Limo ablecken«, sagte sie, und nachdem sie das Glas abgestellt hatte, knöpfte sie ihre Bluse auf.

»Na sicher, ich stehe zu meinen Versprechen.«

Das tat er wirklich, wie Katja wusste. Als die Bluse offen und der BH gelöst war, wandte sie sich um. Ihre Nippel reckten sich ihm steil entgegen, und bevor er zuschnappen konnte, goss sie noch etwas Limo darüber. Dass sie sich damit auch die Hose ruinierte, war ihr egal, sie würde das Stück ohnehin nicht mehr lange tragen.

Chris grinste sie in gewohnter Manier an, dann senkte er den Kopf auf ihre Brüste und begann, sie abzulecken. Das rauhe Gefühl seiner Zunge steigerte Katjas Geilheit weiter, und nach einer Weile hätte sie ihn fast gebeten, sie schnell und hart vor dem Spiegel zu ficken. Doch immer schön ein Schritt nach dem anderen. Während Chris noch leckte, kümmerte sie sich um die stramme Beule in seiner Hose. Zunächst rieb sie mehrmals darüber, ohne seinem Schwanz gleich die Freiheit zu schenken, weil sie sich denken konnte, dass ihn das verrückt machte. Genau so war es auch, wie sein Stöhnen bewies.

Da Katja keine Sadistin war, beendete sie die sanfte Folter und knöpfte ihm die Hose auf. Dabei fragte sie sich, wo es hier wohl eine Gelegenheit gab, ihn zu fesseln, damit sie ihn verwöhnen konnte, ohne dass es ihm gestattet war, es ihr gleich zurückzuzahlen.

Die Dusche fiel ihr ein, aber da ihr ein Fick vor dem Spiegel immer reizvoller erschien, blieb sie erst einmal stehen und entledigte sich ihrer Hose. Da sie darauf gehofft hatte, dass sie mit ihm eine kleine Nummer schieben konnte, hatte sie ihre Seidenstrümpfe gleich angezogen, in der Hoffnung, eine Gelegenheit für ihr liebstes Spiel zu finden.

»He, das sind ja scharfe Dinger«, sagte Chris, hockte sich vor sie hin und strich ihr mit den Händen über die Beine. »Dazu solltest du unbedingt einen Rock tragen, einen sehr kurzen Rock, und keine Hose.«

»Die Hose erschien mir heute Abend angebrachter. Es reicht, wenn mir die Geilheit aus den Augen schaut.«

»Nun, vielleicht hättest du dann deinen Schweden rumkriegen können.«

»Immer eins nach dem anderen. Im Moment will ich nur dich.« Mit diesen Worten fingerte sie ein Kondom namens *Blue Cowboy* aus der Hosentasche. Es war nicht blau, versprach dafür jedoch geilen Reitspaß. Chris strich ihr derweil über den Hintern, und als sie sich wieder aufrichtete, küsste er die strammen Backen.

»Ich hätte da eine Idee, was ich mit diesen heißen Beinen anstelle«, raunte er und richtete sich wieder auf.

Dann hob er sie auf den Waschtisch neben das Waschbecken. Katja ahnte, was er vorhatte und schlang ihm die Beine um die Hüften. Das Gefühl der Seidenstrümpfe an dieser Stelle schien ihn geil zu machen, sein Schwanz stand jedenfalls wie ein Ausrufezeichen nach oben und schien sehnsüchtig darauf zu warten, eingelassen zu werden.

Doch vorher küssten sie sich, lange und tief, genossen die Zunge des jeweils anderen in ihrem Mund, bevor Katja ihm das Gummi reichte. Ihre Beine umfingen seine Hüften noch immer, und es dauerte nur wenige Augenblicke, bis Chris sich den *Blue Cowboy* mit geübten Handgriffen übergerollt hatte. Anstatt gleich in sie zu gleiten, griff er nach ihren Beinen und legte sie sich über die Schultern. Genießerisch strich er über die Seidenstrümpfe, erst dann stieß er mit einem Ruck zu.

In dieser Stellung war sie ähnlich eng wie am vergangenen Nachmittag im Strandkorb. Katja legte den Kopf in den Nacken und stöhnte. Um ihn heiß zu machen und weil er in dieser Stellung keine Hand frei hatte, griff sie nach ihren Brüsten und spielte damit. Sie rollte die Nippel zwischen Daumen und Zeigefinger und steckte sich einen Finger in den Mund, um sie zu benetzen.

Genau das schien Chris sehen zu wollen, denn während er seinen Schwanz immer wieder in sie trieb und wieder hervorzog, starrte er gierig auf ihre Titten. Als Katja schließlich begann, sie zu kneten, gab es für ihn kein Halten mehr. Immer wieder stieß er schnell und kraftvoll zu und stöhnte dabei so laut, dass man es sicher bis weit in den Gang hören konnte. Aber da niemand sich beschwerte oder an der Türklinke rüttelte, kümmerte es ihn nicht. Schließlich rutschte Katja mit dem Hintern auf der glatten Oberfläche des Waschtischs hin und her, was sie allerdings keineswegs von dem großen Ziel abbrachte, dem sie entgegenstürmte. Der Orgasmus, der sie wenig später überfiel, war nicht ganz so heftig wie der am Strand, aber auf seine Weise ebenfalls super. Zuckend schlossen sich ihre Lippen um seinen Schwanz, der daraufhin pulsend seine Ladung in den *Blue Cowboy* katapultierte. Als Chris wieder einigermaßen zur Besinnung gekommen war, streichelte er erneut ihre Beine und machte keine Anstalten, sie von seinen Schultern zu lassen.

»Seidenstrümpfe sind was Herrliches«, raunte er und küsste ihr Schienbein und ihre Waden. »Schade nur, dass sie euch Frauen vorbehalten sind.«

Katja grinste breit. »Warum sollten sie? Ich kann mir gut vorstellen, dass Männerbeine darin genauso verführerisch aussehen. Denk mal an die Strumpfhosen, die die Balletttänzer tragen.«

»Das ist etwas ganz anderes. Stell dir nur mal vor, dein Banker würde dir in Seidenstrümpfen gegenübertreten.«

Katja musste lachen. Ihr Banker war ein gutmütig aussehender Mann Mitte fünfzig mit Kugelbauch und immer schütterer werdendem Haar. Ihn wollte sie sich besser nicht so vorstellen, sonst verlor sie noch jede Achtung vor ihm. Einen jungen, knackigen Burschen dagegen, bei dem die Strümpfe knapp unter einem kleinen, knackigen Hintern endeten, konnte sie sich lebhaft ausmalen. Noch lebhafter würde die Vorstellung sein, wenn etwas von seinem Sperma auf die Strümpfe floss und sie zeichnete. Chris hatte eigentlich die Beine dafür, vielleicht würde er ihr mal den Gefallen tun …

»Man kann noch ganz andere Sachen mit Strümpfen

machen«, sagte Katja, während Chris es nach wie vor genoss, die Strümpfe unter seinen Handflächen zu spüren, und noch immer keine Anstalten machte, sie loszulassen. Der *Blue Cowboy* war bereits aus ihr hinausgeglitten, nass schwang er gegen ihre Hinterbacken.

»Welche denn?«, fragte Chris.

»Das wirst du schon sehen, wenn du mich loslässt. Ich denke, wir beide könnten jetzt eine kleine Dusche gebrauchen. Du wolltest doch nicht, dass ich klebrig bin.«

Genau das schien er zu wollen, jedenfalls sagten das seine Augen. Er schob ihre Beine langsam von seinen Schultern, dann hob er sie vorsichtig von dem Waschtisch herunter. Die Duschkabine war nicht besonders geräumig, aber für ihre Zwecke reichte sie allemal. Katja sah auf den ersten Blick, dass der Duschkopf eine gute Möglichkeit bot, Chris zu fesseln – wenn er es denn mit sich machen ließ. In der Duschkabine streifte sie ihm den *Blue Cowboy* ab und ließ das Wasser laufen. Dass die Tropfen zunächst kalt waren, schien sie beide nicht zu kümmern. Nach der hitzigen Anstrengung war es ihnen sogar sehr angenehm. Sie umarmten und küssten sich, rieben einander mit den Händen ab.

Nach einer Weile fragte Chris: »Was ist mit deinen Strümpfen?«

Katja lächelte. »Bist du bereit, etwas Neues auszuprobieren?«

Da Chris annähernd wusste, was er von ihr erwarten durfte, nickte er. »Ich gehöre ganz dir.«

O ja, das wirst du, dachte sie sich und rollte sich den Seidenstrumpf vom linken Bein. Während sich Chris zu fragen schien, was Sinn und Zweck dieser Aktion war, warf sie den Strumpf auch schon über den Duschkopf und ergriff die Hände ihres Lovers.

»Willst du jetzt etwa eine SM-Nummer mit mir abziehen?«

Katja lächelte vielsagend, antwortete allerdings nicht. Diesmal wollte sie ihn ein wenig zappeln lassen.

»Das wirst du gleich sehen.«

Chris ließ sich auf das Spiel ein und hing wenig später mit Seidenstrümpfen gefesselt am Duschkopf. Katja hatte die Fesseln locker gelassen, damit er sie im Notfall lösen konnte, aber das wollte er gar nicht. Wie ihn zuvor die Berührung der Strümpfe angeturnt hatte, so machte es ihn jetzt total geil, damit gefesselt zu sein. Noch bevor sie den letzten Knoten zugeschnürt hatte, hatte er eine Erektion, die der vorigen in nichts nachstand.

Da sie mit Chris nicht schon wieder dasselbe Spiel wie im Pavillon treiben wollte, zog sie auch den anderen Strumpf aus und hängte ihn über seinen Schwanz.

»Weißt du, wie man früher Feuer gemacht hat?«, fragte sie, während sie mit dem hauchzarten Gebilde sanft über die Eichel rieb.

»Nein, aber ich bin mir sicher, dass du mich gleich aufklären wirst«, entgegnete er.

»Ich werde dich nicht aufklären, ich werde es dir zeigen.«

Als Kind hatte sie mal zusammen mit ein paar Spielkameraden versucht, ein Feuer zu entfachen. Einer ihrer Kumpane war ein ganz Neunmalkluger gewesen, jedenfalls war es ihr damals so vorgekommen. Er spannte einen Stock mit Hilfe eines Fadens, dann machte er eine Schlaufe in den Faden und steckte einen zweiten, angespitzten Stock hinein. Mittels des Fadens ließ sich der zweite Stock auf einem Stein drehen, der mit etwas Laub bedeckt war. Irgendwann waren tatsächlich ein paar Flammen aufgelodert.

Katja hatte nicht vor, Chris' Schwanz zum Brennen zu

bringen. Aber in diesem Augenblick fiel ihr ein, wie sie das Wissen von damals in dieser Situation nutzbringend anwenden konnte. Sie machte eine Schlaufe aus dem Seidenstrumpf und zog die beiden Enden vorsichtig von einer Seite zur anderen. Natürlich nicht so fest, dass sie ihm Schmerzen bereitete, gerade so, dass sich der Strumpf an seinem Schwanz rieb.

Chris stöhnte auf. »Du bist ein Biest, weißt du das?«

Katja antwortete nicht darauf, sondern konzentrierte sich auf ihr Tun und freute sich, dass es ihm gefiel. Das Gefühl des Strumpfes auf seiner Haut machte ihn schier wahnsinnig. Die Designerin verfolgte, wie sich Gänsehaut auf seinen Hüften und dem Bauch bildete und sein Glied zwischendurch immer wieder zusammenzuckte. Ein paar feuchte Tropfen erschienen auf der Eichel, was ankündigte, dass er bald kommen würde.

Dass wollte sie allerdings keinesfalls so schnell geschehen lassen, deshalb hielt sie inne, löste die Schlaufe und strich nun mit dem Strumpf über den prallen Kopf. Chris stöhnte lauter.

»Komm, wichs mich mit dem Strumpf. Ich will ihn vollspritzen.«

Katja hatte nichts dagegen, ihm diesen Wunsch zu erfüllen. Sie schlüpfte mit der Hand in den Strumpf und begann, seinen Schwanz damit zu reiben. Das war genau das, was er jetzt gebraucht hatte, denn tatsächlich kam er nach wenigen Sekunden. Das Sperma spritzte auf den Strumpf, und das sah so scharf aus, dass Katja spontan beschloss, diese Trophäe nicht zu waschen sondern so, wie sie war, mit nach Hause zu nehmen.

Als sie Chris schließlich wieder von der Fessel befreite, umfing er sie mit beiden Armen und zog sie fest an sich.

»Ich frage mich wirklich, warum ich dir nicht schon eher über den Weg gelaufen bin.«

»Besser spät als nie«, entgegnete Katja, empfand jedoch genauso. Sie war sich sicher, dass sie ihn nicht so schnell wieder gehen lassen würde. Egal, ob und wie dieser Kurs endete, sie würde versuchen, Chris wiederzusehen. Wer konnte schon wissen, wie es weiterging? Das Leben hielt viele Überraschungen bereit, man musste sich nur darauf einlassen.

Nachdem sie sich tatsächlich geduscht hatten, zogen sie sich in Chris' Zimmer zurück. Michi war nicht wieder aufgekreuzt, die Aktion, ihm die Frauen auf den Hals zu hetzen, war offenbar ein voller Erfolg. In ihr eigenes Zimmer wollte Katja lieber nicht, denn sie mochte Eva und ihr Model nicht stören. Natürlich wusste sie nicht genau, ob die beiden dort oben waren, aber für den Fall der Fälle war es besser, wenn sie hier blieb. Die ganze Nacht.

7. Kapitel

Schwedencocktail

4 cl Schwedenpunsch
2 cl Cognac oder Weinbrand
1 Spritzer Angostura Bitter, 10 cl Sekt

Die ersten drei Zutaten vermischen,
in ein Glas geben und mit Sekt auffüllen.

Na, wie war deine Nacht?«, fragte Eva, als Katja das Bad betrat. Sie hatte sich bereits in ihren Morgenmantel gewickelt, und aus der Dusche strömte ihr ein frischer Duft entgegen. »Als Mitternacht vorbei war, habe ich mich schon gefragt, ob dich einer von den Hünen an den Strand geschleppt und dort vernascht hat.«

»Wolltest du mich etwa retten kommen?«, gab Katja leichthin zurück, schälte sich aus ihren Sachen und sprang unter die Dusche. Dass Eva sie durch den Spiegel beobachten konnte, störte sie nicht.

»Ja, das hatte ich in Erwägung gezogen«, gab sie zurück. »Aber dann ist mir wieder eingefallen, dass du auf diesen Typen stehst.«

»Chris«, sagte Katja und drehte die Dusche auf. Das Wasser perlte warm auf sie herab und beschwor angenehme Erinnerungen an den vergangenen Abend herauf.

»Ja, Chris. Ich denke, ihr beide hattet heute Nacht mächtig viel zu tun, oder?«

Das war das erste Mal, dass sie fragte, deshalb nahm Katja es ihr auch nicht übel. Vielleicht wurden sie ja wirklich Freundinnen, dann konnte man diese Unterhaltung als Auftaktritual auffassen.

»Könnte man so sagen«, antwortete die Gefragte also. »Er ist wirklich ein netter Kerl, und auch alles andere stimmt bei ihm. Wie war es gestern mit deinem Model?«

Eva zögerte einen Hauch zu lange mit der Antwort. War es etwa nicht gut gelaufen? Katja überlegte, ob sie aus der Kabine schauen und in dem Gesichtsausdruck ihrer Kollegin nach einem Hinweis suchen sollte. Doch dann hörte sie die Antwort.

»Es ist recht gut gelaufen. Sie ist wirklich eine interessante Frau. Allerdings ...« Eva stockte, und Katja brauchte sie jetzt nicht mehr anzusehen, um zu wissen, dass die Nacht doch nicht so ganz nach ihren Wünschen abgelaufen war.

Bevor sie nachhaken konnte, öffnete sich die Tür des Badezimmers erneut. Zwei plappernde Frauen traten ein, und damit war die Unterhaltung erst einmal beendet.

»Ihr könnt schon mal ans Waschbecken, auf die Dusche müsst ihr noch ein bisschen warten«, sagte Eva zu den Neuankömmlingen und verließ dann den Raum.

Katja interessierte zwar, was das *Allerdings* zu bedeuten hatte, doch sie nahm sich vor, nicht nachzuhaken. Wenn Eva es für wichtig erachtete, würde sie schon damit rausrücken.

Am zweiten Kurstag wurde den Modemachern endlich gewährt, wonach viele von ihnen heimlich gefleht hatten. Sie konnten sich mit ihrem Model an einen ruhigen Ort zurückziehen, es vermessen und dann mit den ersten Arbeiten an ihrer Kreation beginnen. Vorher gab es jedoch wieder eine Stunde Theorie mit Waldenbrook, außerdem fand sich ein weiterer Mann ein, der kurz und schlicht Kunz hieß und zusammen mit seinem Kollegen die Entwürfe der einzelnen Designer durchging.

Das war an und für sich recht interessant, denn jede der Kreationen wurde auf eine Leinwand projiziert. Doch die darüber ausgesprochenen Kritiken waren teilweise ziemlich hart. Mangelnde Originalität wurde beklagt, einigen von ihnen wurde sogar angeraten, das Designen aufzugeben und in einer Jeansschneiderei zu arbeiten. Mit zunehmender Zahl der Entwürfe wurden die Bemerkungen dazu immer harscher, und obwohl Katja eigentlich ein alter Hase war, legte sich ein kalter Schweißfilm auf ihre Handflächen. Als sie zur Seite blickte, merkte sie, dass Eva ähnlich nervös war wie sie.

Heute Morgen hatte ihre Kollegin durch und durch entspannt gewirkt, was Katja darauf zurückgeführt hatte, dass sie mit dem Model ziemlich unanständige Sachen gemacht haben musste. Doch mit der Gelöstheit war es nun vorbei. Eva starrte auf die beleuchtete Leinwand, als wollte sie das Ding beschwören, ihren Entwurf ja nicht verzerrt zu zeigen – obwohl das Urteil des Herrn Kunz wahrscheinlich schon vorher festgestanden hatte.

»Kommen wir nun zu diesem Entwurf«, sagte der Mann, und als Katja erkannte, dass es ihrer war, schlug ihr das Herz plötzlich bis zum Hals. Vereinzeltes Gelächter aus den hinteren Reihen war zu vernehmen. In diesem Augenblick war Katjas Selbstbewusstsein so angekratzt, dass sie sich gar nicht fragen konnte, ob da welche von den Leuten lachten, die bereits ihre Klatsche weghatten.

Sie starrte wie gebannt auf die Leinwand und begann, unruhig mit dem Saum ihres T-Shirts zu spielen.

»Dieser Entwurf hier …« Kunz machte es spannend. Er hielt inne, warf einen Blick über die Zuschauer, gleich so, als wollte er den Urheber dieses Werkes ausmachen. Ob er fündig wurde, wusste Katja nicht. Sie war auf einmal dermaßen gelähmt, dass sie nicht mal auf die Idee kam, sich kleinzumachen, damit er sie nicht bemerkte.

»Dieser Entwurf, das kann man mit Fug und Recht behaupten …«, fuhr der Redner fort.

Nun mach schon!, flehte Katja im Stillen, denn sie hatte das Gefühl, jeden Augenblick zu platzen. *Gib mir endlich meinen Schlag ins Gesicht, damit wir endlich weitermachen können.*

»… ist einer der besten, den ich bisher begutachten durfte.«

Protestierendes Raunen aus der Ecke, die gelacht hatte, doch das kümmerte Katja nicht. Es fühlte sich gerade so an, als wäre ein schwer zu lösender Knoten in ihr aufgegangen. Unglaube pirschte sich an, doch dann erklärte Kunz, warum ihm ihr Entwurf so gut gefiel.

»Viele Designer haben das Problem, dass ihnen der Mut fehlt. Aus Angst, von anderen verlacht oder abgewiesen zu werden, bleiben sie auf den ausgetretenen Wegen, die schon viele vor ihnen beschritten haben. Dieser Entwurf hingegen zeugt von dem Mut, etwas Neues zu machen. Die Linie ist klar, weibliche und männliche Elemente vermischen sich, ohne lächerlich zu wirken, und man kann darunter noch immer die Silhouette des Körpers erahnen. Wäre ich Signor Armani, würde ich diese Idee sofort kaufen und sie auf meiner nächsten Schau zeigen.«

Katja war davon überzeugt, dass die Blonde mit der Armani-Bewerbung jeden Moment den Bleistift zücken und ihren Entwurf kopieren würde, damit sie beim nächsten Mal die Stelle bekam. Eigentlich hätte das die Designerin mit Angst erfüllen müssen, doch sie sah es seltsamerweise gelassen. Die Tatsache, dass sie für ihren Mut gelobt worden war, bedeutete ihr mehr als eine positive Rückmeldung auf ein Jobgesuch. Sie fragte sich, was für ein Gesicht wohl dieser Haifisch von Starlight angesichts dieser Worte gemacht hätte. Seltsamerweise konnte sie es sich genau vorstellen, und das verschaffte ihr zusätzlich Befriedigung.

»Frau Bergström, ich gratuliere Ihnen zu diesem Entwurf!«, fügte Kunz hinzu, dann verschwand das Bild von der Leinwand. Selbst die Tatsache, dass er nicht Katja Weber gratuliert hatte, sondern Frau Bergström, konnte den Triumph nicht schmälern. Sie hatte es den Kursteilnehmern gezeigt – ebenso wie den Typen von Starlight, auch wenn sie es nicht wussten. Sie war kein altes Eisen, das man einfach so einfach wegwerfen konnte. Sie war noch immer im Rennen – als Frau und als Designerin.

Eine Hand, die sich sanft auf ihren Unterarm legte, holte sie aus ihren triumphierenden Gedanken fort.

»Mensch, Glückwunsch!«, sagte Eva, und als Katja ihre Kollegin musterte, wusste sie, dass dies nicht einfach irgendeine Schmeichelei war, um sich anzuschleimen. Eva meinte es durchaus ernst, und ihre Freude war ehrlich. »Wenn er über meinen Entwurf halb so viel Gutes sagt, bin ich schon zufrieden.«

»Er wird deine Idee bestimmt mögen, mir hat sie jedenfalls gefallen«, entgegnete Katja wahrheitsgemäß.

»Ja, aber du bist kein verschrobener Dozent, der seinen ganz eigenen Geschmack hat. Einige der gezeigten Entwürfe haben mir auch gefallen, und er hat sie trotzdem verrissen.«

»Keine Sorge, er wird dein Outfit mögen. Wenn er meines mochte, dann mag er deins auch.«

»Was macht dich da so sicher?«

Nicht wenige Jahre als Chefdesignerin, dachte Katja, sprach den Satz aber nicht aus. Wie oft hatte sie gedacht, dass bei Cologne Fashion mal wieder frischer Wind durch die Hallen fegen müsste. Wie oft hatte sie Entwürfe ihrer Mitarbeiter ablehnen müssen, weil sie strikte Anordnungen von den Firmenobersten erhalten hatte. Wahrscheinlich freuten sich jetzt die Designer, die unter ihren Zurechtstutzungen leiden mussten. Vielleicht waren aber auch sie gegangen worden, damit sie den jungen Kreativen nicht im Weg standen.

»Ich habe es einfach im Gefühl«, beantwortete sie Evas Frage der Einfachheit halber, und bevor diese nachhaken konnte, dozierte Kunz weiter.

»Da wir uns nun an Klasse gewöhnt haben, möchte ich mit einem weiteren guten Beitrag fortfahren.« Im Hintergrund ertönte Getuschel. Machte sich da jemand noch irgendwelche Hoffnungen?

Ein neues Bild erschien auf der Leinwand. Diesmal handelte es sich um Evas Entwurf. Da der Dozent gleich angekündigt hatte, dass die Idee ebenfalls gut war, hätte Eva im Grunde ein wenig gelassener sein können, trotzdem saß sie wie eine angespannte Feder auf ihrem Stuhl.

»Dieses Modell hier könnte man als Gegenstück zu dem vorherigen bezeichnen. Maskuline Elemente sind vorhanden, verschleiern die Weiblichkeit allerdings nicht. Dies hier ist nicht bloß ein simpler Hosenanzug, wie man ihn von der Stange haben kann, das hier nennt man kreative Verflechtung der Geschlechter. Auch an diesem Modell sollten sich einige der Vorgenannten ein Beispiel nehmen.«

Wieder ertönte ein Raunen im Hintergrund.

Katja stieß Eva mit dem Ellenbogen an. »Na, was habe ich dir gesagt? Meinem Gespür kann ich trauen.«

»Offenbar ja. Dann hast du wohl hoffentlich nichts dagegen, dass ich dich beim praktischen Teil konsultiere.«

»Dagegen habe ich gar nichts«, entgegnete Katja. »Allerdings wirst du meinen Rat nicht brauchen. Du bist wirklich gut, und wenn der da vorn das schon sagt, dann kannst du ihm glauben.«

»Ich glaube es, wenn du das sagst«, erwiderte Eva, und Katja hätte wetten können, dass sich ein wenig schüchterne Röte auf ihre Wangen legte.

Doch dann ging es weiter mit dem Entwurfreigen, einige Ideen wurden gelobt, andere in gewohnter Manier für gestalterischen Unsinn erklärt. Den Teilnehmern aus den hinteren Reihen verging überraschenderweise das Lachen, und offenbar fühlten sie sich am Ende des Seminars so hart getroffen, dass absolutes Stillschweigen herrschte.

»Nach einer kurzen Pause wird sich ein Teil der Herrschaften zusammen mit den jeweiligen Models in den linken Flügel der Villa begeben, in dem wir Ihnen kleine Ateliers eingerichtet haben«, verkündete Kunz nach Ende der Kritikstunde.

»Sie haben zwei Stunden Zeit für Ihre Arbeit, danach wird gewechselt. Ab morgen folgen nach der Theorie vier Stunden Praxis, und auch hier werden sich die Gruppen abwechseln. Am Aushang neben dem Sekretariat können Sie ersehen, welcher Gruppe Sie zugeteilt sind. Jene Teilnehmer, die frei haben, können die Zeit zur freien Verfügung nutzen. Allerdings würde ich Ihnen raten, keine Strandspaziergänge zu machen, sondern an Ihren Entwürfen zu arbeiten. Wie ich in der vergangenen Stunde angemerkt habe, besteht bei einigen noch erhöhter Nachholbedarf.«

Damit schloss er die Stunde, und die Kursteilnehmer konnten den Raum verlassen.

»Ich bin mal gespannt, in welcher Gruppe ich bin«, flötete Eva gut gelaunt, während sie und Katja im Pulk zur Tür des Sekretariats strömten. »Ich hoffe, ich kann gleich loslegen, die Stunde eben war super.«

»Und wenn die Kritik schlecht ausgefallen wäre?«

»Hätte ich auch gleich loslegen wollen, um es diesen Typen zu zeigen. Aber so wird es ein ganz entspanntes Arbeiten, denke ich. Verena hat einen derart tollen Körper, da kommen einem die Einfälle wie von allein.«

Sie zwinkerte Katja zu, und die verstand sofort. Das *Allerdings* aus der Dusche war verflogen, Eva schien nun wieder ganz Feuer und Flamme für ihr Model zu sein. Und sie schien genau zu wissen, womit sie es zu tun bekommen würde. Katja hingegen hatte Peter zwar schon mal in Unterhosen gesehen, aber leider waren die Stellen, die sie interessierten, verdeckt gewesen.

Nachdem Eva einen Jubelschrei ausgestoßen hatte, weil sie tatsächlich in der ersten Gruppe war, entdeckte Katja ihren Namen auf derselben Seite des Papiers. Sie konnte also ebenfalls gleich mit Peter loslegen.

Kurz sah sie sich nach Chris um, in der Hoffnung, die Freizeit mit ihm verbringen zu können, doch er stand auf der anderen Seite des Blattes und gehörte somit der zweiten Gruppe an. Das fand Katja zwar schade, doch sie war sicher, dass sie sich auch so nicht langweilte.

»Offenbar haben sie die Teilnehmer in Gute und Schlechte unterteilt«, hörte sie eine Frau neben sich sagen, zu welcher dieser Gruppen sie gehörte, war allerdings nicht zu erkennen.

Katja, die den Namen der Fremden ohnehin nicht wusste, zog sich mit einem Lächeln zurück. Die Praxis würde in zehn Minuten losgehen, es war also genug Zeit, um sich noch einmal umzuziehen. Zwei Stunden waren nicht viel, und wenn sie zwischendurch noch ein wenig Spaß haben wollte, musste sie schneller arbeiten – denn beim Ficken wollte sie sich ganz bestimmt nicht hetzen.

Als sie das Zimmer betrat, das laut Plan ihr Atelier war, wartete Peter bereits auf sie. Er wirkte riesig zwischen den Figurinen, die zum Aufbewahren der zusammengesteckten und schließlich fertig genähten Kreation dienten. Offenbar hatte der ihr in diesem Raum nachfolgende Designer ein weibliches Model, denn es gab eine männliche und eine weibliche Figurine. Die männliche entsprach der Statur von Peter nicht ganz, aber mit ein paar Tricks würde Katja das Ding schon auf die richtigen Maße bringen.

Noch war das Model vollständig angezogen, und der Gedanke, dass dies bald nicht mehr der Fall sein würde, trieb die Nässe in Katjas Höschen. Natürlich durfte sie bei ihm nicht gleich mit der Tür ins Haus fallen, vielleicht stand er ja gar nicht auf Frauen.

Am vergangenen Abend hatte sie ihn nur kurz gesehen, als er sich mit ein paar Modelkollegen unterhalten hatte. Vielleicht hatte er auch schon jemanden, dem er es besorgte. Die Schwingungen gestern Abend waren wirklich eindeutig sexuell gewesen.

Das alles hatte Katja jedenfalls nicht davon abgehalten, einen kurzen Rock und ihre Seidenstrümpfe zu tragen. Ihre beste Bluse war noch immer am Trocknen, aber wahrscheinlich hätte sie für den Anlass auch viel zu streng gewirkt. Die zweitbeste Bluse, die sie nun trug, war aus einem fließenden roten Seidenstoff und wurde nur gewickelt. Falls Peter es eilig hatte, würde er keine Zeit mit Aufknöpfen verschwenden müssen.

Katja sah sich bereits gebückt vor ihm stehen, und während der knackige Schwede sie von hinten stieß, purzelten ihre Brüste aus der Bluse …

Doch dann rief sie sich wieder zur Ordnung, und mit einem glühenden Pochen zwischen den Schenkeln ging sie auf ihn zu.

»Du bist ja wirklich pünktlich«, sagte sie und legte die Tasche mit ihren Utensilien auf den Tisch. *Dafür soll der große Junge auch belohnt werden, wenn er es will,* fügte sie in Gedanken hinzu.

»Das muss man sein, wenn man mit der Besten zusammenarbeitet«, entgegnete er. Offenbar hatte sich das Lob für Katjas Kreation bereits herumgesprochen.

Dennoch korrigierte sie ihn: »Einer der Besten. Es gab durchaus einige andere, deren Entwürfe gelobt wurden.«

Peter lächelte sie breit an, und Katja hatte Mühe, ihre zurückkehrende Sexphantasie in den Griff zu bekommen.

»Kann sein, aber du bist eine der Besten.«

So sanft, wie er mit ihr sprach, hätte sie ihn am liebsten zu Boden geworfen und an Ort und Stelle bestiegen. Aber sie beherrschte sich. Ohnehin würden sie gleich zu einer Sache kommen, die gleichsam angenehm und peinlich sein könnte, je nachdem, was für einen Körper man aufzuweisen hatte: das Abmessen.

»Danke, ich hoffe, das denkst du auch dann noch über mich, wenn du siehst, was du bei der Modenschau tragen sollst.«

»Ich hatte schon etliche Outfits an, gute, schlechte und auch alberne. Es kommt nicht darauf an, wie man sich darin fühlt, sondern wie man sie präsentiert. Ein Model, das seinen Job versteht, kann sogar einen Kartoffelsack gut aussehen lassen.«

Wieder trat sein Akzent ein wenig hervor und brachte Katja zum Lächeln. Wenn sie ein eigenes Modehaus hätte, würde sie ihn allein wegen seines sonnigen schwedischen Charmes engagieren.

»Gute Einstellung«, entgegnete sie, nahm mit einer eleganten Handbewegung das Maßband aus der Tasche und hielt es in die Höhe. »Dann mal runter mit den Klamotten!«

Es geschah nicht alle Tage, dass Katja einen heißen Strip vorgeführt bekam. Eigentlich war das, was sie von Peter verlangt hatte, ein ganz normaler Vorgang, wenn man jemandem ein Outfit auf den Leib schneiderte. Doch der Schwede hatte offenbar gespürt, was hinter ihren Blicken steckte, und begann mit einer heißen Stripshow. Während er die Hüften zu einer nur für ihn hörbaren Musik schwang, zog er sich das Shirt über den Kopf, wickelte es sich um die Hand und schleuderte es quer durch den Raum. Danach wandte er sich mit den gleichen sexy Bewegungen der Hose zu.

Wäre Katja in einem Stripclub gewesen, hätte sie wahrscheinlich geklatscht und einige Scheine gezogen, um sie ihm in die Unterhose zu stecken. Doch sie stand einfach nur da, musterte ihn zunächst überrascht und dann lächelnd, was ihn allerdings nicht aus dem Takt brachte. Schließlich begann er, die Musik in seinen Gedanken zu intonieren, er summte etwas, das sich anhörte wie *I'm too sexy* von Right Said Fred, und ließ die Hose fallen. Katja hätte es nicht überrascht, wenn er darunter nichts getragen hätte, doch ihr leuchtete Stoff entgegen, und zwar knallroter. Nach den grauen Calvin Kleins trug er diesmal einen Satinslip, der jedem Stripper Ehre gemacht hätte. Und der seltsamerweise auch noch zu ihrer Bluse passte! Hatte Peter diese Attacke etwa geplant? Wenn ja, dann war ihm die Überraschung gelungen. Er tanzte noch eine Weile zu seinem eigenen

Summen und vollführte ein paar neckische Bewegungen mit dem Becken, die seine Männlichkeit besonders gut zur Geltung brachten.

Als er schließlich die Daumen in den Bund des Höschens hakte und Anstalten machte, es sich herunterzuziehen, rief Katja: »Halt, stopp! Nicht weiter!«, und fügte im Stillen hinzu: *Vorerst zumindest. Alles andere werden wir nachher sehen.*

Peter setzte ein freches Grinsen auf, und es hätte nur noch gefehlt, dass er gefragt hätte, wie ihr seine Darbietung gefallen habe. Doch das verkniff er sich und nahm stattdessen die Haltung einer römischen Statue an.

»Na, ganz so steif brauchst du auch nicht zu stehen«, sagte die Designerin und kam näher. Ein berauschender Duft ging von ihm aus. Der kleine Tanz hatte ihn leicht zum Schwitzen gebracht, wodurch nicht nur das Aftershave und sein Duschgel intensiver rochen, auch der Duft seiner Haut drängte durch, und Katja hatte Mühe, sich nicht vorzubeugen und an ihm zu schnuppern. Nachdem er eine entspannte Haltung angenommen hatte – er hatte gemerkt, dass der Spaß jetzt vorbei war –, begann sie, Maß zu nehmen. Ein guter Schneider schaffte das, ohne die Haut seines Models mehr als nötig zu berühren.

Katja dagegen wollte ihn berühren. Sie wollte wissen, ob seine Haut sich genauso seidig anfühlte, wie sie aussah. So strich sie ihm mit den Fingern nicht nur einmal mehr als zufällig über den Bauch, die Brust, die Arme und schließlich auch über das glänzende Höschen. Letzteres hinterließ bei ihr wohl den besten Eindruck, denn sein Hintern fühlte sich fest wie ein Kürbis an. So weit, ihre Finger auch über seinen Schwanz gleiten zu lassen, ging sie vorerst nicht, obwohl alles in ihr danach schrie. Ihr Slip klebte feucht an ihrer Möse, und ihre Lippen kribbelten. Sie wollte den Schwedenhappen mehr als alles andere, doch der Profi in ihr sagte: *Erst die Arbeit, dann das Vergnügen.*

Sie notierte die Maße und machte weiter, diesmal mit den Oberschenkeln, die in puncto Knackigkeit dem Hintern in nichts nachstanden. Dann war Peters Gesamtlänge dran. Gute 1,98 Meter war er groß, und sie selbst kam sich neben ihm auf einmal mächtig klein vor. Sie brauchte eine Menge Stoff. Wo sie diesen herbekamen, hatten die Veranstalter ihnen noch nicht gesagt, aber Katja war sicher, dass dies bald der Fall war.

Nachdem sie alle Maße hatte, blickte sie auf ihre Armbanduhr. Knapp eine Stunde war vergangen, eine ganze hatten sie noch. Peter stand noch immer in seinem Höschen da, und es schien, als habe sich sein Schwanz ein kleines Stück in die Höhe bewegt. Spürte er etwa, dass sie geil war? Dass sie ihn wollte?

Katja hatte vorsorglich ein paar Exemplare aus ihrer Kondomsammlung mitgenommen, die in einer kleinen Box in ihrer Schneidertasche warteten. Wenn sie es jetzt schaffte, ihm einen richtigen Ständer zu verpassen, dann hätten sie eine ganze Stunde Zeit haben, um ihren Hunger zu stillen.

Katja schielte zur Tür. War es möglich, dass jemand hereinkam? War es vielleicht verboten, mit den Models zu ficken? Niemand hatte etwas davon gesagt, und sie hörte auch keine Schritte auf dem Gang. Eine ganze Stunde …

Sie sah Peter an, und ihre Blicke trafen sich. Mit einer provozierenden Geste schob sie sich den Rock hoch und den Tanga herunter. Es bedurfte nun keiner verbalen Aufforderung mehr. Peter machte einen Satz auf sie zu, packte sie wie eine Kriegsbeute und zog sie an sich. Sie küssten sich leidenschaftlich, und der Schwede schob ihr den Rock komplett hoch. Seine Berührungen waren nicht ganz so sanft wie die von Chris, aber genau das gefiel ihr in diesem Augenblick. Katja kam ihm entgegen, indem sie ein Bein anhob und es ihm um die Hüfte schlang, dann stöhnte sie auf, da er begann, ihre Möse zu reiben. Damit ging er beinahe zu weit, denn Katja spürte, wie sich der Orgasmus langsam, aber sicher in ihr aufbaute. So wollte sie es nicht. Nicht, nachdem sie sich so lange schon gefragt hatte, wie wohl sein Schwanz aussah. Geschickt entzog sie sich ihm, und ehe er etwas dagegen tun konnte, riss sie ihm den Slip herunter, in dem sich schon eine beträchtliche Beule gebildet hatte.

Der Anblick war genau so, wie sie es erwartet hatte. Nicht nur Peters Körper war schön, sondern auch sein Schwanz. Wenn sie je auf die Idee käme, ein phallisches Kunstobjekt zu erstellen, würde sie ihn fragen, ob sie einen Abguss machen dürfe.

Die Erektion beschrieb einen perfekten Bogen, und der Penis federte leicht unter seinem Pulsschlag. Der Kopf war perfekt geformt und rot wie eine Erdbeere, der Schaft mit wunderbar geschwungenen Adern verziert. Es war beinahe zu schade, ihn unter einem Gummi zu verbergen, aber Katja blieb ihren Prinzipien treu. *Ohne Gummi keine Nummi.*

Allerdings würde sie dieses Prachtstück nicht in einen der üblichen kleinen Überzieher zwängen, sie würde ihm genau das Kondom geben, das es verdient hatte.

Der *Terminator* war nur in gut sortierten Sexshops zu haben, hielt jedoch alles, was er versprach. Katja hatte eine Bezugsquelle in der Kölner Altstadt ausgemacht, ein kleiner Laden mit pinkfarbenem Schild, dem nicht anzusehen war, dass er einen derartigen Schatz verkaufte. Nur wenige ihrer Lover hatten eines *Terminators* bedurft, dieser hier sollte mit seinem Prachtgerät auf jeden Fall in den Genuss kommen.

Rasch zauberte sie das silberfarbene Tütchen mit dem stilisierten Gesicht eines Actionhelden aus dem Etui und riss es auf. So geschmeichelt, wie Peter grinste, musste er wissen, was das für Gummis waren. Er nahm es ihr aus der Hand und rollte es sich über den Schwanz, wobei sich die zarte Latexschicht jeder noch so kleinen Kontur anpasste. Dank des durchsichtigen Materials war auch die Qualität des Anblicks nicht geschmälert.

»Die kommen aus Schweden«, bemerkte Peter schließlich, als er am Ende des Schaftes angekommen war. »Sind die besten, die es gibt.«

Jetzt war Katja überrascht. Sie musste zugeben, dass sie nicht auf den Hersteller geachtet hatte, sonst hätte sie wohl gewusst, dass die Dinger in Schweden produziert wurden. Oder wollte Peter sie nur ein wenig auf den Arm nehmen?

Was das anging, schritt er sogleich zur Tat, und zwar im wahrsten Sinne des Wortes. Er hob sie zunächst auf seine Arme, dann auf den Zuschnitttisch. Erneut küssten sie sich, dann drehte er sie unvermittelt herum.

Erwartungsfroh schloss Katja die Augen. Irgendwie hatte sie in letzter Zeit etwas richtig gemacht, denn genau das hatte sie sich gewünscht. Ihre Brüste wurden auf der glatten Oberfläche des Tisches platt gedrückt, und ihr Hintern ragte in die Luft, was Peter zum Anlass nahm, ihr die prallen Backen zu kneten und seinen Schwanz neckend durch die Spalte zu ziehen. Katja öffnete die Schenkel ein wenig, um ihm Platz zu machen, und obwohl die dicke Eichel bereits an ihrer Pforte lauerte, stieß Peter noch nicht zu, sondern knetete weiter ihren Hintern.

»Du hast den geilsten Arsch, den ich je vor mir hatte«, sagte er, beugte sich vor und küsste erst die linke und dann die rechte Backe.

Katja wurde ungeduldig. Sie wollte ihn endlich spüren, denn ihre Pussy fühlte sich bereits an, als würde sie jeden Augenblick platzen. »Red nicht so viel und fick mich endlich«, forderte sie schließlich, und obwohl sie sein Gesicht nicht sah, hätte sie wetten können, dass er grinste.

»Wie die Herrin befiehlt«, sagte Peter, und bevor sie dagegen protestieren konnte, Herrin genannt zu werden, stieß er seinen großen Prügel in sie hinein. Es war nicht das übliche langsame Dehnen, es war alles auf einmal, und da sie bereits vom Warten so angespannt gewesen war, kam sie im selben Augenblick.

»Oh, du hast Hunger. Deine Möse lutscht schon an mir.«

Katja brachte nur einen Wimmerlaut hervor. Am liebsten hätte sie vor Lust geschrien, doch sie war sich sicher, dass die Wände zu den anderen Ateliers dünn waren. Um Schlimmeres zu vermeiden, biss sie sich auf den Handrücken, was genau richtig war, denn jetzt legte Peter richtig los. Er krallte beide Hände in ihre Pobacken und drängte sich mit voller Wucht dazwischen. Katja hatte geglaubt, dass er gar nicht weiter in sie hinein konnte, doch sie wurde eines Besseren belehrt.

Als er schließlich zu stoßen begann, befürchtete Katja, dass der Tisch unter ihnen jeden Moment zusammenbrechen würde. Peter legte sich mit seinem vollen Gewicht auf sie und bearbeitete sie so schnell, als gelte es, einen Wettlauf zu gewinnen. Aber genau das brauchte sie jetzt. Er hatte recht, sie hatte Hunger, großen Hunger sogar, und er hatte genau das, was ihn stillen würde. Als sich der zweite Orgasmus in ihr zusammenzog, packte Peter sie bei den Schultern und stieß sie noch härter. Ihre Zähne gruben sich tief in ihr Fleisch, und sie wollte in diesem Augenblick besser nicht daran denken, wie ihre Hand danach aussehen würde. Dass sie den Schrei um jeden Preis unterdrücken wollte, ließ die Spannung noch weiter steigen, und nach einer Weile entlud sie sich in einen Orgasmus, der ihr für einen kurzen Moment sämtliche Sinne zu rauben schien.

Sie fühlte sich dermaßen in den Rausch katapultiert, dass sie nicht einmal mitbekam, wie auch Peter den Höhepunkt erreichte. Erst, als sie wieder einigermaßen zu sich gekommen war, spürte sie, wie sein Schwanz zuckte, doch da klang der Orgasmus bereits wieder ab.

Peter blieb noch eine Weile auf ihr liegen, dann zog er sich langsam zurück und half ihr auf. Katja musste sich an seinem Arm festhalten, denn ihre Beine waren so weich, als hätte man ihr die Knochen entfernt.

Sie hätte in diesem Augenblick gern etwas gesagt, doch das konnte sie nicht. Sie blickte nur auf ihre Hand, bemerkte die Bissspuren und spürte einen leichten Widerhall des Orgasmus in sich, als sie sich vorstellte, dass es seine starke Schulter war, in die sie die Zähne gegraben hatte.

Als die beiden Stunden vorüber waren, verließ die erste Gruppe Designer und Models die Ateliers. Katjas Beine hatten inzwischen wieder an Festigkeit gewonnen, und die Klamotten saßen auch wieder an Ort und Stelle. Sie spürte noch immer eine klebrige Feuchtigkeit zwischen den Schenkeln, und ein wenig war sie froh darüber, dass Chris mit seinem Model erst mal arbeiten musste und nicht die Gelegenheit hatte, sie zu einer schnellen Nummer zu verführen. Nicht, dass sie nach dem Sex mit Peter keine Lust mehr auf ihn hatte, aber nach diesem Erlebnis brauchte sie erst einmal eine kleine Pause. Vielleicht konnte sie ja einen Strandspaziergang machen, um sich abzukühlen.

Als sie auf dem Weg in die Eingangshalle aufblickte, bemerkte sie den Blonden und den Latino. Wahrscheinlich konnten die beiden mit dem vielsagenden Lächeln, das sie ihnen zuwarf, nichts anfangen, aber wenn sie klug waren, nutzten sie die Stunde nicht nur mit Abmessen.

Die beiden Männer musterten sie in der Tat ein wenig verwundert, erwiderten dann jedoch das Lächeln und huschten an ihr vorbei. Als Katja sich nach ihnen umwandte, beobachtete sie, dass sie just in dem Raum verschwanden, in dem sie und Peter gearbeitet hatten. Vielleicht würden sich die Schwingungen, die dort zurückgeblieben waren, auf die beiden übertragen.

Als sie zur Seite blickte, bemerkte sie, dass Peter verschwunden war. Er musste sich in dem Augenblick davongestohlen haben, als sie die Männer angelächelt hatte.

Es hatte zwischen ihnen keine Vereinbarung gegeben, ob und wann sie das Ganze wiederholen würden, aber für Katja stand unwiderruflich fest, dass der Schwede früher oder später wieder zwischen ihren Schenkeln landen würde. Und zwar genau dann, wenn sie es hart brauchte.

Im nächsten Augenblick entdeckte sie Chris mit seinem Model im Schlepptau. Sie hatte bisher nicht mitbekommen, wen er sich ausgesucht hatte, und die Frau, die neben ihm herstakste, war das genaue Gegenteil von ihm. Sie hatte langes blondes Haar, war beinahe eine Spur zu dünn und überragte Chris um Haupteslänge. Katja erinnerte sich an den Aufmarsch in Unterwäsche und dass sie eine der größten Frauen hier gewesen war. Wie sein Entwurf für sie aussah und ob es dafür Lob oder Tadel gehagelt hatte, wusste die Designerin nicht, aber sie nahm sich vor, ihn danach zu fragen, wenn er fertig war.

Als er sie anlächelte, spürte Katja sofort, wie sich eine

wohlige Wärme in ihrer Brust ausbreitete. Sie erwiderte sein Lächeln herzlich, auch wenn ihr nun ein wenig unbehaglich wegen Peter wurde. Doch der Schwede war nicht da, und er schien auch kein Mensch zu sein, der seiner aktuellen Sexpartnerin demonstrativ den Arm um die Schulter legte, um zu zeigen, dass sie ihm gehörte. Sie konnte also so tun, als wäre nichts geschehen, und wenige Augenblicke später war Chris an ihr vorbei, fortgetragen vom Strom der Designer und Models.

Derselbe Strom war es, der Eva schließlich wieder an ihre Seite spülte.

»Na, wie ist es mit deinem Schweden gelaufen?«, fragte die junge Frau und hatte dabei einen Glanz in den Augen, nach dem sie zu wissen schien, was in dem Atelier vorgegangen war.

»Bestens!«, entgegnete Katja wahrheitsgemäß und blickte ein wenig verunsichert an sich hinab. War der Rock richtig heruntergezogen und die Bluse geschlossen? Saßen die Strümpfe dort, wo sie sitzen sollten?

Eigentlich hatte sie vor dem Verlassen des Raumes peinlich darauf geachtet, aber es war durchaus möglich, dass Eva etwas auffiel. Frauen hatten für solche Dinge einen wesentlich besseren Blick. Ging sie vielleicht anders als zuvor? Sie musste zugeben, dass sie Peters Schwanz immer noch in sich spürte, einen Prügel von dieser Güte steckte man nicht so einfach weg.

Selbst wenn Eva einen Unterschied bemerkte, ging sie nicht weiter darauf ein.

»Weißt du schon, woher wir unseren Stoff bekommen?«, fragte sie, und ab da war jegliche Anzüglichkeit aus ihren Worten gewichen.

Katja dachte schon, es liege daran, dass Verena in der

Nähe sei, aber als sie sich umblickte, merkte sie, dass sich das Model ebenfalls zurückgezogen hatte. Offenbar hatte man ihnen allen eingebläut, keinen privaten Kontakt zu den Designern zu pflegen. Oder hatten sie ihre eigenen Seminare, zu denen sie mussten? Auf jeden Fall sagte ihr ein Rundblick, dass sämtliche Models aus dem Gang verschwunden waren.

Die Meeresbrise hatte eine belebende und klärende Wirkung auf Katja. Nachdem sie eine ganze Weile am Strand spazieren gegangen war und sich bemüht hatte, keinem konkreten Gedanken zu folgen, setzte sie sich in den Sand und schaute hinaus auf das Meer. Der Himmel bewölkte sich zusehends, und ihr fiel auf, dass mit der Veränderung des Lichts auch eine Veränderung der Farbe des Wassers einherging. *Alles hat einen Effekt auf seine Umgebung,* dachte sie, während sie ihre Knie umfasste. *Jede Veränderung zieht weitere Veränderungen nach sich.*

Wenn sie die vergangenen Tage Revue passieren ließ, musste sie zugeben, dass sich einiges in ihrem Leben verändert hatte. So viel Sex wie gerade hatte sie noch nie gehabt. Nicht nur ihre Fassade war mittlerweile auf jung getrimmt, sie fühlte sich auch jünger. Außerdem freute sie sich wieder auf ihre Arbeit.

Es würde keine Beschränkungen mehr geben, sie konnte noch mal neu anfangen und sämtliche Philipps und Lackaffen hinter sich lassen. Hätte es besser kommen können? Im Grunde genommen musste sie Cologne Fashion für die Kündigung danken, denn sonst wäre sie nicht hier. Sie hätte immer so weitergemacht, ohne dass ihr Leben eine Veränderung erfahren hätte. Irgendwann hätte sie dann eingesehen, dass es doch nicht so erlebnisreich war, wie sie gedacht hatte.

Natürlich gab es noch einige Dinge, die sie im Nachhinein klären musste, auch würde sie nicht nur von Sex und der Abfindung leben können. Doch das hatte Zeit.

Als sie Stimmen hörte, wandte sie sich um und sah ein Paar auf sich zukommen. Mann und Frau hatten die sechzig weit überschritten, was sie nicht davon abhielt, Händchen zu halten und sich zu küssen, als gäbe es niemanden, der sie beobachten könnte. Katja hatte sich früher immer dagegen gesperrt, daran zu denken, dass ältere Menschen Sex haben könnten, aber wenn sie diese beiden so betrachtete, konnte sie es sich gut vorstellen. Wenn man alterte, wurde man nicht automatisch ein anderer Mensch. Wahrscheinlich würde sie mit sechzig immer noch Sex haben. Genauso wie mit siebzig oder achtzig. Wenn es nach einigen Leuten in der Werbe- und Modebranche ging, hätte ja schon mit vierzig bei ihr tote Hose herrschen müssen, dabei hatte sie bisher jeden Tag das Gegenteil bewiesen. Sich und der Welt.

»Wartest du auf Flaschenpost?«, fragte plötzlich eine bekannte Stimme hinter ihr und riss sie aus ihren fast schon philosophischen Gedanken fort. Als sie sich umdrehte, stand Chris hinter ihr. Das ältere Paar ging an ihnen vorbei, und Katja bemerkte, dass sie lächelten. Offenbar spürten sie, dass die Frau im Sand und der Mann dahinter keine Fremden waren.

Katja hatte keine Ahnung, wie lange sie schon hier draußen saß, aber die beiden Stunden, die die zweite Gruppe fürs Arbeiten hatte, schienen vorüber zu sein.

Dass Chris hier war, konnte allerdings kein Zufall sein. Er musste sie gesucht haben, und wahrscheinlich hatte er Eva gefragt, wo sie geblieben war.

»Gut möglich, dass eine vorbeikommt«, antwortete sie und streckte die Hand nach ihm aus. »Vorhin war mir beinahe so, als hätte ich eine Flasche in den Wellen treiben sehen.«

Chris griff nach ihrer Hand, hielt sie einen Moment lang und setzte sich dann neben sie.

»Wusstest du, dass Seemänner früher Liebesbriefe in Flaschen steckten, diese mit Teer versiegelten und sie dann dem Ozean anvertrauten, in der Hoffnung, dass ihre Mädchen sie irgendwann erhielten.«

»Ich denke, das war die einzige Art, damals einen Brief zu verschicken, wenn man keine eigene Brieftaube hatte.«

»Kann sein. Aber sicher war es für die Männer auf See auch eine Möglichkeit, ihrer Sehnsucht Herr zu werden. Immerhin wussten sie nicht, wann und ob sie ihre Geliebten wiedersehen würden. Die Chance, dass die See ihren Gruß an die Küste spülte, bevor sie wieder ankamen, erschien ihnen wohl ziemlich groß. Also vertrauten sie ihre Träume den Flaschen an.«

»Nachdem sie sie ausgetrunken hatten.«

»Ich nehme mal an, ja.«

Chris stockte, und Katja spürte seinen Blick auf ihrer Wange. Sie wusste allerdings nicht, was sie darauf sagen sollte. Wollte er ihr etwa eine Flaschenpost schicken? Dann musste er schon weit hinter Köln reisen, vielleicht nach Koblenz, sie einwerfen und ihr Bescheid sagen, damit sie die Botschaft aus dem Rhein fischen konnte. Vielleicht meinte er damit jedoch auch etwas ganz anderes.

»Was haben die Seeleute getan, wenn die Flaschen nicht angekommen sind?«, fragte Katja, denn sie wollte jetzt nicht über das andere sprechen. »Haben sie ihren Mädchen verschwiegen, dass sie eine losgeschickt haben, oder haben sie sich über das Meer beklagt, so wie wir über die Post? Immerhin kommt selbst heute nicht immer alles an.«

»Hm, ich denke, sie haben es verschwiegen und den Mädchen stattdessen gesagt, was sie für sie empfanden. Falls die Flasche doch noch angekommen ist, dann war es die doppelte Freude.«

»Was ist, wenn sie per Flasche Schluss gemacht haben?«

»Ich glaube nicht, dass sie das getan haben.«

»Was sonst?«

»Wahrscheinlich sind sie einfach in einem Bordell in Singapur geblieben und haben bei einem Kapitän angeheuert, der ihre Heimat möglichst nicht so bald angesteuert hat.«

Chris lachte auf, dann spürte sie seine Hand auf ihrer Schulter. »Ich wollte dir bloß sagen, dass ich dich nicht nur mag, weil wir miteinander ficken.«

»Aber das ist genau das, was ich am besten kann.« Sie wandte sich ihm zu und lächelte.

Chris grinste wie an dem Tag, an dem sie sich zum ersten Mal getroffen hatten. »Ich bin mir sicher, dass du noch ganz andere Talente hast. Du bist eine hervorragende Designerin, ein großer Teil, inklusive mir, kann sich eine dicke Scheibe von dir abschneiden.«

»Möchtest du, dass ich dir bei deinem Entwurf helfe?«

»Nein, ich denke, dass ich ganz gut allein zurechtkomme. Ich war übrigens einer von denen, die ebenfalls ein Lob bekommen haben.«

»Dann hatte eine unserer Kolleginnen unrecht, dass sie in eine Gruppe nur die Guten und in die andere nur die Schlechten gesteckt haben.«

Anstatt etwas darauf zu sagen, beugte sich Chris vor und küsste sie. Katja erwiderte den Kuss und hatte das Gefühl, dass gleich etwas passieren würde. Kein Fick am Strand, sondern etwas anderes. Worte, die sie zuletzt vor vielen Jahren ausgesprochen hatte, als ihre letzte Beziehung in die Brüche gegangen war und sie angefangen hatte, die Männer zu nehmen, wie sie kamen, und sich auf keinen mehr emotional einzulassen. Dieser Moment war genau richtig, um diese Worte auszusprechen, doch offenbar hatte keiner von ihnen den Mut, es zu tun. Als sich ihre Lippen wieder getrennt hatten, blickten sie beide hinaus aufs Meer, in schweigendem Einverständnis. Sicher würden sie sich heute Abend wieder treffen, um ihre sexuellen Grenzen kennenzulernen. Sicher würden sie es bis spät in die Nacht miteinander treiben. Aber die Worte, die sich in diesem Augenblick angeschlichen hatten wie ein Raubtier, würden sie dabei nicht aussprechen.

8. Kapitel

Symphony of Moist Joy

1,5 cl Crème de Menthe (grün)
1,5 cl Cognac
1,5 cl Chartreuse (gelb)
1,5 cl Grenadinesirup

Alle Zutaten vorsichtig in einem Glas übereinanderschichten.

In den nächsten beiden Tagen arbeitete Katja so angestrengt an ihrem Outfit, dass sie nur beiläufig an Sex dachte (obwohl sie ihn dennoch genoss, wenn sie ihn hatte).

Den Vormittag des ersten Tages hatte sie damit verbracht, sich den Stoff für ihre Kreation zu organisieren, was nicht einfach war, denn sie hatte eine ziemlich ausgefallene Vorstellung, mit der selbst die Organisatoren nicht gerechnet hatten. Schließlich war es ihr gelungen, ausreichend Material zu bekommen. Das Erstellen eines Schnittes war dann Routine, genauso wie das Zuschneiden, obwohl sie bei Cologne Fashion schon lange nicht mehr für Letzteres zuständig gewesen war. Doch es lag ihr immer noch im Blut, und sie genoss es, mit den Händen über den Stoff zu streichen und sich vorzustellen, wie das fertige Stück aussehen würde. Sie steckte die Teile zusammen, arrangierte sie neu, wenn ihr etwas in der Praxis anders erschien als im Entwurf, und das alles entfachte das Feuer neu, das sie zuletzt als Berufsanfängerin gespürt hatte, bevor Cologne Fashion einen Entwurf nach dem anderen verworfen hatte.

In diesen Momenten fragte sie sich, warum sie nicht früher erkannt hatte, dass ihre Firma sie unterdrückt hatte – und dass es nicht schade war, dort entlassen worden zu sein. Noch war sie jung genug, um sich selbst zu verwirklichen. Noch stand ihr alles offen, und sie war gewillt, diese Chance zu nutzen.

Nun war sie dabei, den Entwurf zusammenzustecken, ihm das erste Gesicht zu geben, bevor sie mit dem Nähen begann. Sie war tatsächlich so mutig gewesen, ihren Entwurf, der bei Herrn Kunz (dem sie mittlerweile scherzhaft ein »Hinz und« vor den Namen gesetzt hatten) großen Anklang gefunden hatte, in die Tat umzusetzen. Bei der abschließenden Modenschau waren vielleicht Pressefotografen zugegen, und die Bilder fanden sich in irgendwelchen Magazinen wieder, die am Ende auch auf den Schreibtischen von Starlight landen konnten. Natürlich würde darunter nicht stehen, dass es ein Entwurf von Katja Weber war (es sei denn, sie outete sich bei der Veranstaltung), aber vielleicht würde Starlight versuchen, ihre Adresse herauszufinden und sie anzuwerben. Dann würde sie ihnen genussvoll absagen und vielleicht sogar ein Foto von ihrer Hand schicken, die gerade den Stinkefinger machte. Gina Bergström konnte sich das erlauben, denn sie war ein Phantom.

Doch gerade, als sie sich darüber freuen wollte, kam ihr wieder Chris in den Sinn und der Moment am Strand. Wenn sie mit ihm in Kontakt bleiben wollte, dann musste er die Wahrheit erfahren. Er musste wissen, dass sie älter war, als sie vorgab zu sein, er musste ihren wahren Namen kennen und auch erfahren, dass man sie bei Cologne Fashion entlassen hatte und …

Halt, stopp, rief sie sich wieder zur Ordnung. *Du machst daraus eine größere Sache, als sie letztlich ist.* Sicher, sie hatte Gefühle für Chris, aber wenn er unwissend blieb, was ihren wahren Hintergrund anging, hätte sie keine Probleme, ihn eines Tages loszuwerden. Gina Bergström würde einfach verschwinden, er würde eine andere Frau oder viele andere Frauen kennenlernen, und jeder würde so weiterleben wie bisher. Vielleicht sollte sie erst einmal das Ende des Kurses abwarten und so lange ihre Gewissensbisse beiseiteschieben. Gina Bergström brauchte keine Bedenken zu haben. Gina Bergström konnte alles haben, was sie wollte.

Ein Klopfen ließ sie hochschrecken. Nur knapp verfehlte sie mit einer Stecknadel den linken Zeigefinger.

»Ja, bitte!«, rief sie und stieß die Nadel ärgerlich in die Schaumstofffigurine, die sie unter dem schwarzen Bezug an der einen oder anderen Stelle etwas ausgepolstert hatte, um Peters Körperform näherzukommen.

Sie wusste nicht, wer jetzt etwas von ihr wollen konnte, auf jeden Fall steckte kurz darauf Eva den Kopf zur Tür herein.

»Ist es erlaubt, ein wenig zu spionieren?«, fragte die sympathische Kollegin und hielt sich scherzhaft eine Hand vor die Augen. Dabei hatte sie das Modell sicher schon beim Öffnen der Tür gesehen.

Aber Katja fürchtete nicht, dass sie ihr eine Idee wegschnappen könnte. »Natürlich. Komm rein.« Sie löste das Nadelkissen von ihrem Handgelenk und legte es auf den Zuschneidetisch.

Eva schloss die Tür hinter sich und umrundete die Figurine. Ganz sicher war sie nicht nur hier, um zu bestaunen, was in diesem Raum gerade entstand, doch Katja ließ sie gewähren.

»Sieht ja schon gut aus. Ich bin mir sicher, dass du der Star der Modenschau sein wirst.«

»Sag das nicht zu früh, die anderen können durchaus noch aus ihrer Schelte lernen.«

»Das glaube ich nicht. Soweit ich mich umgehört habe, halten einige Leute diesen Kunz für einen Schwachkopf, der keine Ahnung hat. Die Modehäuser, die sie hergeschickt haben, verfolgen angeblich völlig andere Linien, und an denen wollten sie festhalten – immerhin hängen sie an ihren Jobs.«

Das hörte sich verdächtig nach dem an, was Katja früher gedacht hatte. *Wes Brot ich ess, des Lied ich sing.* Sie hatte ja gesehen, wohin das führen konnte.

»Wusstest du eigentlich schon, dass heute Abend eine Party stattfindet?«

Diese Information war tatsächlich neu.

»Nein, bisher nicht.«

»Ich habe es vorhin am Schwarzen Brett gelesen. Ich denke, es wird so eine Art Bergfest. Magst du hingehen, oder hast du etwas anderes vor?«

Chris hatte ihr gestern zwar nichts von einer Party erzählt, doch warum nicht?

»Nein, bisher nichts«, antwortete sie und wusste genau, wie Eva es gemeint hatte. »Es werden sicher alle hingehen, warum sollte ich da hierbleiben?«

Ein Lächeln huschte über das Gesicht ihrer Zimmergenossin. »Du bist nicht gerade die Geselligste, so viel steht fest.«

Das stimmte sogar. Katja hatte zwar gern Menschen um sich herum, aber nicht in großen Mengen. Sie hatte bisher bei allen geselligen Anlässen immer einen Grund gefunden, sich abzusondern. Meist mit jemandem, der sie ganz speziell interessierte. Das war bei Partys von Cologne Fashion schon so, und es war auch hier der Fall.

»Kann sein, aber ich komme. Es wird sicher lustig, und wenn es auch was zu trinken gibt, dann bin ich glücklich. Ich kann mich ja an der Bar festhalten, wenn der Trubel zu groß wird. Oder ich verdrücke mich.«

Eva sah sie einen Moment lang an, als wollte sie etwas dazu sagen, dann sprach sie es doch nicht aus. »Okay«, sagte sie und schob die Daumen in die Taschen ihrer Jeans wie ein verlegenes Schulmädchen. »Dann sehen wir uns dort.«

»Wahrscheinlich schon früher«, entgegnete Katja und griff wieder nach dem Nadelkissen. Gleichzeitig fragte sie sich, was dieses Gespräch sollte. In den vergangenen Tagen war Eva nie hereingekommen, um über etwas mit ihr zu sprechen. Sie hatten auf dem Zimmer miteinander geredet, bei den Mahlzeiten, im Gang, aber nicht in den Ateliers. Hatte sie noch etwas anderes auf dem Herzen als das Bergfest?

Wenn, dann war sie offenbar nicht bereit, sich zu offenbaren. Sie lächelte Katja noch einmal an, dann wandte sie sich um und verließ das Atelier.

Die Designerin blickte ihr noch einen Moment lang nach, schüttelte den Kopf und machte sich wieder an die Arbeit. Das Korsettteil musste einzeln genäht werden, alles andere konnte sie in einem Stück fertigen. Ein vorfreudiges Kribbeln erfasste sie, wenn sie daran dachte, dieses Modell über Peters Körper zu ziehen, die Schnürung zu schließen und anschließend über den Stoff zu streichen und die trainierten Muskeln darunter zu spüren.

Dieser Gedanke nahm sie dermaßen ein, dass sie sogar das Gespräch mit Chris und die seltsame Frage von Eva für einen Moment vergaß.

Gegen acht trafen sich die Kursteilnehmer und ihre Models in einer Hotelbar, von der man meinen konnte, dass sie eigentlich nur gesunde Sachen an ihre Gäste verteilte – immerhin zählte das Haus zu den renommiertesten Kurhotels auf ganz Borkum. Aber die Organisatoren hatten den Betreiber wohl schon über ihr Einfallen informiert. Jedenfalls schienen kaum andere Gäste in der Bar zu sein, und das, obwohl Katja kein Schild entdeckt hatte, auf dem *Geschlossene Gesellschaft* stand.

Dass hinter dem Tresen zahlreiche ziemlich verführerisch wirkende Spirituosen aufgereiht waren, stimmte Katja hoffnungsvoll. Der Barkeeper sah nett aus, nicht so adrett wie Enrico, doch die Art und Weise, wie er den Shaker bediente, ließ darauf schließen, dass er sein Handwerk verstand. Katja spielte einen Moment lang mit dem Gedanken, ihn nach einem Orgasmus zu fragen, allerdings wäre das zu viel des Guten gewesen, immerhin gab es aktuell zwei Männer, die ihr einen solchen problemlos verschaffen konnten.

Kaum hatten die Kursteilnehmer die Bar geentert, wurde es laut. Sie verteilten sich an die Tische und auf die Barhocker und gaben die ersten Bestellungen durch. Peter war Katja irgendwie im Gewühl abhandengekommen, Chris hatte wieder einmal mit Thomas zu tun, und Eva unterhielt sich angeregt mit den Models. Erneut war ihr seltsames Verhalten wie von der Meeresbrise weggeweht.

Katja nutzte die Gelegenheit, sich alles von weitem anzusehen, und dabei fiel ihr auf, dass sie sich kaum mit den anderen Designern bekannt gemacht hatte. Sicher, von den Frauen an ihrem Frühstückstisch wusste sie mittlerweile die Namen, so richtig ins Gespräch gekommen waren sie jedoch nicht.

Bevor sie allerdings zu einem Verbrüderungsgespräch

aufbrach, wandte sie sich an den Barkeeper. »Geben Sie mir bitte einen Blue Lagoon.«

Der Mann nickte und machte sich sogleich an die Arbeit. Unwillkürlich verglich sie seine Handgriffe mit denen von Enrico, und sie musste zugeben, dass er sich durchaus mit ihrem Lieblingsbarkeeper messen konnte. Wenn jetzt auch noch der Drink in Ordnung war, würde sie durchaus in Erwägung ziehen, jährlich eine Woche Urlaub hier zu verbringen. Womöglich sogar mit Chris.

Sie blickte zu ihrem Lover hinüber. Noch immer unterhielt er sich mit Thomas. Oder besser gesagt, er hörte diesem zu. Sein Schulkamerad gestikulierte wild und erklärte gerade sonst was. Als könnte er ihren Blick spüren, wandte Chris den Kopf zur Seite. Sie hätte wetten können, dass er hilflos wirkte! Offenbar ging ihm Thomas kräftig auf den Geist. Sollte sie vielleicht dazwischengehen und ihn retten?

»Ihr Blue Lagoon«, sagte der Barkeeper und stellte das Glas neben ihr ab.

Katja bedankte sich, griff danach und nahm einen Schluck. Der Cocktail war wirklich gut. Im La Fleur hatte sie ihn ein- oder zweimal getrunken, danach waren der Cosmo und der Orgasmus ihre Favoriten geworden. Aber soweit sie sich an den Geschmack erinnern konnte, gab es zwischen dem Lagoon von Enrico und dem des attraktiven Unbekannten keinen Unterschied.

Sie blickte wieder in die Richtung, in der Chris gestanden hatte, doch nun war er verschwunden. Thomas hingegen stand noch immer an Ort und Stelle, inzwischen hatte er ein anderes Opfer gefunden, dem er etwas mit wilden Gesten erklären konnte. Hatte sich Chris etwa unter einem fadenscheinigen Vorwand davongemacht? Oder hatte er einen Anruf bekommen?

Bevor die Truppe zum Hotel aufgebrochen war, hatten sie nur kurz miteinander gesprochen. Chris hatte ihr ein Kompliment für ihr Seidenjerseykleid gemacht und ihr versprochen, sich für die Nacht etwas Besonderes auszudenken.

Katja hatte ihm entgegnet, dass sie sich darauf sehr freue. Alles schien also in bester Ordnung zu sein. Dennoch schlich sich wieder das merkwürdige Gefühl von hinten an. Warum suchte er nicht ihre Nähe? Warum verschwand er einfach? Nicht, dass er ihr Rechenschaft schuldig war, aber in diesem Augenblick wollte sie es gern wissen.

Nach einer Weile, die Designerin war bereits beim zweiten Lagoon, ohne dass sie Chris unter den Anwesenden hätte ausmachen können, betraten weitere Gäste die Bar. Gäste, die sie hier bei einem Bergfest unter »Studenten« nicht erwartet hätte. Es waren Waldenbrook, Kunz, das Fräulein Kern, die sie gestern kennengelernt hatten, und der Rest der Veranstalter-Crew. Wollten die Herrschaften es sich auch ein wenig gutgehen lassen, oder hatten sie etwas vor? Leute, die so aussahen, ließen es sich nicht einfach nur gutgehen.

Einen Moment lang blickten die Ankömmlinge sich um, und einige der Teilnehmer, die meinten, durch Schleimerei ein wenig voranzukommen, scharten sich augenblicklich um sie. Katja blieb weiterhin auf ihrem Platz an der Bar und beobachtete das Treiben. Sie war gespannt wie ein Flitzebogen. Würden sie einfach nur ein paar Cocktails kippen, oder …

»Meine Herrschaften, es ist an der Zeit, dass ich Ihnen verkünde, welche Überraschung wir uns für diesen Kurs ausgedacht haben«, sagte der Mann, der bereits die Begrüßungsrede gehalten hatte und von dem sie sich vage erinnerte, dass er Bernsdorf hieß (jedenfalls hatten die Frauen an ihrem Frühstückstisch über ihn geredet und ihn so genannt). Er schlug gegen sein Glas, das ihm von einem der Speichellecker gereicht worden sein musste, worauf alle Gespräche augenblicklich verstummten.

»Wir werden in zwei Tagen Besuch bekommen, Sie sollten also bis dahin mit Ihren Modellen so weit sein, dass man erkennen kann, worauf sie hinauswollen. Bei den Besuchern handelt es sich um die Vertreter eines angesehenen Modehauses, die auf Talentsuche sind.«

Ein kollektives Nach-Luft-Schnappen erfüllte die Bar. Offenbar hatten auch jene Teilnehmer, die von ihren Labels hergeschickt worden waren, nichts dagegen, abgeworben zu werden.

Katjas Pulsschlag beschleunigte sich ebenfalls. Nicht, dass sie sich irgendwelche Hoffnungen machte, denn durch die Gina-Bergström-Sache war es ohnehin fraglich, ob sie einen Job bekommen würde. Aber es war durchaus möglich, dass man sie trotz ihrer Schummelei haben wollte. Dann ginge es vielleicht nach Paris oder Mailand oder sogar nach New York …

»Also, wenn Sie wollen, dass die Talentsucher auf Sie aufmerksam werden, bemühen Sie sich nicht nur darum, etwas Originelles zu schaffen, sondern seien Sie auch bis übermorgen früh damit so gut wie fertig. Die Figurinen werden dann in den Saal gebracht, mit Namen fotografiert, damit niemand Schindluder treiben kann, und am darauffolgenden Tag begutachtet. Am Tag nach der abschließenden Modenschau werden Sie erfahren, wer von dem Modehaus ein Stellenangebot bekommt.«

Diese Information hätte Bernsdorf ihnen auch morgen früh vor Beginn des Kurses geben können, doch offenbar wollte er mit der Wahl des Ortes unterstreichen, dass es sich um etwas ganz Besonderes handelte. Sie hatten etwas mehr als die Hälfte des Kurses hinter sich, jetzt kam die Bewährungsprobe.

Katja musste den Blue Lagoon wegstellen, um ihn sich nicht vor lauter Aufregung über das Kleid zu gießen.

Hätte in der Annonce gleich gestanden, dass es am Ende des Kurses eine Art Hauptpreis gab, hätten sich einige sicher deutlich mehr angestrengt. Der Gedanke kam ihr, als sie die Gesichter einiger Kursteilnehmer betrachtete. Manche winkten mit der Hand ab, andere bissen sich auf die Lippen und ärgerten sich anscheinend darüber, dass sie keine bessere Idee gehabt hatten.

Katja war zufrieden mit ihrer Kreation, wahrscheinlich hatte sie die Idee nur gehabt, weil ihr Hirn durch den vielen Sex gut durchblutet war. Demnach gab es keinen Grund, damit aufzuhören.

Viel hatte Bernsdorf seinen Worten nicht hinzuzusetzen. Er wünschte den Teilnehmern viel Erfolg und ließ die Phrase »Der Beste möge gewinnen« vom Stapel, worauf einige Blicke nach Katja suchten und sie fanden. Nach dem großen Lob für ihren Entwurf schienen einige zu glauben, dass sie das Rennen machte, doch das bekam Katja gar nicht mit. Sie griff nach ihrem Blue Lagoon, leerte das Glas und bestellte einen weiteren, da sie wusste, dass es nicht gut war, die Cocktails allzu bunt zu mischen.

Als die Party fortgeschritten war und die meisten der Anwesenden nicht mehr ohne Promille im Blut waren, verließ Katja die Bar, um sich ein wenig Meeresluft um die Nase wehen zu lassen.

Inzwischen war Chris wieder aufgetaucht und hatte ihr kurz berichtet, dass er einen Anruf bekommen habe. Keinen schlimmen, aber einen wichtigen. Da Katja wusste, dass er für immer ein kleiner Geheimniskrämer bleiben würde, fragte sie nicht nach. Wenn er ihr davon erzählen wollte, würde er es sicher tun. Und wenn nicht, war es auch egal.

Wo er jetzt steckte, wusste sie dagegen nicht. Schließlich waren sie kein Paar, das ständig aneinanderkleben musste.

Die Designerin stand einen Moment lang auf der Hotelterrasse, und es störte sie nicht, dass der Wind kühl über ihre Schultern strich. Aus der Ferne konnte sie nicht erkennen, ob gerade Ebbe oder Flut war. Es gab keinen Mond, der das Wasser zum Glitzern bringen konnte, dennoch konnte sie das Meer aus der Ferne hören.

Diese Eindrücke nahmen sie dermaßen ein, dass sie zunächst nicht spürte, als jemand neben sie trat. Erst, als die Person etwas sagte, wurde sie auf sie aufmerksam.

»Ich will dich ficken.«

Die Worte kamen überraschend, jedenfalls aus diesem Mund. Katja wandte sich um und sah Eva ins Gesicht. Ihre Wangen waren rot, sicher von den Drinks, aber ihre Augen blickten nicht so, als wüsste sie nicht, was sie da sagte.

Die junge Frau war sich dessen bewusst, dass sie eine Abfuhr bekommen konnte, immerhin hatte sie unzweifelhaft mitbekommen, wie die hauptsächliche Ausrichtung ihrer Zimmergenossin aussah. Aber wahrscheinlich zählte sie darauf, dass irgendwo in Katja, oder vielmehr Gina, wie sie sie kannte, die Neugierde schlummerte – oder eine unentdeckte Vorliebe.

Beide Frauen musterten sich einen Moment lang intensiv, dann streckte Katja die Hand aus. »Komm«, sagte sie und zog Eva mit sich zur Villa. Dies war die richtige Zeit, um neue Dinge auszuprobieren, und die Designerin wollte alles ausprobieren. Genau jetzt.

Den ganzen Weg über hatte sich eine seltsame Spannung in Katja aufgebaut. Sie wusste, dass sie sich Eva noch immer entziehen konnte, wenn sie es nicht wirklich wollte. Aber sie wollte es. Sie hatte es bislang nicht gewusst, doch tief in ihrem Inneren wollte sie es.

Auf ihrem Zimmer angekommen, machte sie Licht, und für einen Moment schien Eva unschlüssig zu sein, ob sie bei ihrem Vorsatz bleiben sollte. Doch dann stellte sie sich vor ihre Kollegin, griff nach ihrem Nacken und küsste sie. Katja erwiderte den Kuss und spürte, dass es nicht nur eine trunkene Laune war.

»Seit ich dich zum ersten Mal gesehen habe, wollte ich dich«, sagte Eva ungeniert, als sich ihre Lippen wieder getrennt hatten. »Ich weiß, du stehst auf Männer, aber vielleicht können auch wir beide ein bisschen Spaß haben. Spaß, den dir ein Mann so nicht geben kann.«

Katja konnte darauf nichts erwidern. Sie war nicht lesbisch, allerdings konnte sie Eva in diesem Augenblick auch nicht zurückstoßen. Ja, sie fühlte sich zu ihr hingezogen, und sie war neugierig. Wie es ihr schon früher in den Sinn gekommen war, waren dies Tage der Veränderung. Wenn sie ehrlich war, erregte sie der Gedanke, sich von ihrer Zimmergenossin verwöhnen zu lassen.

Eva sah sie einen Moment lang an, dann griff sie sich an den Nacken und löste den Verschluss ihres Kleides. Sie schien zu spüren, dass sich Katja nicht wehren würde, daher zog sie rasch den Stoff herunter, worauf ihre Brüste mit den dunklen Höfen hervorpurzelten.

Katja musste zugeben, dass es wahnsinnig scharfe Titten waren, und bevor Eva nachhelfen musste, griff sie von selbst danach.

So muss es sich also für einen Kerl anfühlen, wenn er die

Brüste einer Frau in der Hand hält, dachte sie und spürte, wie ihre Schamlippen anschwollen. Sie ließ zu, dass Eva ihr Kleid aufknöpfte und sie ebenfalls streichelte.

»Das machst du gut«, stöhnte sie, und ehe Katja es sich versah, senkte sie den Kopf auf einen ihrer Nippel und fing an, daran zu saugen.

Noch nie zuvor hatte ein Mann ihre Brüste derart liebkost. Eva ging unendlich zart und gleichzeitig fordernd vor, und als sie sich wieder erhob, blieb Katja gar nichts anderes übrig, sie musste sich revanchieren. Offenbar gelang es ihr gut, denn Eva stöhnte und griff ihr ins Haar. Eine ganze Weile ließ sie sich diese Liebkosung gefallen, dann streifte sie sich das Kleid ganz ab. Darunter trug sie nichts weiter als ein zartes Spitzenhöschen und halterlose Strümpfe.

»Was möchtest du nun?«, fragte sie, während sie mit den Fingern sanft über Katjas harte Brustwarzen strich.

Die konnte ihren Wunsch gar nicht genau benennen, alles, was ihr einfiel, war: ficken.

Doch wie fickte man mit einer Frau? Sicher, sie hatte einiges darüber gehört, auch über die Techniken, doch sie hatte keine Ahnung, wie das in der Praxis aussehen sollte.

Eva lächelte angesichts ihrer Sprachlosigkeit und ging vor ihr auf die Knie. Zärtlich schob sie ihr das Kleid von den Hüften, und ehe Katja etwas sagen konnte, auch den Slip.

»Du bist eigentlich rothaarig«, stellte Eva beim Anblick des Busches fest, dann spürte Katja auch schon ihre Lippen oberhalb des Haaransatzes. Sie waren weich und leicht wie ein warmer Hauch, was die Spannung in ihrem Inneren beinahe ins Unermessliche steigerte.

Etwas darauf sagen konnte sie nicht, und Eva schien auch nichts zu erwarten. Katja spreizte die Schenkel als stilles Einverständnis, und wenig später glitt Evas Zunge in ihre feuchte Spalte. Mit einer Kenntnis, die den wenigsten Männern vorbehalten war, fand die junge Frau ihren Kitzler, und reizte und rieb ihn so gekonnt mit der Zungenspitze, dass Katja die Sinne schwanden.

Die bekannte Wärme zog sich in ihr zusammen, nur war es diesmal anders. Alles fühlte sich zarter an als sonst, und Eva hatte eine andere Technik mit der Zunge als Chris. Sie war selbst eine Frau und wusste daher, wie Katja es brauchte.

So kam der Orgasmus schließlich über sie wie eine Welle am Strand, eine Welle, die aus dem warmen Ozean geboren worden war. Sie stöhnte und legte beide Hände auf Evas warmen Haarschopf, ohne Druck auszuüben. Es war vielmehr ein belohnendes Streicheln, das ihrer Gespielin ein Lächeln entlockte, als sie wieder aufblickte, den Mund glänzend von ihren Säften.

»Und wie weiter?«, fragte Katja schließlich, während sie spürte, dass sich die Welle langsam wieder in das Meer zurückzog.

»Hast du jemals von den Scissor Sisters gehört?«

»Der Band?«

»Der Stellung«, korrigierte Eva lachend.

»Nein, noch nicht.«

»Okay, dann wird es Zeit, dass wir diese Bildungslücke schließen.«

Eva richtete sich auf, und ihre Münder fanden sich zu einem langen Kuss. Ihre Hände glitten dabei über den Körper der jeweils anderen, erkundeten ihn, erfühlten jede Rundung, jeden Hauch von Gänsehaut. Als sie schließlich auf Evas Bett sanken, die Beine wie zwei Scheren überkreuzt, küssten sich ihre südlichen Lippen feucht, und Katja hätte sich nie träumen lassen, dass es so sein könnte. Sex ohne Penetration war vollkommen anders als alles, was sie kannte, aber er befriedigte sie in einer Weise, die sie vorher nicht gekannt hatte. Und die sie vermisst hätte, wenn sie es niemals erfahren hätte.

Als sie nach Mitternacht in ihr eigenes Bett schlüpfte, war sie zu müde und noch zu sehr im Rausch von allem, um über irgendetwas nachzudenken.

9. Kapitel

Sex on the Beach

2 cl Wodka
2 cl Pfirsichlikör
8 cl Cranberry Juice
8 cl Orangensaft

Alle Zutaten in den Shaker geben
und gut durchschütteln.

Am nächsten Tag fühlte sich Katjas Kopf schwer an, aber es war keineswegs zu vergleichen mit dem Rausch, den sie bei ihrer Entlassung von Cologne Fashion durchgemacht hatte. Sie konnte sich sogar noch an einzelne Details erinnern. An die Rede des Kursleiters zu Beispiel, der ihnen angekündigt hatte, ihre Arbeiten würden einem großen Modelabel vorgestellt. Sie erinnerte sich auch an die Nummer mit Eva. Offenbar hatte ihre Kollegin es die ganze Zeit über auf sie abgesehen gehabt und gestern endlich ihren Willen bekommen.

Katja, die glaubte, alles über Sex und das Verführen zu wissen, musste einsehen, dass Eva sie übertrumpft hatte. Es war kein Zufall gewesen, dass sie sich sofort mit ihr angefreundet hatte, und auch wenn die junge Frau scharf auf das Model war, so hatte sie doch immer wieder Katjas Nähe gesucht.

Während das Wasser aus der Dusche wie ein warmer

Regen auf sie herabprasselte und ihren Verstand ein wenig klärte, überlegte sie, was das für sie bedeuten könnte. War der Sex mit Eva nur dem Alkohol geschuldet, oder war sie tatsächlich bi?

Sex mit Männern machte ihr großen Spaß, aber das Erlebnis mit Eva war eine Erfahrung gewesen, derer sie sich nicht schämte. Im Gegenteil, sie konnte sich sogar vorstellen, es zu wiederholen.

Bei dem Gedanken an gestern glitt ihre Hand unbewusst an ihren Busch. Dabei hatte sie wieder im Ohr, was Eva zu ihr gesagt hatte. »Du bist eigentlich rothaarig.«

Rasieren!, ging es ihr wieder durch den Kopf, auch wenn sie durch ihr Schamhaar keine Entlarvung zu befürchten hatte. Für jene, die vorhatten, an ihrer Pussy zu naschen, war es allerdings angenehmer, keine Stoppeln zwischen den Zähnen zu haben – auch wenn das offenbar weder Chris noch Eva gestört hatte.

Sie kramte also aus ihrem Kulturtäschchen einen Einwegrasierer hervor und machte sich an die Arbeit, bis die Haut glatt wie eine Nektarine war. Sie strich mit der Hand darüber, und ein angenehmer Schauer durchlief sie, als sie wieder daran dachte, wie Eva ihren Hügel geküsst hatte. Vielleicht sollten sie vor dem Frühstück doch noch mal …

Als sie aus der Dusche kam, begegnete sie Eva, die gerade mit ihrer Kulturtasche und dem Handtuch unter dem Arm das Zimmer verließ. Sie lächelte Katja an, strahlend wie eine Braut, deren Hochzeitsnacht der absolute Wahnsinn gewesen war. Die Designerin erwiderte das Lächeln, sicher nicht ganz so strahlend, aber allein, dass sie es tat, zählte.

»Morgen, mein Sonnenschein«, flüsterte Eva ihr zu, verzichtete jedoch darauf, ihr vor allen einen Kuss zu geben. Allerdings streckte sie im Vorbeigehen wie zufällig eine

Hand aus und strich ihr über die Hüfte. Die Geste war unverbindlich für die anderen, für Katja dagegen höchst erregend, und sie überlegte einen Moment lang, ob sie ihrer Zimmergenossin in die Dusche folgen sollte, unter dem Vorwand, etwas vergessen zu haben. Natürlich würden die anderen protestieren und reinwollen, aber sie konnte einfach hinter ihnen zuschließen und dann unter der Dusche ihren Spaß haben.

Doch dann entschied sie sich dagegen, kehrte in ihr Zimmer zurück und machte sich fertig fürs Frühstück.

An diesem Vormittag arbeiteten alle in den Ateliers auf Hochtouren. Den meisten Teilnehmern stand die vergangene Nacht noch ins Gesicht geschrieben. Sex oder Alkohol oder beides hatte dafür gesorgt, dass heute kaum jemand von sich behaupten konnte, vollständig frisch zu sein. Trotzdem mussten die fertigen oder zumindest größtenteils fertigen Kreationen morgen früh abgegeben werden, was natürlich zu erheblichem Druck führte.

Die Dusche und das Frühstück hatten bei Katja Wunder gewirkt. Der Druck in ihrem Kopf war verschwunden, und sie fühlte sich bestens. Die Arbeit ging ihr flott von der Hand. So gut, dass sie sich an die Nähmaschine gesetzt und bereits mit dem Nähen der Rockbahnen und des Oberteils begonnen hatte.

Vielleicht lag es an den zurückliegenden Tagen, vielleicht auch daran, dass sie es schon lange nicht mehr gemacht hatte, aber irgendwie hatte das Nähen für sie etwas Erotisches. Immer wieder stach die Nadel auf den Stoff ein, wie ein schnell pumpender Schwanz, und die Fasern des Stoffes öffneten sich ihr bereitwillig wie Hunderte von geilen Pussys. Der Faden hinterließ eine beinahe unsichtbare

Spur, und so, wie Sex einen Menschen verändern konnte, veränderte auch der Faden den Stoff, machte aus ihm ein Ganzes, ein fertiges Werk.

Katja kam in den Sinn, dass sie dem »Fertigsein« ebenfalls ein Stück näher gekommen war. Sie hatte Seiten an sich kennengelernt, von denen sie bislang nicht mal eine Ahnung gehabt hatte. Niemand konnte sagen, wohin die Reise noch gehen würde. Was sie noch alles entdecken würde.

Stoffbahn um Stoffbahn schob sie unter der Nadel hinweg, und schließlich war es so weit, dass sie ihre Kreation auf die Figurine drapieren konnte. Natürlich fehlten hier und da noch Details, dennoch fand die Designerin, dass sie ihre Vision gut umgesetzt hatte.

Gegen Mittag zog sich Katja dann in den Garten zurück, zusammen mit weiteren Teilen ihrer Kreation. Sie hatte das Atelier jetzt der zweiten Gruppe überlassen, wollte dennoch weiter daran arbeiten, deshalb hatte sie das Korsettteil aus Leder sowie einige dicke Nadeln einfach mitgenommen. Die Stäbchen, die für die gute Form sorgen sollten, waren bisher nur mit Nadeln fixiert gewesen. Sie mit der Maschine, die allen zur Verfügung stand, zu nähen, erschien Katja schwierig, lieber wollte sie sich auf die gute, alte Handarbeit verlassen. Außerdem würden ein paar gröbere Stiche diesem Teil des Outfits einen rustikaleren Charakter verleihen, der ihm sicher ziemlich gut zu Gesicht stand.

Vorsichtig schob sie die Nadel ins Leder und machte den ersten Stich. Leder und Lack waren Materialien, die eine falsche Naht extrem übelnahmen. Wenn man sich vernähte und die Fäden wieder ziehen musste, blieben meist unschöne Löcher zurück, die den Fehler noch nachträglich aufzeigten. Stoff konnte man durch Anfeuchten und Bügeln wieder hinbekommen, Leder und Lack dagegen nicht.

Doch Katja wollte sich nicht vernähen. Die Stille im Villengarten – kein anderer Modeschöpfer war bisher auf die Idee gekommen, sich hierher zurückzuziehen –, der Duft der aufblühenden Rosen und das ferne Rauschen des Meeres halfen ihr dabei, sich dermaßen stark zu konzentrieren, dass sie schon bald wie in Trance nähte. In den kurzen Pausen, die sie machen musste, weil ihre Finger vom Durchziehen der Nadel schmerzten, wunderte sie sich, wie viel sie schon geschafft hatte.

In einer dieser Unterbrechungen, sie überlegte gerade, ob sie dem Korsett zusätzlich eine Stickerei verpassen sollte, hörte sie Schritte, die leise über das Gras huschten.

Die Hände tief in den Hosentaschen vergraben, kam Chris auf sie zu. »Hier bist du also«, sagte er, als sie aufblickte.

Katja fragte sich, ob es einen Grund dafür gebe, und legte die Arbeit beiseite, denn sie wollte das Leder nicht durch einen falschen Stich verderben. »Hast du etwa nach mir gesucht?«

Er legte den Kopf schief. »Nicht wirklich, aber ich habe mich gefragt, was du gerade machst. Während sich alle anderen am Strand herumtreiben, sitzt du hier, sittsam wie ein Burgfräulein, und nähst mit der Hand.«

»Ich möchte meinen Entwurf rechtzeitig fertig bekommen«, entgegnete Katja lächelnd. »Wie du vielleicht weißt, ist es ziemlich tricky, Leder zu nähen.«

»Du ziehst also wirklich deinen hochgelobten Entwurf durch.«

»Ja, dachtest du, ich kehre wieder zu normalen Anzügen zurück?«

»Meinst du, das wird jemals ein Mann tragen?«

»Auf der Straße ganz sicher nicht, aber Mode ist nicht nur für die Straße da. Mode kann auch Kunst sein, und ich habe so lange Mode für die Straße gemacht, dass mir allmählich mal nach Kunst zumute ist.«

Chris blickte sie daraufhin schweigend an. Hatten ihre Worte harscher geklungen, als sie klingen sollten? Oder hatte sie zu viel verraten? Immerhin waren hier nur Leute versammelt, die bisher für die Straße entworfen hatten. War es möglich, dass er wusste, wer Katja Weber war? Hatte er sie auf einem der wenigen Fotos, die im Internet kursieren, wiedererkannt?

Die Designerin verspürte eine leichte Unruhe, die noch zunahm, als Chris sagte: »Dein Boss scheint dich ja nicht besonders gut behandelt zu haben.«

»Wie kommst du denn darauf?«, fragte sie vorsichtig.

»Na ja, jemand, dem ein solcher Einfall kommt, muss kreativ vollkommen unter der Knute gestanden haben. Die Leute, für die du gearbeitet hast, haben dich sicher nicht machen lassen, was du wolltest, oder?«

Das klang verdammt nach Cologne Fashion – und danach, dass Chris es wusste. Vielleicht sollte sie doch reinen Tisch mit ihm machen?

»Merkt man das so deutlich?«

»Ja, das tut man. Sie haben dir anscheinend kräftig die Zügel angenommen. Würde mich nicht wundern, wenn du diesem Haufen den Rücken gekehrt hast. Ich hätte es jedenfalls getan, wenn ich so behandelt worden wäre.«

Katja wusste nicht, was sie davon halten sollte. Vielleicht sollte sie einfach mitspielen. Das war die einzige Möglichkeit, herauszufinden, ob Chris tatsächlich etwas wusste.

»Ich habe meiner Firma den Rücken gekehrt. Und ich denke gerade darüber nach, mein eigenes Label zu eröffnen. Allerdings will ich erst sehen, was mir dieser Kurs noch so bringt.«

»Glaubst du, die Leute von dieser mysteriösen Modefirma wollen allen Ernstes einen Teilnehmer dieses Kurses vom Fleck weg engagieren?«

Katja zuckte mit den Schultern. Sie wollte sich nicht zu früh freuen, aber offenbar hatte Chris keine Ahnung von ihrer Vergangenheit, sonst hätte er anders gefragt. »Keine Ahnung, vorstellbar wäre es jedenfalls.«

»Vorstellbar ja, nur welches Label sollte sich dazu herablassen, wo es im ganzen Land unzählige neue Absolventen von Designschulen und arbeitsuchende Designer gibt. Ich meine, sie könnten eine Ausschreibung machen und sich dann den Besten rauspicken. Stattdessen besuchen sie den Kurs eines anderen Veranstalters.«

»Vielleicht sind Berger und Partner von irgendeinem Magnaten geschluckt worden.« So wie es bei Cologne Fashion der Fall gewesen ist, ging es Katja durch den Sinn. Vielleicht war ja Starlight auf großer Eroberungstour.

Doch andersherum, warum sollte Starlight eine andere Firma zur Talentsuche vorschicken? Nein, was das anging, brauchte sie sich keine Gedanken zu machen. Wahrscheinlich waren deren junge Talente schon heftig am Arbeiten, und sie brauchten niemanden mehr.

Chris war allerdings nicht hier, weil er über die Arbeit und die Modefirma reden wollte. Er hatte noch etwas anderes auf dem Herzen. Etwas, das ihm schelmisch aus den Augen blitzte.

Ein Augenblick Schweigen trat ein, dann grinste er sie an.

»Was ist?«, fragte Katja, denn in dieser Weise verzog man das Gesicht nur, wenn man seinem Gegenüber einen Streich gespielt hatte, zum Beispiel in Form eines Zettels auf dem Rücken, auf dem »Tritt mich« stand.

Eine ganze Weile hielt er durch, dann sagte er: »Ich hätte nicht gedacht, dass du so eine kleine, scharfe Hexe bist.«

Überrascht zog Katja die Augenbrauen hoch. Eigentlich hätte ihm das klar sein sollen, doch irgendwie hatte sie das Gefühl, dass er damit etwas ganz anderes ausdrücken wollte. Hatte er etwa von Peter erfahren? Der Schwede wirkte nicht so, als würde er mit seinen Eroberungen prahlen, dennoch war es möglich, dass ihm in der vergangenen Nacht eine Bemerkung herausgerutscht war. Der Alkohol machte die Zunge locker, und selbst die bravsten Männer konnten Wesenszüge an den Tag legen, die keine Frau mochte.

Katja beschloss, cool zu bleiben. Immerhin war es nicht so, dass Chris irgendwelche Besitzansprüche an sie stellen konnte.

»Wie meinst du das?«, fragte sie und sah ihn herausfordernd an.

Chris hatte wieder sein herausforderndes Lächeln auf Lager. Einen Moment lang wirkte er, als müsste er auf den Worten herumkauen, die er sich zurechtgelegt hatte, doch dann rückte er mit der Sprache raus.

»Ich habe mich gestern Abend gewundert, wo du abgeblieben bist, eigentlich wollte ich dich nämlich fragen, ob du Lust auf eine kleine Nummer hast.«

»Und?«

»Also bin ich in die Villa, zu deinem Zimmer gegangen, und dort habe ich ziemlich eindeutige Laute vernommen.«

Katja spürte, wie ihr das Blut ins Gesicht schoss. Wann war sie das letzte Mal rot geworden, weil sie sich ertappt gefühlt hatte? Sie konnte sich nicht daran erinnern.

»Du hast es mit deiner Zimmergenossin getrieben, stimmt's?«

Katja hätte ihm eigentlich um die Ohren feuern sollen,

dass ihn das nichts anging, doch sie war dermaßen überrascht, dass sie kein einziges Wort hervorbringen konnte. Hatte er etwa vor der Tür gestanden und sie belauscht? Hatte er gar durch das Schlüsselloch gespäht? Wenn ja, so hatte er etwas zu sehen bekommen für sein Geld.

»Seit wann weißt du, dass du auch auf Frauen stehst?«

»Seit gestern«, antwortete Katja, denn sie hatte nicht vor, irgendwelche Ausflüchte vorzubringen. »Und ich überlege gerade, ganz umzusteigen.«

Für einen Moment blickte er schockiert drein. Dann schien er zu merken, dass sie es nicht wirklich ernst meinte.

»Diesmal hast du mich drangekriegt«, sagte er und ließ sich neben ihr auf der Bank nieder.

»Warum? Eva ist eine nette, attraktive Frau.«

»Attraktiv genug, um sie zu heiraten?«

»Wer weiß.« Katja grinste ihn breit an. »Es ist schrecklich, wenn man nicht weiß, ob der andere es ernst meint oder nicht, stimmt's?«

»Da hast du recht.«

»Ich glaube nicht, dass ich sie heiraten werde, aber ich würde nicht ausschließen, dass sie meine Freundin wird. Ich denke, du wirst dich mit ihr arrangieren müssen. An einem Wochenende bin ich bei dir und am anderen bei Eva. Wie hört sich das an?«

»Du willst mich wohl auf den Arm nehmen.«

»Ich doch nicht!« Katja lächelte breit und verriet damit, dass sie ihn tatsächlich nur ein bisschen ärgern wollte.

So, wie Chris sie musterte, wollte er das Spielchen allerdings noch nicht aufgeben. »Wenn das so ist, hätte ich einen Vorschlag für dich.«

»Einen Vorschlag? Willst du Eva fragen, ob du mitmachen darfst? Ich weiß nicht, ob sie davon begeistert wäre.«

»Nein, ich wollte euch beiden eher vorschlagen, dass wir uns heute Nacht zu einer kleinen Party treffen. Einer Sexparty, genau genommen. Ich will mit dir ficken, und ich will zusehen, wie ihr beide es macht.«

Die Dreistigkeit dieses Vorschlages schien ihm nur allzu bewusst zu sein, aber er machte nicht den Eindruck, als wollte er ein einziges Wort davon zurücknehmen.

Katja zog die Augenbrauen hoch. »Das ist jetzt nicht dein Ernst, oder?«

»Doch, das ist mein voller Ernst. Ich wollte schon immer wissen, wie es Frauen miteinander treiben. Und ich will nicht wieder eine Nacht ohne dich verbringen müssen, weil du mit ihr beschäftigt bist. Ich will dich heute Nacht, und zwar mit Eva.«

Wieder war da diese Unschlüssigkeit: Chris von der Bank werfen oder nicht? Eva würde es gewiss nicht wollen, dass ihnen jemand zusah. Katja selbst fand den Gedanken, einen Kerl durch die Action mit einer Frau verrückt zu machen, reizvoll, aber sie konnte nicht für ihre Zimmergenossin sprechen.

»Ich werde sie fragen«, entgegnete sie, und gleichzeitig kam ihr eine Idee. Wenn sie schon dabei waren, dass sich ihre Sexpartner kennenlernten, dann durfte sie niemanden vergessen. »Unter einer Bedingung. Peter kommt auch mit.«

»Peter?«

»Mein Model.«

Der Moment der Verblüffung auf Chris' Gesicht war die Erwähnung des kleinen Schweden wert gewesen. Vielleicht sah er eine Frau nicht als ernsthafte Konkurrenz an, aber wie war es mit einem anderen Mann? Oder besser gesagt, einem Hengst von einem Mann, wie es dieser Peter war?

»Willst du damit andeuten, dass du mit ihm auch …«

»An dem Tag, als wir abgemessen haben. Er hat seine große Elle rausgeholt und …«

»Dich vermessen.«

»Könnte man so nennen.«

»Und wie?«

»Bitte?«

»Wie er es dir besorgt hat. Wenn wir schon mal beim Beichten sind, dann könntest du mir ruhig auch erzählen, wie du es mit ihm gemacht hast.«

Hörte sie da etwa eine Spur Eifersucht?

»Würde dich das anmachen?«

»Ich denke schon.«

Diese Antwort hätte sie nicht von ihm erwartet. Andere Männer reagierten mit Eifersucht, Auf-die-Brust-Schlagen und der Drohung, dem Konkurrenten den Schwanz abzuschneiden. Chris hingegen wollte wissen, wie sie es mit Peter getrieben hatte. War er ein riesiger Glücksfall, oder träumte sie nur?

Katja verzichtete darauf, sich zu kneifen, denn sie war der Meinung, dass sie sehr gut zwischen Wachzustand und Schlaf unterscheiden konnte.

»Er hat es mir von hinten besorgt. Eigentlich nicht besonders phantasievoll, aber in dem Augenblick habe ich es hart und schnell gebraucht, und genau das hat er mir gegeben. Ich wollte mal naschen, das ist alles. Und ich würde auch verstehen, wenn du …«

Chris lächelte hintergründig. *Himmel, wie viele Arten zu lächeln hat dieser Mann*, ging es Katja durch den Kopf. Nachdem er sie eine Weile angesehen hatte, ohne etwas auf ihre Worte zu erwidern, küsste er sie und erhob sich.

»Also, dann bis heute Abend. Frage deine Freundin, vielleicht hat sie ja Lust mitzumachen. Ich kümmere mich um Peter. Den Kerl, der es dir hart und schnell besorgt, muss ich mir unbedingt näher anschauen.«

Katja sah ihm nach und war baff. Andere Männer wären ausgerastet, wenn sie von einem Rivalen gehört hätten. Zumindest andere Männer, mit denen sie mehr als einmal geschlafen hatte. Hatte sie irgendwas verpasst, und die Herren der Schöpfung hatten eine derartige Wandlung durchgemacht, dass es sie nicht störte, ihre Geliebte mit einem anderen oder einer anderen ficken zu sehen? Oder wollte Chris ihr dadurch klarmachen, dass sie für ihn nichts weiter als Spaß war, eine Sexfreundin – mehr nicht.

Katja musste zugeben, dass Letzteres sie doch ein wenig treffen würde, zumal sie sich bereits Gedanken gemacht hatte, wie es mit ihnen beiden weitergehen sollte – zumindest ansatzweise.

Vielleicht sollte sie erst einmal abwarten, was Eva dazu sagte. Wenn sie ablehnte und auch Peter nicht zustimmte, würde es ohnehin nur ein Treffen zu zweit werden. Allerdings wollte sie nicht bis zum Abend warten, um die Sache zu klären. Da auch Eva nicht mehr in ihrem Atelier war, kehrte sie zusammen mit ihren Nähsachen ins Haus zurück und ging auf ihr Zimmer.

Eva saß mit Kopfhörern auf dem Fußboden und machte wieder ihre Yogaübungen. Die waren ihr in der gestrigen Nacht sehr gelegen gekommen, und Katja hatte ernsthaft darüber nachgedacht, selbst mit Yoga anzufangen, denn was die Beweglichkeit anging, war ihre Kollegin ihr weit überlegen.

Die Designerin überlegte kurz, ob sie ihre Zimmergenossin stören sollte, doch dann bemerkte Eva ihre Anwesenheit, wandte sich um und stellte ihren MP3-Player ab.

»Hi. Na, wieder zurück aus dem Garten?«

Katja nickte, und nachdem sie für einen Moment etwas unbehaglich dagestanden hatte, legte sie ihre Nähsachen auf ihr Bett und erzählte dann von der Begegnung mit Chris.

Eva reagierte auf den Partyvorschlag mit einem Lachen. »Dein Freund ist ein ziemlich schlimmer Finger, was?«

»Er ist nicht mein Freund, ich ficke mit ihm. Nach der gestrigen Nacht seid ihr gleichrangig.«

»Nicht ganz, ich denke, mit ihm hast du es häufiger getrieben als mit mir.«

Das war ihr also doch aufgefallen ...

»Wir haben es miteinander gemacht, nur das zählt«, entgegnete Katja, und obwohl sie locker klingen wollte, verkrampften sich ihre Hände in ihr Shirt. »Wenn du keine Lust hast, zu der Party zu kommen ...«

»Unsinn, natürlich habe ich Lust. Chris will uns beiden zusehen, das ist doch wohl klar.«

Katja war sich noch immer nicht sicher, ob Eva, die zarte, ein wenig schüchtern wirkende Eva, wirklich meinte, was sie da sagte.

»Hat er denn auch was davon gesagt, dass er mich vernaschen will?«

»Davon war nicht die Rede. Er will es mit mir machen, es hörte sich an, als wollte er mich mit dir teilen.«

»Klingt fair. Willst du das denn? Ich kann euch genauso gut allein lassen.«

»Ich will es«, entgegnete Katja.

»Okay, dann bin ich dabei.« Eva streckte die Hände nach ihr aus und streichelte über ihr Gesicht und ihre Schultern.

»Wirklich?«

Die junge Frau nickte. »Chris stört mich nicht, er scheint nett zu sein. Abgesehen davon komme ich hauptsächlich wegen dir mit. Wenn er große Augen kriegt bei dem, was wir tun, bitte.« Mit diesen Worten beugte sie sich vor und küsste Katja.

»Einen Dreier hatte ich außerdem auch noch nicht.«

»Vierer«, korrigierte die Designerin. »Ich habe Chris gesagt, wenn er uns beobachten will, könnte ich vielleicht einen zweiten Zuschauer haben.«

»Ich nehme an, du meinst deinen Schweden.«

»Genau den.«

»Dann werden wir den beiden mal eine heiße Show liefern. Wer weiß, vielleicht überlegen es sich die beiden ja, auch etwas miteinander anzufangen.«

Wenn wir außerdem den Blonden und den Latino einladen, dann ganz sicher, dachte Katja und fühlte sich ein ganzes Stück besser. Sie war noch nie bei einer Gruppensex-Session gewesen, schon gar nicht als Lustobjekt. Es würde sicher interessant werden, und vielleicht machte es ja so großen Spaß, dass sie mit Eva, Chris und Peter eine Sex-WG aufmachte. Enrico würde vor Neid platzen und ihr zumindest einen Monat lang alle Drinks aufs Haus geben, wenn sie ihm davon erzählte.

»Okay, dann sehen wir uns heute Abend«, sagte Eva, streichelte ihr noch einmal über die Wange und verließ den Raum zu ihrer täglichen Joggingrunde.

Bis zum Einbruch der Dunkelheit schaffte Katja es, sich mit Arbeit abzulenken. Das Outfit wuchs unter ihren Händen, und da sie nicht mehr draußen sitzen wollte, holte sie die Figurine kurzerhand nach oben, um ihre Arbeit fortzusetzen. Die Nähmaschine hatte noch immer ihr Kollege in Beschlag, aber man musste ihm zugutehalten, dass er mit seiner Arbeit halb so weit war wie sie selbst. Offenbar hatte er nach der Ankündigung, dass Vertreter eines großen Modelabels die Arbeiten sichteten, Panik bekommen und seinen alten Entwurf noch einmal komplett umgekrempelt. Es würde Katja nicht wundern, wenn sie auf der Modenschau lauter Outfits zu sehen bekämen, die dem ihren glichen. Aber war es nicht so, dass man es als Modemacher erst geschafft hatte, wenn die anderen einen kopierten?

Katja nähte jedenfalls mit der Hand weiter, wie sie es auch bei einem Stromausfall hätte tun müssen, und das Gefühl, Nadel und Stoff unter Kontrolle zu halten, beruhigte sie.

Mit der Ruhe war es vorbei, als die Dunkelheit über die Villa hereinbrach. Der gewohnte Geruch nach Essen strömte durch das Gebäude, das Abendessen würde nicht mehr lange auf sich warten lassen.

Bald war es so weit. Eine erwartungsvolle Erregung stieg in der Designerin auf und brachte sie dazu, das Outfit liegen zu lassen und sich in ihren Fächern der Kommode umzusehen. Was zog man zu solch einem Anlass an? Etwas Leichtes, das man schnell loswurde?

Ihr Kleid?

Sie wusste ja nicht mal, wo sich Chris dieses Treffen gedacht hatte? Irgendwo draußen oder in der Villa? In der Dunkelheit, wie die beiden Männer? (Wobei sie sich fragte, ob die beiden sich mittlerweile im Zimmer trafen oder immer noch nachts in der Eingangshalle.) Und wie um alles in der Welt hatte er es fertiggebracht, dem Schweden Bescheid zu sagen? Hatte Chris wirklich die Karten auf den Tisch gelegt oder das Model unter einem Vorwand zum Treffpunkt bestellt?

Wahrscheinlich würde sie abwarten müssen.

Schließlich entschied sie sich tatsächlich für ihr Kleid. Damit konnte sie überall hingehen, es würde kein Problem sein, es aus- oder hochzuziehen, und mit wenigen Handgriffen würde sie wieder unter die Leute gehen können, ohne dass jemand etwas merkte.

Sie legte es auf das Bett, strich es mit der Hand glatt und vertiefte sich einen Moment lang in das Gefühl des Stoffes. Dann verließ sie das Zimmer, um zu duschen.

Katja hatte sich nie für eine schamhafte Frau gehalten, aber an diesem Abend hatte sie das Gefühl, keinen Bissen herunterzubekommen. Zum Abendessen hatte sie noch auf das Kleid verzichtet, war dann aber noch vor Eva nach oben gegangen, um sich umzuziehen. Sie hatten kaum miteinander gesprochen, schon gar nicht über das Vorhaben heute Abend, denn das hätte den anderen Frauen am Tisch sicher einen Satz heiße Ohren verpasst.

Nachdem die Designerin sich umgezogen hatte, ging sie hinunter in die Halle. Vonseiten der letzten aus dem Speisesaal kommenden Kursteilnehmer erntete sie verwunderte Blicke, doch wahrscheinlich sagten sie sich, dass sie in die Stadt wollte. Einige von jenen, die wussten, dass sie gegen Katjas Entwurf keine Chance hatten, würden sich neidvoll darüber das Maul zerreißen, dass sie es sich leisten konnte, auszugehen, während die meisten anderen noch an ihrem Outfit arbeiten mussten.

Katja machte sich in diesem Moment, als sie den Blick über nahezu jedes Detail der Einrichtung der Halle schweifen ließ, keine Gedanken darüber. Sie schien regelrecht mit der Umgebung zu verschmelzen, offenbar war sie sogar so unauffällig, dass der Blonde und der Latino es wagten, sich in ihrer Gegenwart leidenschaftlich zu küssen. Auch dies bekam sie nur beiläufig mit, denn ihre Gedanken waren allein auf das gerichtet, was sie erwartete.

»Na, bist du bereit?«, sagte Chris, nachdem er nahezu lautlos neben sie getreten war, und küsste sie auf die Schulter. »Du hast dich ja feingemacht, als wolltest du zu einer Party.«

»Ist das denn keine?«, fragte sie. »Du hast es zumindest gesagt.«

»Natürlich ist es eine«, entgegnete er und deutete auf seine Kleidung. Er trug ein schwarzes Seidenhemd und eine schwarze Jeans, wie ihr erst jetzt auffiel. »Ich habe uns dafür auch einen tollen Ort ausgesucht.«

»Was ist mit den anderen?«

»Sind alle schon dort, wo sie sein sollen.«

Katja hielt verblüfft die Luft an. Eigentlich hätte sich Eva auch umziehen müssen. Ein leiser Verdacht stieg in ihr auf. War ihre Zimmergenossin vielleicht schon vorher von Chris eingeweiht worden und hatte Vorkehrungen treffen können? Ihr Einverständnis war ziemlich schnell gekommen, und irgendwie hatte sie auch nicht sonderlich überrascht gewirkt ...

»Komm mit«, sagte er, fasste sie bei der Hand und zog sie hinter sich her.

Überraschenderweise gingen sie aus der Villa hinaus. Katja dachte zunächst, dass er es im Pavillon machen wollte, jetzt, vor allen Leuten, aber er führte sie vom Grundstück weg.

Das nächtliche Borkum wirkte ruhig. Der letzte Rest Tageslicht schwamm knapp über dem Meer, das gerade Niedrigwasser führte. Die Hotels und Pensionen waren hell erleuchtet, aus den Bars drang Musik. Katjas Haut prickelte unter dem Streicheln des Nachtwindes, und ihre Pussy fühlte sich vor lauter Vorfreude feucht und geschwollen an.

»Du hast uns doch nicht etwa ein paar Strandkörbe

gemietet?«, fragte sie, während sie die Strandpassage hinuntergingen.

»Daran gedacht habe ich schon«, entgegnete er mit spöttischem Unterton in der Stimme. »Allerdings erschien es mir ein wenig kühl hier draußen, auch wenn wir an der Schwelle des Sommers stehen.«

»Wie poetisch! Und welcher Ort erschien dir an der Schwelle des Sommers angemessen?« Katja blickte zur Seite und betrachtete sein Profil. Der Wunsch, sich an seine Schulter anzulehnen, überkam sie mit voller Wucht, dennoch widerstand sie.

»Das wirst du gleich merken.« Obwohl er ihren Blick spüren musste, wandte er sich nicht um und sah weiterhin stur geradeaus.

»Ich mag Überraschungen nur bedingt«, wandte sie ein, aber das konnte ihn nicht von seiner Geheimniskrämerei abbringen.

»Diese Überraschung wirst du ertragen müssen«, entgegnete er und zog sie weiter mit sich über die Promenade. Erst nach einer ganzen Weile bogen sie in eine kleine Straße ein. Einen Souvenirladen gab es dort, allerdings hatte er bereits die Pforten geschlossen.

Schließlich machten sie halt. »Da ist es!«, sagte Chris und deutete nach vorn. Dort erhob sich ein kleines Haus, das viel zu gemütlich wirkte, um Schauplatz einer wilden Orgie zu sein. Die Fenster waren mit gedämpftem Licht erleuchtet, und Katja suchte die Fassade nach dem Hinweis ab, dass es sich hier um ein Stundenhotel handelte. Doch diesen fand sie nicht.

»Ich habe dir anfangs von meinem Freund erzählt, dem mit dem Motorboot«, sagte Chris, als sie vor der Umzäunung stehen blieben.

»Ja, das hast du.«

»Dieses Haus gehört ihm. Er nutzt es als Wochenend- und Ferienhaus, im Moment ist er auf dem Festland und hat mir freigestellt, es zu nutzen – wofür auch immer.«

»Ziemlich großzügig von ihm«, entgegnete Katja und musste zugeben, dass sie beeindruckt war. »Wird er auch noch so großzügig sein, wenn er erfährt, dass wir hier eine Sexorgie feiern?«

»Wird er es je erfahren?«

»Wenn sich ein paar Kondome unter das Sofa mogeln, bestimmt.«

»Du hast doch nicht etwa deine ganze Sammlung mitgenommen?«

»Das nicht, aber einige ausgewählte Exemplare schon«, entgegnete Katja. »Für mich sind Kondome wie Kleidungsstücke, vielleicht vergleichbar mit Seidenstrümpfen.«

»Wohl eher welche aus Latex.«

»Wenn man es genau nimmt, ja, trotzdem vergleiche ich sie gerne mit Seidenstrümpfen. Sie glänzen, es gibt sie in vielen Farben, und sie haben einen Rand, der von allein hält. Wie meine Strümpfe.«

»Das wäre ja noch schöner, wenn ein Gummi einen Strapshalter bräuchte.«

»Keine schlechte Idee, ich werde mir bei Gelegenheit mal Gedanken machen, wie so etwas aussehen könnte. Willst du mein Versuchsmodell sein, falls mir etwas einfallen sollte?«

»Was ist mit Peter?«

»Der könnte Übergrößen vorführen, allerdings weiß ich nicht, ob das bei allen Männern gut ankäme.«

»Meinst du etwa, ich habe zu wenig?«

Katja grinste breit. Endlich hatte sie ihn wieder an einem Punkt, an dem er ein paar Risse in seiner Coolness zeigte.

»Nein, du hast genau richtig viel. Ich weiß ohnehin nicht, warum ihr Männer so ein großes Ding daraus macht, wer den Längsten hat. Wichtig ist vielmehr, wie ihr damit umgeht.«

Damit drückte sie ihm einen Kuss auf die Wange und zog ihn zum Haus.

An der Tür angekommen, hörte sie leise Musik. Offenbar hatte Chris den ganzen Nachmittag damit verbracht, den Abend zu planen. Oder verfügte sein Freund etwa auch über einen Butler, der alles für ihn arrangiert hatte? Ein angenehm süßer Geruch strömte ihr entgegen, als Chris die Tür öffnete und ihr den Vortritt ließ. Es war fast so, als wäre sie auf einer Kirmes, über der eine Duftglocke aus gebrannten Mandeln, Waffeln und Zuckerwatte hing.

Angesichts des Äußeren des Hauses hätte Katja rustikale Möbel erwartet, doch die Inneneinrichtung entsprach eher der eines Mannes, der moderne Kunst liebte und Kitsch nichts abgewinnen konnte. Die Einrichtung war extrem minimalistisch und erinnerte Katja irgendwie an Bilder japanischer Wohnungen, die sie mal in einem Lifestylemagazin gesehen hatte.

Mehr noch als das Innenleben des Hauses überraschten sie die anderen Anwesenden.

Eva und Peter lümmelten auf einem rechteckigen Sofa ohne Lehnen, und so, wie sie einander ansahen, schien es, als hätten sie sich mit Chris verbündet.

Peter griente wie immer unverschämt, Eva trug dieselben Sachen wie beim Abendessen, und ihre Augen leuchteten, als hätte ihre Lieblingsschauspielerin gerade die Bühne betreten.

»Ah, da ist ja unser Star«, sagte sie, erhob sich und kam mit ausgestreckten Armen auf Katja zu. Ohne sich um die anwesenden Männer zu kümmern, legte sie ihr beide Arme um die Schultern und küsste sie aufreizend.

Katja konnte nicht sehen, wie Chris darauf reagierte, aber als sie die Augen während des Kusses öffnete, bemerkte sie, dass Peter sie mit offenem Mund anstarrte. Hatte er etwa angenommen, dass Eva für ihn gedacht war?

Wenn ja, dann erlebte er gerade eine Überraschung.

Katja erwiderte den Kuss, dann lösten sich die beiden Frauen voneinander, und die Designerin bekam ein Sektglas in die Hand gedrückt.

»Nun, was wollen wir mit dem Abend anfangen?«, fragte Eva in die Runde, obwohl sie es genau wusste und auch alle anderen wussten, dass sie es genau wusste.

Peter stand der Mund noch immer offen, und in seiner Hose zeichnete sich unübersehbar eine Erektion ab. Katja fragte sich, ob sie mit ihm anfangen und ihn erst einmal niederreiten sollte, bevor sie sich um die anderen beiden kümmerte. Sie wandte sich zu Chris um, der auch nicht gerade aussah, als würde ihn die Konstellation kaltlassen, und auch in Evas Augen funkelte die pure Geilheit.

Beinahe kam Katja sich vor wie in einer dieser *Herzblatt*-Shows, in der drei Kandidaten aufgereiht hinter einem Vorhang darauf warten, für wen sich die Hauptperson anhand ihrer Antworten entscheidet. Nur mit dem Unterschied, dass die drei Anwesenden vorher keine Fragen beantwortet, sondern mit ihr geschlafen hatten.

Also, Katja, wer soll jetzt dein Herzblatt sein?

Peter mit dem dicken Schwanz und der enormen Stoßkraft?

Oder vielleicht Eva, die scharfe Lesbe mit den gelenkigen Gliedmaßen und einer Zunge, die dich verrückt macht?

Oder vielleicht doch Chris, der Mann für alle Situationen, charmant, ausdauernd und zuweilen ein Schuft?

Die Vorstellung, vor den Vorhang zu treten und den verklemmten Moderator zu schockieren, indem sie alle drei haben will, amüsierte die Designerin dermaßen, dass sie laut auflachte.

Die anderen drei schienen keine Ahnung zu haben, warum sie sich so freute, und offenbar warteten sie darauf, dass Katja den Anfang machte, dass sie den Anstoß für alles Weitere gab.

Katja blickte sich um. Da gab es zum einen das Sofa, auf dem sie es treiben konnten. Da gab es außerdem einen großen Sessel, auf dem man sicher wunderbar von hinten gefickt werden konnte. Und es gab diesen extrem gepflegten Fußboden, der mit dunkelrotem Teppich ausgelegt war und der mit ein paar Kissen sicher eine reizvolle Spielwiese ergeben würde.

»Zieht euch aus«, befahl sie kurz entschlossen wie eine Herrin in einem SM-Club, und als hätten die drei nur auf dieses Kommando gewartet, legten sie los. Katja beobachtete, wie alle an Knöpfen nestelten und an Stoff zupften, und lächelte breit, während sie sich den Seidenjersey von der Haut schob.

»Wer zuerst fertig ist, darf mich als Erster ficken.«

Dieses Aufrufs hätte es nicht bedurft, denn alle drei beeilten sich von allein, doch schließlich stand Chris als Erster hüllenlos da und strahlte, als hätte er soeben einen goldenen Pokal gewonnen. Eva spielte die Strumpfhose einen Streich, und warum Peter seinen Schwanz nicht aus der Hose bekam, konnte Katja gar nicht so genau sagen, denn Chris kam zu ihr und drängte sie küssend zum Sessel. Offenbar hatte er mitbekommen, dass sie das Möbelstück erfreut gemustert hatte.

»Was für einen Strumpf hast du für mich dabei?«, fragte

er herausfordernd, während er sich zwischen ihre Schenkel hockte.

»Pink Surprise!«, erwiderte Katja lachend und fischte tatsächlich ein rosafarbenes Tütchen aus dem Rand ihres Seidenstrumpfes.

Als Chris genauer hinsah, bemerkte er, dass beide Beine der Designerin regelrecht mit Kondomen gespickt waren wie ein Adventskalender. »Du bist offensichtlich auf alles vorbereitet.«

Katja nickte. »Ja, und ich leihe dir gerne auch welche, falls du es nachher noch Peter oder Eva besorgen willst.«

»Jetzt will ich erst einmal dich, denn du bist mein Preis.«

Chris rollte sich *Pink Surprise* über und glitt dann auf sie. Ihre Lippen und Zungen trafen sich, und sie küssten sich gierig. Über ihr Kinn und ihren Hals glitt Chris hinab zu ihren Brüsten und lutschte die harten Nippel. Endlich konnte Katja sehen, was mit Eva und Peter war. Beide waren aus den Sachen heraus, und offenbar nahm es Eva doch nicht so genau mit dem Unterschied zwischen Männlein und Weiblein, denn sie bot Peter einen Trostpreis an, den er nicht ausschlagen konnte.

»Leck meine Pussy aus«, forderte sie ihn auf, und wie ein gehorsamer Diener folgte er und vergrub keuchend den Kopf zwischen ihren Schenkeln. Eva krallte eine Hand in seinen Haarschopf, als wollte sie ihn daran hindern, auf dumme Gedanken zu kommen und mit seinem riesigen Prügel in sie hineinzufahren, aber der Auftrag schien Peter zu gefallen, denn er schleckte sie wie eine riesige Eiscremetüte.

Chris hatte mittlerweile von ihren Brüsten abgelassen und versperrte ihr nun wieder die Sicht mit seinem Körper. Sein Schwanz hatte einen beeindruckenden Höchststand erreicht, und Katja sah keinen Grund, ihn nicht einzulassen. Ihre Lippen schmiegten sich eng um den bestrumpften Burschen, erspürten jede Ader darunter und lutschen ihn, während er langsam und genüsslich in sie hinein- und wieder hinausglitt. Katja wusste nicht, wie weit Peter bei Eva war, aber in diesem Augenblick war für Nachdenken irgendwelcher Art kein Platz. Unter Chris' rhythmischen Stößen erklomm sie nach und nach den Lustgipfel, und als sie schließlich oben angekommen war, war es wie neulich am Strand, auch wenn ihr diesmal keine Brise um die Ohren pfiff. Als Katja das große Beben erfasste, umklammerte sie seinen Nacken und zog ihn an sich. Sie spürte nicht nur seinen Schwanz in voller Länge, sondern auch den Abdruck seines Körpers, vielleicht sogar jede Pore seiner Haut. Für einen Moment erschien es ihr, als wären ihre Körper aneinandergeklebt, untrennbar durch andere. Doch dann ließ er sie los und sie ihn, und er erhob sich.

»Gönn mir eine kleine Pause«, raunte er ihr zu und küsste sie erneut. »Da drüben gibt es noch zwei, die auf dich warten.«

Katja blickte zur Seite und sah, dass Eva entspannt auf dem Boden lag, während Peter einen Ständer hatte, der kurz vor dem Platzen schien. Er schien nur darauf gewartet zu haben, dass Chris endlich von ihr abließ. In Katja hallte noch immer der Orgasmus nach, aber nach dieser sanften Runde hatte sie Lust auf ein etwas höheres Tempo.

Sie winkte Peter zu und ließ sich von dem Sessel gleiten. Wenn sie seine heftigen Stöße vollends genießen wollte, brauchte sie eine härtere Unterlage.

Auch für seinen Schwanz hatte sie einen geeigneten Strumpf dabei, einen *Lila Explosion*, Marke XXL, wie es sich für einen Mann seiner Größe gehörte.

Aufgeheizt vom Lecken zog der Schwede sich das Gummi über und glitt auf sie. Wie es seine Angewohnheit war, verlor er nicht viel Zeit. Die Arme stützte er neben ihr ab, und wenig später spürte sie seinen Schwanz, den er mit ebenso drängenden wie schnellen Stößen immer wieder so tief wie möglich in sie hineinrammte.

Da Peter nicht auf Küssen und andere Zärtlichkeiten stand, rief sie Eva zu sich. Die Lippen der beiden Frauen trafen sich, und während der Schwede sie heftiger als je zuvor bearbeitete, zog Katja schließlich Evas Becken zu sich. Ihr Venushügel roch süß, und die Lippen schienen ihren Kuss zu ersehnen. Als sie ihr Gesicht in der Pussy vergrub, stöhnte Eva laut auf. Peter mochte es der jungen Frau anständig besorgt haben, aber offenbar gab sie einer weiblichen Zunge noch immer den Vorzug.

Katja merkte schon bald, dass ihre Zungentechnik auch bei Eva funktionierte – selbst wenn sie sie ein wenig anders einsetzen musste. Unter Evas lauten Lustschreien ging das Stöhnen von Peter unter, und dass er kam, nahm Katja nicht so unmittelbar wahr wie Evas Orgasmus. Ihr gesamter Schoß erzitterte, und wenig später war es auch bei Katja so weit. Peter steckte noch immer in ihr und bekam die Massage ihrer Pussy unmittelbar mit. Schnaufend ließ er sich schließlich zur Seite fallen, während Eva sich über Katjas Gesicht beugte und sie küsste. Unter Frauen war es eigentlich nicht üblich, dass eine die andere lobte, aber Katja konnte Eva ansehen, dass sie es zumindest im Sinn hatte.

Erst nach einigen Augenblicken Verschnaufen bemerkte Katja, dass Chris sie genau beobachtet hatte. Er lehnte neben dem Sofa und grinste, offenbar hatte ihm gefallen, was er gesehen hatte. Seinen Prachtkerl konnte man noch nicht wieder Ständer kennen, aber er hatte einiges an Straffheit zurückgewonnen, und Katja sah sich veranlasst, ihn wieder auf Hochtouren zu bringen. Sie glitt über ihn, griff nach seinem Schwanz und massierte ihn.

»Du bist wohl unersättlich, wie?«, fragte Chris lächelnd, schien jedoch nichts dagegen zu haben, dass sie ihn erneut auslaugen wollte. Nachdem sie den Schaft eine Weile gerieben hatte, beugte sie sich vor und saugte an der Eichel.

Chris stöhnte laut, zerzauste ihr das Haar, und als sie ihn dazu aufforderte, übernahm er die Initiative, erhob sich und fasste sie bei den Schultern, ohne dass ihr Mund auch nur einen Moment lang von ihm abgelassen hätte.

Während Chris sie stöhnend in den Mund fickte, spürte sie plötzlich einen Kopf zwischen den Schenkeln. So weich und ohne Stoppeln, wie sich das Kinn anfühlte, konnte es nur Eva sein. Ihre Zunge war auch diesmal so zärtlich, wie es kein Mann hinbekommen würde, und hätte Katja den Mund jetzt nicht voll gehabt, hätte sie vor Lust sicher laut aufgeschrien.

Während sie geleckt wurde, leckte und saugte sie ebenfalls und passte sich dabei unbewusst dem Tempo von Eva an.

»Verdammt, ist das geil!«, hörte sie Peter in seinem schwedischen Akzent sagen, und damit meinte er wohl, wie Eva sie leckte. Was dann folgte, bekam sie nur noch beiläufig mit, denn der Orgasmus explodierte in ihrem Inneren wie eine Bombe, und für einen kurzen Augenblick war es, als würde sie von den Wellen, die gegen den Strand klatschten, davongetragen. Als sie wieder zur Besinnung kam und zur Seite blickte, sah sie, dass der Schwede selbst Hand angelegt hatte und seinen Schwanz wichste.

Chris zog daraufhin seinen Lustprügel aus ihrem Mund und verteilte seine warme Soße über ihre Brüste.

Peter war inzwischen voll in Action. Unbeteiligte hätten meinen können, dass er vorhatte, sich das gute Stück abzureißen, jedenfalls schonte er sich nicht, und das Ergebnis war eine Ejakulation in Rekordzeit. Sein Sperma klatschte halb auf den Teppich, halb auf sie, und Katja kam in den Sinn, dass er mit dieser Spritzkraft prima bei der Feuerwehr aufgehoben wäre.

Chris lag noch immer erschöpft neben ihr, und Eva schmiegte ihren Kopf mit einem seligen Lächeln an ihren Bauch. Katja schloss die Augen und genoss einfach nur die Berührung der Körper. Peter keuchte ein Stück weit entfernt von ihnen, offenbar hatte er noch nicht genug.

Es würde noch eine verdammt lange Nacht werden, das wusste sie, aber eine jener Nächte, die sie zu den besten zählen würde, wenn Petrus ihr Leben eines Tages auf einer großen Leinwand abspielte.

10. Kapitel

Revelation

5 cl Bénédictine
1,5 cl Kümmellikör
3 Barlöffel Crème de Menthe (weiß)

Alle Zutaten verrühren,
nicht schütteln.

Obwohl der Morgen erst anbrach und sie damit nur drei Stunden Schlaf bekommen hatte, lag Katja mit offenen Augen in ihrem Bett – allein wohlgemerkt, denn Eva hatte sich dermaßen verausgabt, dass sie zu keinen weiteren Aktionen mehr fähig gewesen und sofort eingeschlafen war. Katja war ebenfalls völlig fertig, aber die Erschöpfung erstreckte sich nur auf ihren Körper, dem es genügte, einfach dazuliegen und sich nicht bewegen zu müssen. Ihr Verstand dagegen war hellwach, so als hätte sie mindestens zwölf Stunden Schlaf hinter sich. Die vergangene Nacht war eine tolle Erfahrung gewesen, eine, die ihr nicht einmal ein Traum hätte bieten können. Würde sie so etwas je wieder erleben? Bis vor einigen Wochen hätte sie nicht mal gedacht, dass ihr das Leben überhaupt so etwas hätte bieten können. Doch es war geschehen, und sie hatte das Gefühl, dass ihr noch weitere Erlebnisse dieser Art bevorstanden, wenn sie es nur wollte und zuließ.

Allerdings dachte sie dabei nicht so sehr an Gruppensex,

sondern an Zweisamkeit. Mit allen dreien hatte der Sex Spaß gemacht, aber bei Chris fühlte sie sich irgendwie geborgen – wenn das beim Ficken überhaupt möglich war. Vielleicht sollte sie ihn doch fragen, ob sie in Kontakt bleiben wollten, wenn der Kurs beendet war.

Sie grübelte eine Weile darüber nach, ohne zu einem Schluss zu kommen, dann stieg sie aus dem Bett und trat ans Fenster. Die Morgenröte erhob sich über dem Meer, das gerade Ebbe hatte. Mittlerweile hatte sie sich an den Rhythmus der Gezeiten gewöhnt, und sie sah es schon kommen, dass sie bei dem Morgen nach ihrer Rückkehr wundern würde, wo das Meer abgeblieben war. Borkum war bei weitem keine Partyinsel, aber vielleicht sollte sie ihre Urlaube öfter ans Meer verlegen. Mittlerweile musste sie Eva recht geben, das Meer hatte etwas. Etwas, das Menschen süchtig machen konnte wie Sex.

Nachdem sie die Morgenstimmung einen Moment lang auf sich hatte wirken lassen, verschwand sie unter der Dusche. Anschließend zog sie sich an und beschloss, eine Runde durch die stille Villa zu drehen, wie sie es an dem Morgen getan hatte, als es galt, sich das beste Model zu sichern.

Noch bevor sie die Treppe erreicht hatte, erregte ein lautes Keuchen ihre Aufmerksamkeit. Es klang nicht nach verfrühter Joggingrunde, sondern eindeutig nach Sex. Waren das hängengebliebene Nachteulen? Oder hatte es da jemand die ganze Nacht über miteinander getrieben?

Katja war sich nicht sicher, ob sie näher an das Geschehen herangehen sollte, immerhin würde die Nacht sie nicht schützen. Aber dann kam ihr ein Gedanke. Was wäre, wenn sie einfach an dem Pärchen vorbeigehen und eine lockere Bemerkung machen würde wie: »Macht ruhig weiter« oder »Viel Spaß noch«? Ganz sicher würden die beiden nicht wie erschreckte Hunde auseinanderstürmen und sie auch nicht jagen. Mittlerweile wusste jeder hier, dass es die Kursteilnehmer miteinander trieben, warum also nicht so ehrlich sein und sich zeigen?

Katja lächelte einen Moment lang in sich hinein, dann ging sie weiter. An der Treppe angekommen, sah sie das Paar aus der ersten Nacht. Mittlerweile hatte sie die Namen der beiden herausbekommen. Der Blonde hieß Marco, der Latino, der das wohl nur seinen Genen nach war, Nick.

Mussten es die beiden Jungs denn immer dann miteinander treiben, wenn sie allein durchs Haus ging?

Für einen kurzen Moment überlegte sie, ob sie sich tatsächlich zeigen sollte, immerhin hatten die beiden sie noch nicht bemerkt. Marco stand mit heruntergezogenen Jogginghosen da, die Hinterbacken zusammengepresst und angespannt, dass man den Eindruck bekommen konnte, sie seien aus Marmor. Nick kniete vor ihm, hatte Marcos Schwanz tief im Mund und stieß beim Lutschen genüssliche Schmatzlaute aus.

Marco hatte eine Hand auf seiner rechten Schulter, die andere in Nicks Haar, doch er zwang ihn nicht, er begleitete nur seine Bewegung, ja, es schien, als müsste er sich festhalten, denn der Ungestüm des Latinos drohte, ihn umzuwerfen.

Katja betrachtete die beiden einen Moment lang fasziniert und auch geil, dann gab sie sich einen Ruck und schlenderte die Treppe hinunter. Die beiden Männer schienen sie noch immer nicht zu bemerken. Schmatzen und Stöhnen wurden proportional lauter, und erst, als die Designerin an ihnen vorbeilief und die Leidenschaft nicht nur sehen, sondern auch riechen konnte, blickte der Blonde auf,

Nicht erschrocken und nicht missbilligend, Katja meinte

sogar, in seinen Augen so etwas wie Stolz zu erkennen. Stolz darauf, dass er den Mann seiner Träume gefunden hatte.

Eine lockere Bemerkung wäre unpassend gewesen, daher lächelte Katja zurück, zwinkerte ihm kurz zu und wandte sich um, als wäre nichts geschehen. Während das Stöhnen schließlich sein Crescendo erreichte, huschte sie durch den Gang, der zum Garten führte. Sie hatte nicht vor zu joggen, aber vielleicht war ein Spaziergang durch den Garten nicht schlecht – oder vielleicht am Strand?

Als sie die Hintertür geschlossen hatte, hakte sie beide Daumen lässig in die Hosentaschen und stapfte voran.

An diesem Vormittag sollten sich endlich die Herren des großen Modelabels in der Villa einfinden. Wer sie genau waren, hatte noch niemand in Erfahrung bringen können. Die Dozenten hielten allesamt dicht, auch auf explizites Fragen hin gab es keine Hinweise. Die Teilnehmer überlegten, ob sich eine oder einer der Designer an ein Mitglied der Dozenriege heranmachen und nach dem Sex aus ihnen herauskitzeln sollte, um wen es sich handelte. Aber diese Idee wurde schnell wieder verworfen, denn keinem von ihnen erschien auch nur einer der Lehrer begehrenswert genug, um die Sache durchzuziehen. Es blieb ihnen also nichts weiter übrig, als abzuwarten.

Die meisten von ihnen hatten ohnehin noch immer mit ihren Entwürfen zu tun. Als Katja von ihrer Gartenrunde zurückkehrte, die sich schließlich zu einer Strandrunde ausgeweitet hatte, wurde sie von hektischer Betriebsamkeit empfangen, die diesmal nicht aus der Küche kam. Sie erinnerte sie an die guten, alten Zeiten, an die Momente vor einer Modenschau, wenn das absolute Chaos herrschte und sie alle zu Monsterbändigern wurden (wobei die Monster nicht so sehr die Models waren, sondern vielmehr die Outfits, die in diesem wichtigen Moment ein seltsames Eigenleben entwickelten). Vielleicht würde es irgendwann wieder so weit sein. Vielleicht sogar schon bald. Sie würde sehen.

Als Katja und Eva ihre Kreationen, die unter einem großen Stück schwarzen Stoffes verborgen waren, in die Halle brachten, mussten sie feststellen, dass sie mit die Ersten waren, die ablieferten.

Lediglich drei Figurinen standen bereits dort, und die dazugehörigen Designer unterhielten sich mit der Sekretärin, die hier die Aufsicht hatte.

»Müssten die nicht eigentlich den Raum verlassen, wenn ein Foto von unseren Kreationen geschossen wird?«, fragte Eva und blickte die beiden Frauen und den Mann misstrauisch an.

»Ich glaube kaum, dass sie jetzt noch etwas an ihren Entwürfen ändern können«, gab Katja zurück. »Außerdem hast du ja gehört, was Bernsdorf gesagt hat. Die Fotos werden geschossen, um Manipulationsversuche auszuschließen. Selbst wenn irgendwem einfallen sollte, deine Arbeit nachts mit Säure zu übergießen, hat der Designer das Foto als Beweis.«

»Wollen wir hoffen, dass der gilt, falls doch etwas durcheinanderkommt.«

Nacheinander trugen sie ihre Figurinen zu dem Podest, auf dem bereits die anderen standen. Die Sekretärin wurde ebenso wie die Designer auf sie aufmerksam, und wie es Katja nicht anders erwartet hatte, machten sie sogleich lange Hälse, als die Frau ihre Digitalkamera hervorholte und sie aufforderte, den Stoff herunterzunehmen, damit sie die Arbeiten fotografieren konnte.

Katja konnte sich denken, dass die anderen besonders an ihrer Kreation interessiert waren, und es befriedigte sie, zu sehen, dass alle drei ein wenig an Gesichtsfarbe verloren, als der Stoff herunter war.

»Wow!«, rief Eva aus, verschränkte die Hände vor der Brust und legte den Kopf schief. »Damit könntest du glatt einen Rockstar anziehen!«

Wenn es von ihr kam, war es ein Kompliment, das wusste Katja. Der Sekretärin, die eigentlich dazu angehalten war, Neutralität zu zeigen, schien der Entwurf dagegen nicht zu gefallen. Während sie versuchte, die Kamera in den Griff zu bekommen, blickte sie immer wieder auf das Outfit, als könnte die Figurine jeden Moment zum Leben erwachen und sie anfallen. *Vielleicht hätte ich einen Puppenkopf besorgen und ihn wie Alice Cooper schminken sollen,* ging es Katja durch den Kopf.

Doch so machte die Frau immerhin die Fotos, und nachdem sie das Ergebnis der Designerin gezeigt hatte, war Eva an der Reihe.

Sie zog die Plane herunter, und nun war es Katja, die staunte, Evas Outfit war richtig schön geworden. Viel schöner noch als auf dem papiernen Entwurf. Sie hatte einige Details verändert und war verspielter geworden, ohne die Thematik zu durchbrechen. Offenbar hatten ihr die vergangenen Tage sehr gut getan.

»Also das würde ich sofort kaufen!«, platzte es aus Katja heraus.

»Wirklich?«

»Und anziehen, und zwar in Köln!«

»Als ob Köln der Maßstab für Mode wäre«, gab Eva lächelnd zurück, doch man konnte ihr ansehen, dass sie geschmeichelt war.

»Ich würde es auch in Mailand oder Paris tragen wollen. Es ist super.«

»Dann wollen wir mal hoffen, dass die Juroren das ebenso sehen. Ich würde schon gern bei einem großen Label arbeiten, du nicht auch?«

Das habe ich viele Jahre getan, dachte Katja, *und der Dank war die fristlose Kündigung.* »Vielleicht«, antwortete sie deshalb wahrheitsgemäß. »Es geht nichts über bezahlte Rechnungen und einen Ort, an den man jeden Morgen gehen kann und willkommen ist.«

»Aber?« Eva hatte aus ihrer Stimme offenbar herausgehört, dass sie so ihre Erfahrungen mit festen Anstellungen hatte.

»Ich frage mich nur, wie lange ist man dort willkommen?« Wenn schon Wahrheitstag, dann richtig, dachte Katja, hatte jedoch nicht vor zurückzurudern. »Vielleicht ein Jahr, vielleicht zehn. Es kann allerdings sein, dass man deiner überdrüssig ist und dir nach vielen Jahren keine Veränderung mehr zutraut. Dann wäre es doch besser, einen Ort zum Arbeiten zu finden, an dem du immer willkommen bist.«

»Du meinst Selbständigkeit«, erfasste Eva blitzschnell.

»Ja, genau das meinte ich«, entgegnete Katja und richtete den Blick auf ihre Figurine, die nun wieder unter dem schwarzen Stoff verborgen war, während die Kamera der Sekretärin Evas Outfit festhielt. »Es wäre zu schön, sein eigener Herr zu sein, oder?«

»Das schon, aber es ist zugleich mit Risiko verbunden. Man müsste sich erst einmal einen Namen machen, und das kostet sicher eine Menge Zeit und auch Geld. Geld, das die Banken ziemlich schnell wiedersehen wollen.«

»Dennoch wäre es einen Versuch wert. Jedenfalls für mich.«

»Schön zu wissen. Wenn du gewinnen solltest, kannst

du mir ja die Stelle überlassen.« Eva zwinkerte ihr zu, und Katja wollte gerade antworten, dass sie vielleicht genau das tun würde, als Chris hereinkam. Diesmal so, dass ihn auch wirklich jeder bemerkte.

»Hallo ihr beiden!«, rief er, während er mit der Figurine hereinstolzierte, als hätte er eine Frau auf dem Arm. »Habt ihr eure Outfits schon ablichten lassen?«

»Ja, und wir warten jetzt auf alle anderen, damit wir erfahren, ob wir schon mal den Champagner kalt stellen können«, entgegnete Katja.

»Seid ihr so sicher, dass eine von euch gewinnt?«, fragte Chris und neigte skeptisch den Kopf. »Immerhin wisst ihr nicht, wie diese Modespezialisten eure Kreationen beurteilen. Wenn ihr mich fragt, ist das Urteil von Waldenbrook und Kunz nicht maßgeblich. Vielleicht küren sie einen der Designer, die von den beiden anständig verrissen worden sind.«

»Oder die Leute vom Label wissen nicht, welches Stück sie prämieren sollen, weil alle von uns abgekupfert haben.« Eva hakte sich bei Katja unter und fügte hinzu: »Immerhin waren wir beide diejenigen mit den besten Entwürfen, laut Kunz. Und wenn du mich fragst, der Mann hat Ahnung.«

Chris schien etwas auf der Zunge zu liegen, um sie zu ärgern, doch da kam auch schon die Sekretärin auf sie zu.

»Stellen Sie die Figurine ab, und ziehen Sie den Stoff herunter, damit ich das Foto machen kann.«

»Vor all den Leuten?«, fragte Chris und deutete auf die beiden Frauen und die anderen drei Zuschauer, die noch immer herumstanden.

»Sie werden Ihrem Modell schon nichts abschauen, und für grundlegende Änderungen ist es ohnehin zu spät, denn ich habe Ihre Fotos bereits.«

»Sollte es sein, dass die Frau ein wenig Humor hat?«, flüsterte Eva Katja ins Ohr, worauf sie sich nur schwerlich ein Lachen verkneifen konnte.

Die Sekretärin überhörte die Bemerkung und machte sich an die Arbeit. »Wenn ich bitten dürfte?«, fragte sie Chris

Der zog daraufhin den Stoff von der Figurine wie ein Zauberkünstler, der soeben einen Tiger hatte verschwinden lassen.

»Et voilà!«

Die Sekretärin konnte seiner Art von Humor noch immer nichts abgewinnen, aber zum Glück hatte sie nicht über Wohl und Weh des Modells zu entscheiden.

Das Kleidungsstück selbst war eine Überraschung. Es war weiß und schwarz, wortwörtlich zu einer Hälfte weiblich und zur anderen männlich, das hieß, es war eine Mischung aus Hose und Rock sowie aus Jackett und Bluse, nicht etwa im Modell kombiniert, sondern aneinandergenäht. Katja glaubte, etwas Ähnliches mal im Theater gesehen zu haben, in einem Ein-Personen-Stück, bei dem sich der Darsteller auf die jeweilige Seite umgedreht hatte, sobald er den weiblichen oder den männlichen Dialog sprach.

Chris' Ausführung davon hatte allerdings eine gewisse Raffinesse, die das Theaterkostüm, bei dem nur ein halber Anzug und ein Kleid aneinandergenäht worden waren, nicht hatte. So mischten sich die Seiten beim Ober- und Unterteil, außerdem fanden sich Elemente des jeweils anderen auf den einzelnen Seiten.

Katja fand, dass die Sekretärin bei seinem Modell auch nicht besser dreinschaute, offenbar zog die Frau immer diese Miene, um die anderen nicht zu verunsichern.

Zweimaliges Blitzen und dazwischen die Frage von Chris, ob er sich nicht besser dazustellen sollte, um Verwechslungen zu vermeiden, dann war er auch schon fertig. Der Stoff kam wieder drüber, danach musste er die Figurine zu den anderen schieben.

»Und, was habt ihr beide heute noch so vor?«, fragte Chris, nachdem er der Sekretärin einen spöttischen Handkuss zugeworfen hatte, den sie allerdings ignorierte und der damit achtlos auf den Boden fiel.

»Wenn du fragen willst, ob wir das von gestern wiederholen können, bin ich heute definitiv aus dem Rennen«, entgegnete Eva. »Meine Beine zittern noch immer, und dabei mache ich regelmäßig Sport.«

»Außerdem kommen heute die hohen Herrschaften, da werden wir wie alle anderen schön brav durch den Raum tigern, aus dem Fenster sehen und uns fragen, wann sie den endlich eintreffen.«

»Klingt nicht gerade spannend.«

»Wird es aber sein, und ich glaube nicht, dass dein kleiner großer Freund Lust haben wird, wenn die Zeit erst mal vorangeschritten ist.«

»Mein kleiner großer Freund kann immer, wenn man ihm die richtigen Anreize gibt. Aber meinetwegen, warten wir eben auf die Modegötter.« Chris machte einige eindeutige Vor-zurück-Bewegungen mit den Hüften, dann beugte er sich vor und gab Katja einen Kuss auf den Mund.

Eva verbat sich Selbiges, doch als er ging, blickte sie ihm nach und sagte: »Einen tollen Fang hast du da an Land gezogen.«

»Ich denke, du stehst nicht auf Männer.«

»Habe ich das je behauptet? Ich mag beides, wenngleich ich Frauen den Vorzug gebe. Aber wenn der Kerl nach Frau aussieht, warum nicht?«

»Peter hat auch nicht nach Frau ausgesehen«, erinnerte Katja ihre Kollegin an den Cunnilingus von vergangener Nacht.

»Aber er setzt seine Zunge ein, als wäre er eine. Das allein zählt.« Eva grinste breit, und als einige weitere Designer mit ihren Modellen erschienen, fragte sie: »Wollen wir hierbleiben und uns schon mal alle anschauen?«

Katja erblickte unter den dreien, die durch die Tür traten, auch Thomas, den Streber aus Chris' Klasse. Vielleicht würde es ihn stören, dass sie die Figuren begafften, und allein aus diesem Grund antwortete sie mit »Ja« und setzte sich mit Eva auf den Fußboden wie Studentinnen bei einem Sit-in 1968.

Am Nachmittag, als es alle irgendwie geschafft hatten, ihre Figurinen in den großen Saal zu bringen, trafen endlich die Herren von der Modefirma ein.

Um das mitzubekommen, hatten sie keinen Wachposten auf einem Turm platzieren müssen, es reichte schon, dass sämtliche Modeschaffende wie Tiger im Käfig herumliefen (was Katja vorhergesehen hatte) und wirklich jeder im Zehnminutentakt einen Blick aus dem Fenster warf. Als einer der Designer schließlich die Wagen kommen sah, stürmten alle zu den Fenstern.

Die Kursteilnehmer drückten sich gegen die Scheiben wie neugierige Schulkinder, denen man eine Königin angekündigt hatte. Auf den ersten Blick wirkten die Wagen tatsächlich, als gehörten sie zu einer Regierungsdelegation. Wahrscheinlich hatte man sie mit der großen Fähre nach Borkum transportiert, und noch wahrscheinlicher war es, dass sie eine Sondergenehmigung hatten, um hier fahren zu dürfen, denn Borkum war weitestgehend autofrei.

Alle waren schwarz, alle glänzten, als wären sie frisch aus

dem Wachs gezogen worden, alle waren auf ihre Weise mit Chrom verziert, was den edlen Look noch verstärkte.

»Wenn jetzt Lagerfeld aus einem dieser Schlitten steigt, schreie ich«, hörte Katja eine Designerkollegin im Hintergrund sagen. Die Designerin konnte nicht von sich behaupten, dass sie die Neuankömmlinge kaltließen. Vielleicht war es ja wirklich der Modezar mit dem grauen Haar und den Streichholzbeinen, vielleicht auch ein anderer. Es gab viele große Marken, und Katja war sicher, dass die Frauen hinter ihr wohl auch bei denen in Begeisterungsstürme ausgebrochen wären.

Die Männer, die letztlich aus den Wagen stiegen, waren ihr zunächst unbekannt, und auch ihre Kolleginnen und Kollegen schienen zunächst keinen blassen Schimmer zu haben, um wen es sich handelte.

Sie alle waren sehr gut gekleidet, ihnen allen konnte man ansehen, wer sie waren und wofür sie arbeiteten. Aber zu welchem Label gehörten Sie? Waren es vielleicht nur namenlose Talentsucher? Im Nachhinein erschien es ihr reichlich unrealistisch, dass sich ein Mann wie Karl Lagerfeld oder Wolfgang Joop persönlich dazu herablassen würde, auf Borkum nach Talenten Ausschau zu halten. Solche Modehäuser brauchten für gewöhnlich überhaupt nicht zu suchen.

Plötzlich war es Katja, als würde sie jemand schmerzhaft kneifen. Sie spürte es nicht am Körper, sondern im Verstand, und im nächsten Augenblick merkte sie, dass ihr Blick an einem der Männer hängengeblieben war. Er unterhielt sich lebhaft mit seinem Nebenmann, blickte aber zwischendurch kurz nach oben, und genau in dem Moment erkannte Katja ihn. Es war Philipp! Der Kerl neben ihm musste der Lackaffe mit dem Haifischblick sein.

Diese Typen waren von Starlight. Die Erkenntnis erschreckte die Designerin so sehr, dass sie von dem Fenster zurücksprang, als wäre es eine Feuerwand. Dabei trat sie ihrem Hintermann so kräftig auf den Fuß, dass er nicht schimpfte, sondern blökte wie ein Schaf. Zumindest hörte sich sein Schrei so an. Katja bekam nicht mal mit, wen sie da getreten hatte, sie wirbelte panisch herum und stürmte aus dem Saal. Wahrscheinlich glaubten alle, dass ihr vor lauter Aufregung übel war oder sie einen hysterischen Anfall aus demselben Grund hatte. Katja war es in diesem Augenblick egal, wer was dachte, auch dass Chris und Eva ihr seltsames Verhalten mitbekämen, war ihr in diesem Augenblick nicht bewusst. Sie lief einfach nur los und rannte die Treppe hinauf, bevor die Delegation die Villa betreten konnte. Erst als sie die Zimmertür hinter sich zugeschlagen hatte, atmete sie durch.

Sie musste etwas tun. Sie musste ihren Entwurf zurückziehen und zusehen, dass sie so schnell wie möglich von hier verschwand. Philipp durfte sie auf keinen Fall sehen, und schon gar nicht der Haifischmann! Während sie unruhig die Hände durchknetete, durchmaß sie den Raum mit langen Schritten. Wenn die beiden sie hier entdeckten, war sie geliefert! Man würde sie sofort aus dem Kurs werfen, was vielleicht noch nicht mal das Schlimmste war, denn er war übermorgen sowieso zu Ende. Das wirklich Schlimme daran war, dass man sie des Betruges bezichtigen und vielleicht sogar verklagen würde. Außerdem war es möglich, dass Starlight überall herumerzählen würde, mit welcher Masche sie es versucht hatte. Ihr Name war ruiniert!

Nun gut, sie hatte es eigentlich nicht darauf abgesehen, angestellt zu arbeiten, aber sobald Starlight herausbekam, wer hinter einem neuen Label steckte, würden sie sicher einen Haufen Lügen über sie verbreiten. Da war es besser, wenn sie ihre Figurine abräumte und sich mit dem Outfit aus dem Staub machte, bevor Starlight es wegen des Betruges als Entschädigung in die Finger bekam.

Da dieser Einfall ihr momentan bester war, stürmte sie aus dem Zimmer und rannte zur Treppe.

Die Herrschaften von Starlight waren sicher immer noch damit beschäftigt, sich von den Kursleitern begrüßen zu lassen, also hatte sie vielleicht eine Möglichkeit, in den Saal zu gelangen und das Outfit unter dem Stoffstück verschwinden zu lassen. Sie hastete in Richtung Ausstellungshalle, stellte zu ihrer großen Überraschung fest, dass der Raum nicht abgeschlossen war, und huschte hinein. Die verdeckten Figurinen standen vor ihr wie eine Armee dunkler Krieger, die nur darauf wartete, in Marsch gesetzt zu werden. Die Designerin erinnerte sich in etwa an den Standort ihrer Kreation und verschwand wenig später zwischen den verschiedenfarbenen Stoffbahnen. Sie hatte die Figurine mit ihrem Großstadtkrieger gerade ausgemacht, als sich die Tür öffnete und zwei Männer hereinkamen.

Katja, die gerade einen Zipfel der Abdeckung ergriffen hatte, erstarrte augenblicklich. Da die Figurinen ziemlich dicht beieinander standen, war sie nicht gleich auszumachen, und wenn sie sich ruhig verhielt, würden die Hereinkommenden sie vielleicht nicht bemerken. Es konnte natürlich auch sein, dass die Männer sich die Figurinen gleich ansehen wollten. Dann war sie geliefert. Aber war sie das nicht ohnehin schon? Katja beschloss, an Ort und Stelle zu bleiben, ja, sich vielleicht sogar unter dem Abdecktuch zu verstecken und zu warten, bis die Gefahr vorüber war.

Sie hatte das Tuch gerade über sich gezogen, als sie Waldenbrooks Stimme vernahm.

»Ich kann verstehen, dass Sie ungeduldig sind, Herr Hagemann, in diesem Jahr haben wir aber auch wirklich sehr talentierte Leute bei uns. Zwei junge Frauen sind uns dabei besonders aufgefallen, zum einen Gina Bergström und zum anderen Eva Bergmann. Die beiden sind wie geschaffen für Ihr Label.«

Katja hielt den Atem an. Dass »ihr« Name fiel, hätte sie aufjubeln lassen, wenn es zum Beispiel Leute von Gucci oder Gaultier gewesen wären, denen man sie empfohlen hätte. Doch es war Starlight, und sie hatte keine Ahnung, wer Hagemann war. Schlimmstenfalls handelte es sich um den Typen, der ihr erläutert hatte, dass sie zu alt für das neue Cologne Fashion sei.

»Sie wissen, dass wir nur einen Kursteilnehmer annehmen wollen, aber wenn die beiden Damen wirklich so gut sind, wie Sie sagen, überlegen wir es uns vielleicht noch mal.«

Der Klang dieser Stimme traf Katja wie ein Schlag: Philipp!

Sie stand eigentlich immer recht fest auf ihren Beinen, doch diese Erkenntnis haute sie um. Und zwar im wahrsten Sinne des Wortes. Da sie sich nur hingehockt hatte, verlor sie das Gleichgewicht und kippte zur Seite. Dabei riss sie nicht nur ihre eigene Figurine um, sondern auch die der drei Teilnehmer, die ihre Entwürfe vor ihr abgegeben hatten.

Während Katja auf dem Fußboden landete, wurde ihr bewusst, welcher Peinlichkeit sie sich damit ausgesetzt hatte. Warum zum Teufel waren flache Schuhe auf einmal so wackelig wie High Heels?

Natürlich wurden die beiden Herren aufmerksam und kamen sofort zu den Figurinen gelaufen, als befürchteten sie, dass eine zum Leben erwacht war. Offenbar hatten sie schon zu viele Filme über Schaufensterpuppen gesehen, in denen das der Fall war.

Katja jedenfalls war keine von ihnen, und wahrscheinlich glühte ihr Kopf jetzt rot wie eine Warnleuchte, nur mit dem Unterschied, dass sie nicht blinkte. Sie rappelte sich auf, denn ihr blieb nichts anderes übrig, und ein kleiner Rest Fürsorge für ihre Kreation trieb sie dazu, auch ihre Figurine aufzuheben. Die anderen blieben liegen wie niedergestreckte Feinde.

Die Männer starrten sie an, und noch nie zuvor in ihrem Leben hatte sich Katja gewünscht, dass sich ein Loch im Boden auftun und sie verschlingen möge. Und ihr Modell gleich mit. Philipps Augen trafen die ihren, und es war unmöglich, dass er sie nicht wiedererkannte, selbst wenn er bei dem Gedanken an sie eher rotes Haar im Sinn hatte.

Waldenbrook war der Erste, der sich von dem Schreck wieder erholte und schaltete. »Ah, wenn man vom Teufel spricht. Ich habe zwar keine Ahnung, was Sie hier drin machen, aber da ich Ihre Kreation schon mal gelobt habe, kann ich Sie auch gleich dem Talentscout von Starlight vorstellen.«

Dass Philipp Talentscout war, ging in Katjas Gedanken zunächst völlig unter, denn sie fühlte sich wie ein Minenräumer, der eingesehen hatte, dass die Bombe, die er entschärfen sollte, explodieren und er nicht genug Zeit haben würde zu verschwinden.

Ob sie nun rannte oder wie gelähmt stehen blieb, war egal, die drei würden sie so oder so zerfetzen.

»Frau Bergström, das ist Philipp Hagemeister. – Herr Hagemeister, das ist Gina Bergström, eine der besten, wenn nicht sogar die beste Teilnehmerin unseres Kurses.«

Immerhin machte Philipp große Augen, als er erkannte, wen er da vor sich hatte.

Katja reichte ihm die Hand und versuchte so zu tun, als wäre das ganz normal. Als würde sie ihn nicht kennen.

Philipp klebte einen Moment lang an ihren Augen fest, dann erwiderte er die Geste und schüttelte ihr die Hand. »Freut mich, Sie kennenzulernen, Frau Bergström«, sagte er, und Katja hätte wirklich erwartet, dass jetzt irgendwas Spöttisches kam – oder schlimmer noch, dass er mit der Wahrheit herausrückte.

»Ja, mich auch«, entgegnete sie verwirrt und gleichzeitig sicher, dass Philipp seine Chance nutzen und mit ihr jetzt irgendwelche Spielchen treiben würde. Immerhin konnte sie dann als Gegenmittel anbringen, welches Gesicht er beim Sex zog und welche Geräusche er machte. Und dass sie es mit einem grünen, einem blauen, einem gelben und einem schwarzen Kondom miteinander getrieben hatten. Doch jegliche Gemeinheiten vonseiten Philipps blieben aus, und auch sie behielt ihre Offenbarungen unter Kontrolle. Die beiden sahen sich einen Moment lang an, und wahrscheinlich fragte sich Waldenbrook, ob er gerade Zeuge einer Blitzliebe wurde.

Dann brach Philipp den Bann und machte einen auf Talentscout. »Also Sie sind eines der hoffnungsvollen neuen Gesichter, die mir Herr Waldenbrook angepriesen hat.« So ruhig, wie er sprach, konnte man fast schon glauben, er redete mit einer Fremden.

»Wenn Sie das sagen«, gab Katja zurück, allerdings weder sarkastisch noch geschmeichelt. Sie sagte es einfach.

»Nun, dann bin ich mal gespannt, wie Ihr Modell aussehen wird. Glücklicherweise haben Sie es bei Ihrem kleinen Missgeschick nicht enthüllt.«

»Ja, das war wohl wirklich ein Glück.« Vielleicht wäre jetzt eine Erklärung angebracht gewesen, was sie hier zu suchen hatte, doch die wollte ihr irgendwie nicht über die Lippen kommen. »Tja, dann gehe ich jetzt wohl besser mal wieder.«

Waldenbrook nickte. Philipp sagte noch immer nichts. Er starrte sie an, als würde er sich fragen, ob er richtig sah oder einer Sinnestäuschung aufsaß.

»Bis später auf der Modenschau«, sagte der Dozent, und Katja konnte sich nun als entlassen betrachten.

Vielleicht war sie sogar für immer entlassen. Wenn Philipp nicht glaubte, dass seine Augen schwach waren, würde er Waldenbrook sicher sagen, mit wem sie es wirklich zu tun hatten.

»Okay, bis dann«, erwiderte sie und hörte sich wie ein Schulmädchen an, das man soeben dabei erwischt hatte, wie es dem Lehrer Leim auf den Stuhl geschüttet oder ihm Tampons in die Federtasche gestopft hatte.

Wie betäubt schlich sie anschließend auf ihr Zimmer. Oder besser gesagt, sie wusste erst, dass sie auf ihr Zimmer geschlichen war, als sie die Tür hinter sich zuklappen hörte und sich aufs Bett fallen ließ.

Das Schicksal war offenbar eine ziemlich bösartige Schlampe, die einem nicht einmal die Möglichkeit eines Ausweges ließ. Stattdessen hielt es einen mit eisernem Griff fest, deutete mit dem Finger auf den Übeltäter und schrie: »Hier, seht ihn euch an!« Oder in diesem Fall, seht *sie* euch an.

Katja wusste nicht, wie lange ihre Gedanken im Kreis liefen wie eine Herde Zirkuspferde, als es irgendwann an der Tür klopfte. Sie erwartete Eva, doch zu ihrer Überraschung schob Chris auf ihr »Herein« den Kopf durch den Spalt.

»Das war ja eine filmreife Vorstellung vorhin«, sagte er und schloss die Tür hinter sich.

Katja spielte ohne aufzusehen an ihrem Bettzipfel herum. Irgendwann während der Zirkusvorstellung ihrer Gedanken hatte sie danach gegriffen und begonnen, ihn zu malträtieren, wie sie es als Kind immer mit ihrem Kopfkissenzipfel getan hatte, um sich zu beruhigen.

»Wie du Thomas auf den Fuß gelatscht bist. Er hat die ganze Zeit gejammert, dass du ihm die Zehen gebrochen hättest. Natürlich war dem nicht so, aber er hat sich aufgeführt wie ein kleines Kind, und das war nach seiner ganzen Prahlerei ziemlich erfrischend für mich.«

In einer anderen Situation hätte Katja die Erzählung sicher für witzig gehalten – besonders, weil sie Thomas einschloss. Doch jetzt konnte sie dazu nur seufzen. Philipp hatte sie gesehen, und auch wenn er so getan hatte, als begegnete er ihr zum ersten Mal, wusste er sicher, wer sie wirklich war.

»Was ist denn?«, fragte Chris und setzte sich neben sie aufs Bett. »Hat dich die Torschlusspanik überkommen?«

Katja schüttelte den Kopf. Sie war sicher, dass Chris nicht mehr so verständnisvoll sein würde, wenn er die Wahrheit kannte. Die ganze Wahrheit.

Kam sie jetzt noch umhin, sie zu offenbaren?

»Ich hab Mist gebaut«, begann sie also, und wahrscheinlich ahnte Chris nicht mal im Entferntesten, was sie wirklich damit meinte.

»Was für Mist? Hast du den Typen wiedererkannt, dem du vor ein paar Tagen ein volles Rotweinglas über das Brioni-Hemd gekippt hast?«

»Schlimmer«, entgegnete Katja, und als er erwartungsvoll die Augenbrauen hochzog, begann sie mit ihrer Beichte. Sie erzählte die Geschichte rückwärts, von dem Treffen mit Philipp, der umgestoßenen Figurine und ihrer Flucht nach oben. Dann sprang sie sofort zum eigentlichen Hammer: dass Gina Bergström eigentlich Katja Weber war.

»Bist du etwa verwandt mit Gerry?«, war Chris' erste Reaktion darauf. Das schien ihn mehr zu schockieren als alles andere.

»Nein, natürlich nicht«, entgegnete Katja. »Da jeder diese Vermutung hat, hätte ich vielleicht doch unter meinem richtigem Namen hier antreten sollen.«

»Du hast dich also unter falschem Namen eingeschlichen«, stellte Chris fest, und obwohl ihn das eigentlich erschüttern sollte, grinste er. »Wobei hast du denn noch so geschummelt? Ich glaube nämlich, dass du wirklich Modedesignerin bist.«

»Das bin ich auch. Ich habe viele Jahre für eine Firma namens Cologne Fashion gearbeitet, bis man mich vor einigen Wochen entlassen hat, angeblich, weil ich mich einem neuen, jungen Team nicht mehr anpassen könne.«

»Das wolltest du dir mit der Teilnahme an diesem Kurs beweisen.«

»Ja, das wollte ich. Deshalb habe ich auch mit meinem Alter geschummelt.«

Chris sog überrascht die Luft ein. »Sag jetzt bloß nicht, dass du noch nicht volljährig bist!«

»Nein, aber du hast es die ganzen Wochen über mit einer Vierzigjährigen getrieben.«

»Ich bin zutiefst entsetzt!«

So sah Chris allerdings nicht aus. Er griff nach ihrer Hand, hielt sie eine Weile und sagte dann: »Für eine Vierzigjährige hast du einen verdammt geilen Körper. Und du bist eine verdammt geile Frau. Dass du den Mut hattest, dich in diesen Zirkus hier einzuschleichen, bringt dir noch ein paar Zusatzpunkte ein. Vielleicht werden das auch die Typen von diesem Modelabel einsehen.«

Katja schüttelte den Kopf. *Okay,* dachte sie, *das ist der Tag der ganz großen Beichte.* »Ganz sicher werden sie das nicht tun. Die Leute sind von Starlight.«

»Na und?«

»Starlight hat Cologne Fashion aufgekauft, und der Boss des Ladens hat meine Kündigung veranlasst. Außerdem …«

»Ja?«

»Der Mann, mit dem ich geschlafen habe, bevor ich wusste, dass er mich rauswerfen würde, ist ebenfalls hier. Ich habe ihm vorhin die Hand geschüttelt, und wenn er nicht von partieller Alzheimer befallen wurde, weiß er es jetzt.«

Chris zog die Stirn kraus. »Klingt alles ein bisschen kryptisch.«

»Ist es auch.« Katja erzählte ihm die Sache mit dem Treffen in der Bar und dass sie Philipp einen Tag später in der Runde angetroffen hatte, die ihre Kündigung beschloss. »Ich habe nicht erwartet, dass er sich meldet, aber er hätte wenigstens nach diesem Desaster zu mir kommen und sagen können, dass es ihm leidtut.«

»Wärst du denn bereit gewesen, vernünftig mit ihm zu reden?«, fragte Chris. »Oder hättest du ihn angefallen und ihm seinen feinen Anzug vom Leib gerissen.«

»Letzteres«, entgegnete Katja ehrlich, und allein diese Vorstellung schaffte es, sie ein wenig zu amüsieren.

»Siehst du, das wird er gewusst haben, und genau deshalb hat er sich nicht gemeldet. Männer können ganz elende Feiglinge sein.«

»Hoffentlich ist er feige genug, mich nicht zu verraten.«

Darüber wollte Chris keine Prognose abgeben. Doch sonderlich beunruhigt zeigte er sich auch nicht. »Und wenn schon, dann wissen eben alle, dass du ein bisschen geschummelt hast. Das ändert an deiner Person und deinem Talent überhaupt nichts. Wenn Waldenbrook und Kunz auch nur einen Funken Verstand haben, sehen sie das ein. Ich nehme mal an, jetzt, da du weißt, welches Label sich für Nachwuchs in unseren Reihen interessiert, wirst du wohl nicht mehr scharf auf die Stelle sein.«

Chris hatte den Nagel auf den Kopf getroffen. Sie war alles andere als scharf auf die Stelle. Sie wollte nur noch heil aus der Sache herauskommen. Und den Typen von Starlight zeigen, dass sie es immer noch konnte. Egal unter welchem Namen und unter welchen Umständen. Ihr Outfit war eines der besten der vergangenen Jahre, und nicht mal Starlights junge Designer konnten so etwas bringen, so viel stand fest.

»Was willst du denn mit Philipp anstellen?« Chris zuckte mit den Augenbrauen wie eine Comicfigur, die sich einen perfiden Plan ausgedacht hat.

»Keine Ahnung. Vielleicht werde ich ja noch heute Abend aus der Villa verbannt.«

»Du könntest dann in das Sexhaus meines Freundes, *mi casa es su casa* oder so ähnlich.«

»Es ist nicht *su casa* sondern die *casa* deines Freundes.«

»Macht nur einen marginalen Unterschied, wenn er mir das Aufenthaltsrecht erteilt hat.«

»Na gut, ich werde es in Erwägung ziehen, wenn es hart auf hart kommt.«

»Und du solltest dir etwas einfallen lassen, um diesem Typen einen Denkzettel zu verpassen. Ich glaube, einen kleinen Tritt kannst du ihm ruhig verpassen. Nicht gerade, wenn er an der Treppe steht und Gefahr läuft, sich das Genick zu brechen, aber einen kleinen Schmerz in der Achillesferse hat er schon verdient.«

»Ich werde darüber nachdenken«, entgegnete Katja, obwohl sie nicht die geringste Ahnung hatte, was Chris mit der Achillesferse gemeint hatte. »Und jetzt?«

»Jetzt will ich mit meiner Vierzigjährigen ficken«, antwortete Chris und zog sie frech an sich.

»Jetzt?«

»Ja, auf der Stelle. Vor heute Abend passiert hier sowieso nichts mehr, und du willst doch nicht diesem Typen wiederbegegnen, ohne eine passende Lösung zu haben.«

Stimmt, das wollte sie nicht. Da Chris seit gestern wohl auch den Einwand, dass Eva hereinkommen könnte, nicht mehr gelten ließ, zog sie sich das Shirt über den Kopf und bot Chris ihre Brüste auffordernd dar.

11. Kapitel

Fashion

2 cl Mandarinenlikör
10 cl Sekt zum Auffüllen
2 cl Orangensaft
1 cl Melonensirup
2 cl Zitronensaftkonzentrat

Mandarinenlikör, Melonensirup und Zitronensaftkonzentrat zusammenmischen, anschließend mit Orangensaft und Sekt auffüllen.

Obwohl Katja eigentlich erleichtert hätte sein sollen, dass Chris Bescheid wusste, fühlte sie sich am nächsten Morgen so nervös wie nie zuvor. Philipp hatte den ganzen Abend über Stillschweigen gewahrt, allerdings erschien es der Designerin, als wäre dies nur die Ruhe vor dem Sturm. Oder die Stille vor der Schlacht, bei welcher der Gegner nur noch nicht wusste, ob er einem mit der Artillerie oder der Kavallerie auf den Leib rücken sollte. Katja hatte zugesehen, dass sie nach dem Abendessen so schnell wie möglich auf ihr Zimmer verschwand, damit Waldenbrook oder Kunz nicht auf die Idee kamen, sie als hoffnungsvolle Kandidatin zu präsentieren. Aber wahrscheinlich wussten sie mittlerweile Bescheid.

Am Morgen bekam sie Nachricht von Philipp. Zunächst hatte sie es gar nicht mitbekommen, doch dann rief Eva auf ihrem Weg zum joggen: »He, da liegt eine Karte!« Sie hob das Schreiben auf, betrachtete es einen Moment und reichte es ihrer Zimmergenossin. »Für dich!«

Philipp hatte zumindest die Form gewahrt und nicht ihren richtigen Namen verwendet. Gina Bergström stand auf der Oberseite der Karte. Der Schriftzug war ihr unbekannt, doch Katja hatte Chris' Schrift auf seinem Entwurf gesehen und wusste daher, dass diese Karte nicht von ihm stammte. Sie war ganz eindeutig von Philipp. *Wir müssen reden,* stand auf der Rückseite. *Ich warte in der Eingangshalle.*

Katja konnte nur schwerlich das Zittern ihrer Hände unter Kontrolle bringen und war froh, als Eva endlich zu ihrer Runde aufbrach.

Danach saß sie eine ganze Weile auf dem Bett, bis sie sich schließlich einen Ruck gab, duschte und sich anzog. Dann stellte sie sich aufrecht hin und betrachtete sich im Spiegel. Es war noch immer Gina Bergström, die sie anschaute – mit den Augen von Katja Weber. Philipp konnte sie unmöglich so schnell vergessen haben, dass er nicht mehr gewusst hatte, wem er am vergangenen Nachmittag gegenüberstand. Und dass Eva keine Karte bekommen hatte, deutete ebenfalls darauf hin, dass der Talentsucher kein Brunch mit den beiden besten Designerinnen des Kurses veranstalten wollte. Schlimmstenfalls würde sie sich unten dem Gremium aus Starlight-Leuten und Kursdozenten gegenübersehen, die sie geteert und gefedert aus der Villa jagen würden. Oder es würde etwas Überraschendes geschehen.

Für einen kurzen Moment überlegte Katja, ob sie Chris oder Eva Bescheid geben sollte, doch dann entschied sie sich, dass dies allein ihre Sache war. Chris wusste bereits alles, es ihrer Zimmergenossin zu erklären, würde zu lange dauern, also verließ sie das Zimmer und ging nach unten.

Philipp erwartete sie bereits in der Halle. Er saß auf dem Sofa, auf dem es Marco und Nick miteinander getrieben hatten, und versuchte, sich lässig zu geben. Doch Katja konnte ihm ansehen, dass seine Kiefermuskeln vor lauter Anspannung zuckten. Sicher erwartete er eine Ohrfeige, oder er war so angespannt, weil er seine Drohung gegen sie aussprechen wollte. Für einen kurzen Moment fragte sie sich, ob sie nicht doch spitzere Schuhe hätte anziehen sollen, damit der Tritt noch mehr schmerzte.

Dann setzte sie ein unverbindliches Lächeln auf und ging zu ihm. »Hallo, Sie wollten mich sprechen?«

Dass sie ihn siezte, schien ihn zu treffen. Er erhob sich von dem Sofa, erwiderte das Lächeln verlegen und wissend zugleich und fragte: »Wollen wir ein Stück gehen?«

Katja nickte. Immerhin erwarteten sie weder Teer noch Federn und auch kein schnaufender Waldenbrook, der sie des Betruges bezichtigte.

Die beiden verließen die Villa unter den neugierigen Blicken einiger ihnen entgegenkommender Teilnehmer, die inzwischen begriffen hatten, in welches Lager Philipp gehörte.

Als sie den Strand fast erreicht hatten, fand er endlich den Mut, etwas zu sagen. »Es tut mir leid.«

»Was?«, fragte Katja zurück.

»Das mit der Kündigung. Ich wusste nicht, dass du es warst.«

»Stimmt, mein Foto in der Personalakte war wirklich nicht mehr das neueste.«

»Ich habe die Akte erst an dem Morgen zu Gesicht bekommen, als die Kündigungen geschrieben waren.«

»Also war meine Entlassung eine Blitzentscheidung. Ohne dass ich mich verteidigen oder jemanden vom Gegenteil überzeugen konnte.«

»Die Entlassung der alten Designer war vorab beschlossene Sache. Der Vorstand hat uns gegenüber behauptet, dass ihr schon seit Jahren keine anderen Entwürfe mehr geliefert habt.«

Offenbar brauchten noch einige andere Leute einen Tritt, und zwar einen ganz gewaltigen.

»Ich hätte einen ganzen Ordner gehabt, der das Gegenteil bewiesen hätte. Man hatte uns nicht das machen lassen, was wir wollten, neue Ideen wurden abgeschmettert. Und zum Schluss waren wir die Bösen.«

»Ich könnte dafür sorgen, dass du wieder eingestellt wirst. Ich habe deinen Entwurf gesehen, er ist hervorragend. Nichts, was wir in unsere tägliche Kollektion aufnehmen können, aber die Arbeit würde dir den Wiedereinstieg bei Starlight ermöglichen.«

Katja blieb abrupt stehen. Sie wusste nicht, was sie als Erstes tun sollte: Philipp einen Tritt in die Kronjuwelen verpassen oder ihn mit seiner Krawatte bewusstlos würgen.

»Das ist sehr großzügig von dir«, entgegnete sie und bemühte sich um einen Tonfall, der keinen Zweifel daran ließ, dass sie es ironisch meinte. »Du meinst wohl, jetzt, da du gesehen hast, was ich kann, jetzt, nachdem ich mich unter falschem Namen bei einem Nachhilfekurs einschmuggeln musste, bist du bereit, meine Kündigung zu überdenken.«

»Das war nicht allein meine Entscheidung«, gab Philipp zu bedenken.

»Nein, da haben alle anderen fröhlich mitbestimmt, ich weiß. Aber du hast nur wenige Stunden zuvor mit mir geschlafen. Dich muss meine Identität ja so verstört haben, dass du es nicht fertiggebracht hast, mich anzurufen oder mir eine Nachricht zukommen zu lassen, nachdem es passiert ist. Das, was du mir soeben erklärt hast, konntest du mir nicht am Telefon sagen, du konntest einfach nicht sagen, dass es dir leidtut.«

Er wollte etwas erwidern, doch sie schnitt ihm augenblicklich das Wort ab.

»Wahrscheinlich hätte ich von dir nie ein Sorry zu hören bekommen, wäre ich dir nicht zufällig wieder über den Weg gelaufen. So, und jetzt kannst du zu deinem Lackaffen von einem Boss gehen und ihm erzählen, wen du gesehen hast.«

Katja wandte sich mit theatralischem Schwung um, aber Philipp hielt sie zurück.

»Warte. Ich will niemandem etwas erzählen. Wahrscheinlich wird Blankendorf dich sowieso erkennen, wenn er dich sieht. Ich habe dich auch sofort erkannt, obwohl ich sagen muss, dass dir die roten Haare viel besser stehen.«

»Du weißt, dass Komplimente momentan nicht angebracht sind.«

»Das weiß ich, es war nur eine Feststellung.«

»Du hast etwas wiedergutzumachen, mein Freund«, sagte sie und packte ihn an der Krawatte. Im selben Augenblick hatte sie eine Idee. Eine, die den besagte Tritt verkörperte, ohne dass Philipp sich das Genick brechen würde. Er würde nur spüren, dass man das, was er sich erlaubt hatte, nicht mit ihr tat.

»Was denn?«, fragte er, und ihre Miene täuschte ihn dermaßen, dass in seinen Augen tatsächlich Hoffnung aufglomm.

»Das wirst du sehen. Komm kurz vor der Modenschau in mein Zimmer. Ich habe die Nummer neunzehn. Und bringe vorher deinen Schwanz in Form, es werden ein paar harte Stunden für ihn, das verspreche ich dir.«

Damit ließ sie ihn wieder los. Einen Moment lang sahen

sie sich in die Augen, und auf Philipps Gesicht spielte ein unsicheres Lächeln. Offenbar wusste er nicht, ob er glauben sollte, was er da gerade hörte. Oder er griente so, weil er glaubte, dass sie sich tatsächlich mit Sex zufriedengeben würde.

Katja war egal, was er dachte. Sie wandte sich um und wusste, dass er heute bezahlen würde. Danach konnte sie ihn endlich vergessen.

Hektische Betriebsamkeit herrschte in der großen Halle der Villa. In den frühen Morgenstunden waren ein paar Arbeiter angekommen, die sich um den Aufbau des Catwalks kümmern sollten. Katja hatte zunächst gedacht, das alles fände in relativ kleinem Rahmen statt, mit Musik aus einem CD-Spieler und der regionalen Presse vor Ort, die endlich mal wieder was zu berichten hatte. Doch als sie von ihrem kurzen Spaziergang mit Philipp zurückkehrte, fand sie eine Horde von Handwerkern vor, außerdem noch zahlreiche andere Leute, die wie Friseure und Visagisten aussahen. Offenbar war die Sache größer aufgezogen worden, als es sich jeder hier vorgestellt hätte. Und ziemlich sicher steckten die Leute von Starlight dahinter, denn die taten nie etwas im kleinen Rahmen.

Nachdem Katja das Treiben ein wenig beobachtet hatte, ging sie in den Frühstücksraum, in dem es heute so laut war, dass man die Stimmen sicher noch am anderen Ende der Insel vernehmen konnte.

Einige seltsame Blicke trafen sie, entweder waren die meisten Teilnehmer noch immer nicht über ihren gestrigen Auftritt hinweggekommen oder sie hatten mitbekommen, dass sie mit Philipp spazieren gegangen war, und bezichtigten sie nun, vorgezogen zu werden.

Die Designerin kümmerte nicht, was die anderen dachten, sie verspürte innerlich noch immer einen Rest Zorn auf Philipp, der sich gerade mit ihrer Idee, ihm einen Denkzettel zu verpassen, unterhielt.

Mit einem saloppen »Hallo Mädels« setzte sie sich an den Frühstückstisch und griff nach einem der übrig gebliebenen Brötchen. Sie hatte nicht das Gefühl gehabt, lange mit Philipp draußen gewesen zu sein, aber irgendwie war der Hunger am Frühstückstisch so groß gewesen, dass die Frauen bereits ordentlich zugeschlagen hatten. Da Katja nicht von sich behaupten konnte, einen Bärenhunger zu haben, aß sie das, was da war, und nachdem sie sich kurz mit Eva über die mysteriöse Botschaft unterhalten hatte, holten sie ihre Outfits für die Modenschau ab. Katja fragte sich, ob es gut wäre, noch eine kleine Anprobe zu machen, doch der Gedanke an Philipps Denkzettel nahm sie so stark ein, dass sie nicht an Sex denken konnte.

Auch mit Chris unterhielt sie sich nur kurz. Glücklicherweise war er ebenfalls mit seiner Kreation beschäftigt, an der er noch eine Stecknadel gefunden hatte, weshalb er nun alles noch mal absuchte, damit sein Model sich beim Laufen nicht stach und plötzlich aufquietschte. Katja konnte sich also voll und ganz auf ihren Plan konzentrieren.

Ein Komplott braucht Vorbereitung, das wussten schon die alten Römer, und Katja entsann sich seltsamerweise der Ereignisse um Caesar, als sie sich daranmachte, die Überraschung für Philipp vorzubereiten.

Nachdem sie Chris und in Grundzügen auch Eva eingeweiht hatte, ging sie auf ihr Zimmer. Lange würde sie sich mit Philipp nicht aufhalten können, denn sie musste ihr Model vorbereiten. Allerdings war sie sicher, dass es nicht viel Zeit in Anspruch nehmen würde.

Sie zog ihr schwarzes Kleid an und dazu schwarze Seidenstrümpfe, jene, die sie sich eigentlich für besondere Anlässe aufgehoben hatte und in denen sie es auch schon einmal mit Chris getrieben hatte. Dann legte sie ein weiteres Paar Strümpfe und eines ihrer Kondome bereit. Es war eines der letzten, die sie bei sich hatte und das sie sich aufgehoben hatte für den Fall, dass hier nur Männer waren, die mit der Potenz Schwierigkeiten hatten. *Long Rider* hieß das Prachtstück, das eine anhaltende Erektion dank der Potenzlotion versprach, mit der das Innere benetzt war. Der Werbeslogan besagte, dass man damit so lange im Sattel bleiben konnte wie ein amerikanischer Longrider, ein Cowboy, der lange Strecken an einem Stück zurücklegen musste. Katja hatte keine Ahnung, ob es funktionierte, sie hatte diese Packung eigentlich nur gekauft für den Fall, dass sie mal einem potenzschwachen Millionär über den Weg lief, und weil sie die Aufschrift lustig gefunden hatte. Jetzt würde sie sich davon überzeugen können, ob die Werbung hielt, was sie versprach.

Warten war noch nie ihre Stärke gewesen, schon gar nicht, wenn sie auf jemanden wie Philipp warten musste. Also beschloss sie, vor dem großen Event noch einmal bei den Models vorbeizusehen.

Der Vorbereitungsraum, in dem die Kleidungsstücke hingen und die auserkorenen Träger und Trägerinnen umherwuselten, hatte eine ganz eigene Atmosphäre. Eine, die Katja in ihrer Bürozeit bei Cologne Fashion stets vermisst hatte. Verschiedene Gerüche nach Duschgels und Parfüms waberten durch die Luft, obwohl es die Modeschöpfer nicht so gern sahen, dass Parfüm getragen wurde, das Flecken in den edlen Kreationen hinterlassen konnte. Die Stimmung schwankte irgendwo zwischen erwartungsvoll und gereizt.

Wenn es richtig losging, glich dieser Raum einer Tonne Nitroglyzerin, die bei der kleinsten Erschütterung in die Luft gehen konnte.

Momentan ging es allerdings noch ziemlich gesittet zu. Einige Models, besonders die Damen, waren bereits in Strümpfe geschlüpft und hatten sich die Frisuren richten lassen. Andere bekamen gerade die Fingernägel lackiert.

Jenseits des Vorhanges waren bereits die ersten Gäste eingetroffen, Inselprominenz, wie Katja vermutete, die sich die besten Plätze sichern wollten.

»Na, ist alles vorbereitet?«, fragte Eva im Flüsterton, als sie neben Katja trat und ihr eine Hand leicht wie ein Vogel auf den Arm legte.

»Ja, ich denke schon. Fehlt nur noch der Hauptakteur. Alles so weit in Ordnung hier unten?«

Eva nickte. »Ich denke schon. Die Entwürfe sind heil geblieben, und die Models wissen, in was sie schlüpfen müssen. Die Reihenfolge des Auftritts kennst du ja, du kannst dir also Zeit lassen.«

»Das will ich gar nicht. Philipp bekommt es so besorgt, dass ihm Hören und Sehen vergeht, darauf kannst du wetten.«

»Sollte es wider Erwarten länger dauern, werde ich dein Model anziehen«, bot Eva an, denn offenbar bezweifelte sie, dass Katja so schnell zum Höhepunkt kommen würde.

Aber die Designerin kannte ihre Geschwindigkeit in manchen Dingen. »Das ist lieb von dir, und für den Fall der Fälle sage ich nicht nein. Trotzdem glaube ich, dass ich rechtzeitig zurück sein werde.«

In diesem Augenblick bemerkte sie etwas im Augenwinkel. Ein guter Modeschöpfer hatte immer alles im Blick, das war eine notwendige Fähigkeit, wenn man sich nicht um ein Model, sondern um zwanzig kümmern musste, die alle kleine Zicken sein konnten. Der Blick offenbarte ihr eine Männergestalt, die den Backstage-Raum betreten hatte. Zunächst hielt sie denjenigen für Chris, dann merkte sie, dass es Philipp war. Offenbar konnte er es nicht mehr erwarten.

Als er Katja bemerkte, nickte er ihr kurz zu, und nachdem sie einmal tief durchgeatmet hatte, sagte sie zu Eva: »Halt mir dir Daumen.« Dann marschierte sie los.

Sobald sie dicht genug war, dass Philipp ein echtes Lächeln von einem Zähnefletschen unterscheiden konnte, sagte sie: »Hey, du kannst es wohl gar nicht mehr erwarten, wie?«

Philipp, der plötzlich Schwierigkeiten hatte, sie direkt anzusehen, senkte den Kopf und zupfte an seinen Manschetten. Er trug einen schwarzen Nadelstreifenanzug Marke Starlight (etwas anderes wäre bei solch einem Anlass und angesichts seiner Chefs nicht in Frage gekommen), und an den Hemdmanschetten funkelten goldene Knöpfe. So zog sich eigentlich kein Mann für einen Quickie an, Philipp dagegen schon. Aber dadurch würde der Spaß nur noch größer werden.

»Ich war schon oben, allerdings warst du nicht da.«

Katja fasste ihn bei der Hand und zog ihn mit sich. Wieder war es ihr, als klebten die Augen sämtlicher Designer an ihr, dabei hatten die wirklich keine Ahnung. Sie führte Philipp wie einen schüchternen Jungen nach oben, vorbei an weiteren Gaffern, die augenblicklich die Köpfe zusammensteckten. Sie konnten ja nicht wissen, dass es ihr nicht mehr um einen Sieg ging.

Im Zimmer angekommen, machte sie keine halben Sachen, sondern ging sofort aufs Ganze. Sie fiel ihm um den Hals und zerzauste ihm die Gelfrisur, dann küsste sie ihn oder vielmehr steckte sie ihm die Zunge so vehement in den Mund, dass er gar nichts anderes tun konnte, als ihren Kuss zu erwidern. Katja merkte, dass er irgendwas sagen wollte, doch sie ließ ihm keine Gelegenheit zum Sprechen. Während sie ihn noch immer küsste, als hätte sie seit Monaten keinen Sex mehr gehabt, griff sie an seine Hose, öffnete den Gürtel und ließ eine Hand in seinen Hosenstall gleiten. Sie spürte, dass er hart war, wahrscheinlich war er es schon die ganze Zeit über gewesen, nur hatte seine perfekt sitzende Unterwäsche keinen Hinweis darauf gegeben. Sein Wille, etwas zu sagen, erlahmte in dem Augenblick, als sie seinen harten Schaft umfasste und ihn massierte. Auf einmal war es ein Kinderspiel, ihn zum Bett zu schieben und sich auf ihn zu hocken. Mit fiebrigem Blick beobachtete er, wie sie sich das Kleid von den Schultern schob, und er griff nach ihren Hüften, um sie sofort auf sich zu ziehen. Doch auch in diesem Augenblick, oder besser gesagt, gerade in diesem Augenblick vergaß Katja ihr Hauptprinzip nicht.

»Ohne Gummi keine Nummi, das weißt du doch«, hauchte sie und griff mit einer eleganten Handbewegung nach dem *Long Rider*. »Außerdem bestimme ich die Regeln, das schuldest du mir. Wir brauchen also noch eine weitere Vorbereitung.« Damit erhob sie sich und griff nach dem zweiten Paar Strümpfe. Es war genau das Paar, das sie an dem Abend getragen hatte, als sie Philipp in der Bar kennengelernt hatte. Ob er sich noch daran erinnerte, wusste sie nicht, aber offenbar gefiel es ihm, dass sie ihn damit an das obere Ende des Bettes fesselte.

Er stieß ein wohliges Stöhnen aus. »Ja, Baby, gib's mir, bestrafe mich.«

Katja verkniff sich ein Grinsen und rollte ihm den *Long Rider* geschickt über den Schwanz. Ob die Wirkung einsetzte, konnte wohl nur Philipp beurteilen, doch das war ihr egal. Da ihre Pussy bereits feucht und geschwollen war, setzte sie sich einfach auf ihn und verschlang ihn mit ihren Lippen – ein letztes Mal, wie sie sich selbst sagte. Dann begann sie ihn zu reiten.

Philipp stöhnte vor Lust, und seiner Miene konnte sie anmerken, dass er die Bestrafung in vollen Zügen genoss. Dabei würde das dicke Ende erst noch kommen.

Katja fickte ihn eine ganze Weile und griff schließlich mit der Hand nach ihrer Klit, damit es schneller ging. Sie rieb die geschwollene Perle, was Philipp ganz verrückt zu machen schien, dann kam sie. Nicht so, wie sie bei Chris oder Eva gekommen war, diesmal war der Orgasmus rein funktional und nichts als die Belohnung für ihre Anstrengung. Bei Philipp war es dagegen noch nicht so weit, das konnte sie spüren. Die Lotion im Kondom tat also ihre Wirkung.

Katja dachte wieder an das Weckerklingeln aus ihrem Traum, einen Tag, bevor sie gekündigt wurde, was zu einem Koitus interruptus geführt hatte. Im selben Augenblick stieg sie lächelnd von Philipp herunter.

»Sorry, Aschenputtel, es ist Schlag zwölf«, sagte sie zog sich ihr Höschen wieder hoch und brachte das Kleid in Ordnung.

Philipp war noch dermaßen im Sexrausch, dass er zunächst nicht mitbekam, was das zu bedeuten hatte. Wahrscheinlich glaubte er, dass sie sich ein neues scharfes Spielchen ausgedacht hatte. Damit war es allerdings spätestens dann vorbei, als sie zur Tür ging und er einsehen musste, dass sie nicht irgendwelche Leckereien aus der Küche holen wollte, um sie ihm vom Schwanz zu schlecken.

»He, was soll das?«, rief er ihr hinterher, worauf Katja stehen blieb und sich umwandte.

Sein Schwanz stand noch immer perfekt, und selbst die Einsicht, dass es für ihn diesmal keinen Höhepunkt geben würde, änderte daran nichts. *Euch Jungs von* Long Rider *werde ich, wenn ich zu Hause bin, eine zufriedene Kunden-Mail schicken,* dachte Katja und sparte es sich, Philipp zu erklären, dass dies die Strafe sei, die das Mindestmaß für seine Tat darstellte.

»Ich komme nachher wieder zu dir«, flötete sie süß und verließ ungeachtet von Philipps Geschrei das Zimmer. Hören würde ihn jetzt ohnehin niemand mehr, denn die Show hatte inzwischen begonnen.

Wummernde Beats, die die gesamte Villa zum Beben brachten, leiteten den Beginn der Schau ein. Offenbar war sie nicht zu spät. Im Gegensatz zu Philipp, der wohl immer noch hektisch versuchte, von dem Seidenstrumpf loszukommen. Seine Erektion dürfte sich dank des Gummis noch immer nicht gelegt haben, und so war es nur gut, dass ihn niemand vermisste und nach ihm suchte, denn das wäre peinlich geworden.

Katja grinste, als sie die Treppe hinunterlief und sich das Kleid glatt strich. Strafe musste sein, und Philipp hatte die seine redlich verdient, auch wenn sie ihm glaubte, dass er nichts gegen ihre Kündigung hätte ausrichten können. Sie hielt an ihrem Grundsatz fest, dass er sie zumindest anrufen, sie besuchen oder ihr eine SMS hätte schreiben können. Für dieses Versäumnis hatte sie nun versäumt, die Strümpfe aufzuknoten. Damit waren sie quitt.

Glücklicherweise ging es bei der Modenschau nicht nach Wertung oder Nachnamen, sondern das Los der Jury hatte entschieden, und so war Katja, oder besser gesagt Gina Bergström, ziemlich weit hinten gelandet. Peter erwartete sie backstage, wo die übliche Hektik herrschte. Die Hairstylisten hatten sich bereits um ihn gekümmert, und da er die Kreation, die er tragen sollte, bereits kannte, hatte er sich schon entsprechend schminken lassen. Katja musste zugeben, dass er dabei hervorragenden Geschmack und sehr viel Professionalität bewiesen hatte. Anders hätte sie das Make-up auch nicht haben wollen.

»He, wo warst du denn so lange?«, fragte er in seinem süßen schwedischen Akzent, den sie wirklich vermissen würde, wenn der Kurs vorbei war.

»Ich musste noch was erledigen«, entgegnete Katja mit einem teuflischen Lächeln. »Aber jetzt bin ich ja da, mein Schatz.«

Sogleich machte sie sich daran, ihren Wikinger anzukleiden. Das Gefühl seiner Haut unter ihren Fingerspitzen machte sie sofort geil, dennoch zwang sie sich zur Sachlichkeit. In diesem Augenblick kam es darauf an, den Typen von Starlight zu zeigen, dass sie es konnte und dass sie sich mächtig in ihr getäuscht hatten. Sollte das Unwahrscheinliche passieren und sie ein Stellenangebot bekommen, würde sie tun, was sie sich schon vor ein paar Tagen ausgedacht hatte.

Als Peter fertig angekleidet war, musste Katja zugeben, dass das Outfit an ihm noch besser aussah als auf der Figurine. Seine Figur wirkte darin richtig sexy, und wenn er so auf der Straße herumlief, würde es sicher kein grüner Bursche wagen, ihn eine Schwuchtel zu nennen.

»Also dann, raus mit dir, Darling«, sagte sie, hauchte ihm links und rechts einen Kuss auf die Wangen und gab ihm einen Klaps auf seinen Prachthintern.

Peter verfiel augenblicklich in seine professionelle Rolle und stolzierte nach draußen. Katja wartete am improvisierten Vorhang und sah ihm nach. Augenblicklich richteten sich alle Augen auf ihn, während er das Abendkleid für Männer sexy wie Hölle vorführte und ihr Name als Schöpferin genannt wurde. Vielmehr wurde Gina Bergström genannt, aber das war egal. Autoren und Künstler hatten ebenfalls zuweilen Pseudonyme, warum nicht auch sie? Vielleicht behielt sie diesen Namen sogar, zumindest, was ihr eigenes Label anging. Wichtig war, dass ihre Person dahintersteckte, und das tat sie.

Nachdem der Schwede sich zweimal gedreht und im Blitzlichtgewitter posiert hatte, kehrte er zurück. Seine Miene war unbeweglich wie auf dem Foto, das sie aus dem Sekretariat geholt hatte. Erst auf dem letzten Meter des Catwalks setzte er ein breites, triumphierendes Lächeln auf. Offenbar hatte es sich bis zu den Models herumgesprochen, dass er die Arbeit einer der Favoritinnen trug. Vielleicht lächelte er ja auch, weil er sie mochte und die Ficks mit ihr nicht vergessen würde.

Auf jeden Fall brandete, kaum dass Peter verschwunden war, tosender Applaus auf, und dieser galt ganz bestimmt nicht dem Ansager, der sich vorkam wie der Ringsprecher einer Boxveranstaltung.

»Das war klasse!«, rief Katja, umarmte Peter und gab ihm einen dicken Kuss auf den Mund.

»Bekomme ich nachher denn auch eine Belohnung?«, fragte er mit seinem ausverschämten Lächeln.

»Ich werde es in Erwägung ziehen«, entgegnete Katja und holte ihm ein Glas Wasser, denn das hatte er sich auf jeden Fall verdient.

Nachdem alle Models über den Laufsteg stolziert waren, zog sich die Jury zur Beratung zurück. Zu Katja und Eva gesellte sich nun auch Chris, und das breite Grinsen auf Katjas

Gesicht sagte ihm, dass sie die Idee, die sie ihm ins Ohr geflüstert hatte, in die Tat umgesetzt hatte. Weitere Details würden sie hinterher besprechen, jetzt stellte sie erst einmal zufrieden fest, dass Philipp noch nicht gefunden worden war.

»Willst du den Armen nicht befreien gehen?«, fragte Eva mitleidig.

Katja schüttelte den Kopf. »Noch nicht. Ein bisschen Strafe muss sein. Ich habe ihm ja nichts angetan.«

»Ich glaube, es ist nicht mehr nötig, dass du ihn befreien gehst«, bemerkte Chris und deutete zur Tür.

Philipp stürmte gerade herein. Er hatte sich wieder angezogen und offenbar auch seine Erektion einigermaßen in Griff bekommen. Oder lag es doch an der Unterhose?

»Leider haben die Strümpfe doch nicht so gut gehalten, wie ich dachte«, bemerkte Katja, während sie ihm furchtlos entgegenstarrte. Jetzt konnte er ihretwegen die Bombe platzen lassen und allen erzählen, wer sie war. Ihr Model war über den Catwalk gelaufen, Starlight hatte gesehen, was sie konnte, und wenn nun ihr wahrer Name herauskam – umso besser.

Doch Philipp blieb bei ihrem Anblick stehen – und setzte plötzlich ein Lächeln auf!

»Was ist denn mit dem?«, wunderte sich Eva, als er beide Daumen hochreckte.

»Er meint damit wohl, dass es zwischen uns eins zu eins steht«, entgegnete Katja und warf ihm einen Handkuss zu. »Wir werden sehen, was gleich passiert.«

Nach einer Weile rief die Jury die Designer zur Preisverleihung. Es folgte das übliche Blabla, dass es sich die Preisrichter nicht leichtgemacht hätten, danach wurde der Siegername verlesen.

»Wir freuen uns sehr, dass wir Gina Bergström als beste Designerin küren können!« Diese Worte kamen von niemand anderem als Blankendorf, dem Lackaffen, der ihr vor nicht mal einem Monat erklärt hatte, dass sie es nicht mehr bringe.

Katja trat vor, bemerkte die Erkenntnis in den Augen des Lackaffen und beobachtete zufrieden, dass ihm der Preis fast aus der Hand fiel. »Sie?«, fragte er stumm.

Im nächsten Moment hatte Katja bereits das Mikro in der Hand. »Meine Damen und Herren, ich freue mich wirklich sehr, dass ich diesen Preis gewonnen habe«, sagte sie, worauf die anwesenden Presseleute ihre Kameras aufblitzen ließen. *Gleich werdet ihr was zum Schreiben bekommen*, ging es Katja durch den Kopf, dann fuhr sie fort: »Es zeigt, dass meine Arbeit nicht umsonst war und dass ich trotz allem noch immer in der Lage bin, kreative Mode zu schaffen.«

Mochten die Anwesenden diese Worte noch als gnadenlose Selbstüberschätzung ansehen, überraschte sie das Folgende dann doch ein wenig.

»Ich danke an dieser Stelle dem Label Starlight, mir das vor Augen zu führen, zumal man dort noch vor wenigen Wochen der Meinung war, dass ich zum alten Eisen gehöre und nicht imstande sei, Neues zu schaffen.« Zufrieden stellte sie fest, dass der Lackaffe ähnlich sprachlos war wie sie damals im Beratungssaal. Und das nicht etwa, weil er vorher mit Philipp geschlafen hatte. »Aus diesem Grund werde ich den Preis nicht annehmen. Denn wenn jemand zuerst das eine und kurz darauf das andere sagt, könnte man meinen, dass es ihm an Urteilskraft mangelt. Ich ziehe es daher vor, die Anstellung bei Starlight an den Zweitplatzierten abzugeben.«

Noch nie hatte Katja eine Modenschau erlebt, in der es

einen vollkommenen Augenblick der Stille gegeben hatte. Diese hier war die erste. Das Publikum, die Juroren und auch die anderen Designer waren starr vor Erstaunen, und keiner brachte ein Wort heraus – bis Eva und Chris schließlich wie von Sinnen zu applaudieren begannen. Philipp, der in der Riege der Juroren stand, stimmte ein, und nach und nach auch die anderen. Katja kehrte unter frenetischem Jubel wieder in die Menge zurück, ohne dem Boss von Starlight auch nur noch einen Blick zuzuwerfen.

12. Kapitel

Boomerang

2 Spritzer Maraschino
1 Spritzer Angostura-Bitter
2 cl trockener Wermut
4 cl Gin

Alles in den Shaker geben
und gut mischen!

Es war schön, die Türme des Kölner Doms wiederzusehen. Katja reckte den Hals in Richtung Fenster, und ein Lächeln huschte über ihr Gesicht. Der Vergleich mit den spitzen Titten kam ihr erneut in den Sinn, und obwohl es ihr auf der Nordseeinsel gut gefallen hatte, war sie froh, zurück in ihrer Stadt zu sein. Sie hatte eine Menge zu erzählen, und ihr Innerstes kribbelte nur so vor Tatendrang. Cologne Fashion und Starlight waren nun endgültig Geschichte. Ihren Gewinn hatte sie zwar an Eva abgetreten, aber sie hatte die Bestätigung erhalten, dass sie noch lange nicht zum alten Eisen gehörte. Die vielen heißen Nächte auf der Insel hatten ihr außerdem gezeigt, dass sie auch sexuell noch nicht am Ende ihrer Möglichkeiten war.

Der Zug schob sich ächzend über die Hohenzollernbrücke, verlangsamte merklich das Tempo und tauchte schließlich unter das Kuppeldach des Bahnhofsgebäudes. Er rauschte an den Wartenden vorbei, die mit Gepäck und vielleicht auch Träumen auf dem Weg waren, und kam schließlich zum Stehen.

Katja konnte von sich behaupten, dass sich einige ihrer Träume erfüllt hatten. Sie hatte ihre Rache bekommen, hatte geilen Sex gehabt und konnte sich auf ihr neues Leben freuen. Nur ein kleiner Wunsch hatte sich nicht erfüllt: Sie hatte gehofft, Chris im Zug wiederzutreffen, doch wie schon zu Beginn war er einfach spurlos verschwunden.

Natürlich hatten sie sich in der Nacht zuvor ausgiebig verabschiedet, aber Katja wollte ihn wenigstens während der Fahrt nach Hause noch bei sich haben. Doch offenbar war er bei seinem Freund hängengeblieben, und so sagte sie sich, dass sie wohl oder übel abwarten musste, was in den kommenden Tagen geschehen würde. Sie war noch nie einem Mann nachgelaufen, allerdings wäre Chris es wert, genau das zu tun.

Jetzt musste sie erst einmal ihre Taschen schnappen und aussteigen. Die vertraute Bahnhofsdurchsage tönte ihr entgegen, in der Bahnhofshalle herrschte die übliche Hektik, und obwohl sie ein wenig darauf gehofft hatte, kutschierte leider nicht Hans sie in seinem Taxi nach Hause.

Kaum hatte sie die Wohnungstür hinter sich verschlossen, klingelte auch schon das Telefon. Es war Eva. Sie hatte den Preis ebenfalls ausgeschlagen, was Katja zunächst nicht verstehen konnte, denn von der Sache mit Starlight hatte sie nur Chris erzählt.

Dass sie in Wirklichkeit Katja Weber hieß und vierzig Jahre alt war, hatte sie ihrer Zimmergenossin kurz vor der Abreise allerdings noch gebeichtet.

»Ich wusste, dass ich einen Hang zu älteren Frauen habe«, hatte Eva daraufhin geantwortet und sie geküsst. Dann hatten sie Telefonnummern und Adressen ausgetauscht, und

Katja war in den Zug gestiegen. Dass Eva sie kurz nach ihrer Ankunft anrufen würde, hatte sie gewissermaßen erwartet.

»Was ist, gilt die Sache mit dem eigenen Label eigentlich noch?«, fragte ihre ehemalige Zimmergenossin in herausforderndem Tonfall.

»Ja, ich denke schon«, entgegnete Katja. »Aber du hättest es dir wirklich überlegen sollen. Starlight ist ein Unternehmen mit Zukunft.«

»Mag sein, nur was ist schon die Zukunft bei einem Arbeitgeber, wenn man die Freiheit haben kann. So ähnlich hast du es jedenfalls ausgedrückt. Deshalb wollte ich fragen, ob du für dein geplantes Label eine Partnerin brauchst.«

Wenn Katja ehrlich war, hatte sie noch nicht weiter darüber nachgedacht. Aber warum nicht? Ob sie hier in Köln Fuß fassen konnten, war die Frage, doch warum sollten sie nicht nach Mailand oder Paris gehen? Oder nach Düsseldorf?

Außerdem wäre es sicher sehr interessant, Eva an ihrer Seite zu haben. Ihre Meetings würden gewiss heiß werden.

»Natürlich brauche ich eine Partnerin«, antwortete sie daher. »Denkst du, ich bin so wahnsinnig, die Sache allein durchzuziehen?«

»Okay, dann werde ich schon mal meine Banken und Bekannten abklappern und nach Geld fragen. Und umziehen muss ich außerdem, oder willst du nach Hamburg kommen?«

»Das mit dem Standort klären wir noch. Ich würde allerdings vorschlagen, dass du die Frauenmode machst und ich die Herrenmode. Allein wegen der Models.«

»Du weißt, dass ich nur auf ein Model scharf bin. Auch wenn du eher Jungs den Vorzug gibst.«

»Lobe den Tag nicht vor dem Abend, sagte meine Großmutter immer.«

»Sie scheint eine weise Frau gewesen zu sein«, entgegnete Eva lachend. Dann, nach einer kurzen Pause sagte sie fröhlich: »Also, wir hören voneinander, Katja-Gina. Das wäre übrigens ein guter Name für das Label, was denkst du?«

»Klingt nach irgendeinem auf der Strecke gebliebenen Supermodel. Oder nach einer alternden Porno-Diva.«

»Finde ich nicht. Es hat irgendwas Freches an sich!«

»Darüber reden wir noch.«

»Das werden wir!«

Katja legte auf und betrachtete ihr Lächeln im Spiegel. Sah so eine glückliche Frau aus? Klare Antwort: ja!

Da Enrico der eigentliche Auslöser all dessen war, hatte er es auch verdient, dass sie sich noch am selben Abend in der Bar blicken ließ.

Sie machte sich also fertig, denn viel war von dem Tag nicht mehr übrig, dann rief sie Hans an und verkündete ihm, dass sie wieder da sei und seine Dienste benötigte.

»Schön, dass Sie zurück sind, *Mädche*«, sagte er in dem vertrauten Kölner Akzent, und Katja freute sich einmal mehr darüber, dass sie hier lebte und es Menschen gab, die sie mochten.

Nichtsdestotrotz wanderten ihre Gedanken gleich wieder zu Chris, und sie musste zugeben, dass sie ihn vermisste. Sie hatte ihm für alle Fälle ihre Handynummer mitgegeben, allerdings hatte er sich während der gesamten Fahrt nicht gemeldet. *Wenn er schon nicht im Zug war, hätte er wenigstens kurz simsen können*, ging es Katja durch den Kopf, und sie fragte sich, ob sie ihn dafür genauso bestrafen sollte wie Philipp.

Mit dem Talentscout war sie nach der Modenschau, die der Skandal des Tages auf Borkum war, noch einmal zusammengetroffen, wobei er ihr klargemacht hatte, dass sie quitt waren.

»Das will ich hoffen«, hatte sie geantwortet und ihm dafür, dass er trotz allem nichts verraten hatte, einen Kuss gegeben. Einen ehrlichen Kuss.

Er hatte daraufhin versprochen, sich irgendwann bei ihr zu melden, doch Katja wusste, dass es nur eine belanglose Floskel war, die man einhalten konnte oder nicht. So konnten sie sich wenigstens in die Augen sehen, wenn sie sich in den Straßen Kölns über den Weg liefen.

Ein Klingeln an der Tür holte sie aus ihren Gedanken fort. Das muss das Taxi sein, dachte sie, griff nach ihrer Handtasche und lief nach unten.

Vor der Tür stand allerdings nicht Hans mit seinem Taxi, sondern ein dunkelblauer Peugeot 107, das Modell, das stets ein breites Grinsen auf dem Kühlergrill zu haben schien. Der Fahrer lehnte lässig am Wagen.

»Du siehst aus, als wolltest du ausgehen, oder hast du dich extra für mich so schick gemacht?«

Katja war zu überrascht, um gleich zu antworten. Der Mann war Chris Steiger. Obwohl er ihr angekündigt hatte, dass er sie in ein paar Tagen anrufen wollte, stand er nun hier und grinste wie am ersten Tag, als er ihr nicht verraten hatte, dass er ebenfalls an dem Kurs teilnehmen würde.

»Du solltest das lassen«, entgegne Katja und unterdrückte nur schwerlich den Impuls, auf ihn zuzulaufen und ihm um den Hals zu fallen.

»Was denn?«, fragte er mit Unschuldsmiene. »Dir nachzulaufen?«

»Nein, das mit den Überraschungen. Immer dann, wenn ich denke, dich verloren zu haben, tauchst du plötzlich auf.«

»Wie es sich für einen anständigen Bumerang gehört«, entgegnete er keck und streckte die Arme nach ihr aus.

»Jetzt tu nicht so, als würdest du dich nicht freuen, mich zu sehen. Komm her!«

Katja zögerte einen Moment, dann sah sie Hans' Taxi um die Ecke biegen, den sie nicht mit einer fadenscheinigen Entschuldigung wegschicken wollte. Er sollte auf den ersten Blick sehen können, dass der Grund, weshalb sie sich heute nicht von ihm zum La Fleur chauffieren lassen würde, ein ganz besonderer und vor allem handfester war.

Das Taxi kam längsseits, genau in dem Augenblick, als Katja Chris berührte und ihn küssend umarmte. Hans blickte das Paar an, und als Katja beim Küssen kurz die Augen öffnete und über Chris Schulter spähte, sah sie, dass er ihr zuwinkte und den Daumen zustimmend nach oben reckte. Wo andere Taxifahrer angehalten und zumindest den Weg bis hierher hätten bezahlt haben wollten, gab Hans einfach Gas und brauste davon.

Chris hatte von dem gesamten Manöver nicht das Geringste mitbekommen. »Und nun?«, fragte er und deutete auf ihr Outfit. »Da ich schon mal so unfair war, dich nicht von meinem Kommen in Kenntnis zu setzen, denke ich nicht, dass du dich meinetwegen so in Schale geworfen hast.«

»Nein, ich wollte eigentlich ins La Fleur.«

»La Fleur?«

»Eine Bar.«

Chris spielte den Erstaunten. »Sag bloß, du hast es nach dieser Woche nötig, einen Kerl abzuschleppen.«

»Denkst du denn, ich sitze hier traurig rum und warte?«

»Nein, aber ich dachte, du magst mich.«

»Das tue ich auch!«, entgegnete sie und küsste ihn leidenschaftlich. Dann fragte sie: »Gehört der Wagen dir oder deinem Freund?«

»Mir«, entgegnete Chris. »Ich kann ihm nicht ständig auf der Tasche liegen.«

»Dann wird wohl auch keiner was dagegen haben, wenn wir ein paar Flecken darauf machen, oder?«

Chris verstand sofort. »Ganz sicher nicht«, antwortete er. »Gibt es denn in diesem Riesen von einer Stadt eine Nische, in der wir es ungestört tun können?«

»Sicher gibt es die, auch hier. Komm, lass uns fahren.«

Damit schwangen sie sich auf die Sitze, und wenig später düste der Peugeot los.

Katja konnte sich nicht entsinnen, wann sie es das letzte Mal in einem Auto getrieben hatte. Damals, in Philipps Sportwagen, hatte sie es in Erwägung gezogen, doch jetzt, als sie außerhalb vor Köln in einem kleinen Waldweg standen, musste sie zugeben, dass es seinen Reiz hatte, es in einem Kleinwagen und nicht in einem Roadster zu tun. Wie aneinandergeklebt waren ihre Körper, Chris' Schwanz, bekleidet mit einem Gummi namens *Super Fucker*, pumpte in ihrer Pussy. Gleichzeitig war er ihren Brüsten nahe genug, um mit dem Mund daran zu saugen. Was wollte sie mehr? Die Stoßdämpfer des Wagens fingen ihre rhythmischen Bewegungen hervorragend ab, und als sie beinahe zeitgleich kamen, umschlang Katja ihren Lover so fest, als wollte sie ihn nie wieder loslassen.

»He, bring mich nicht um!«, beschwerte Chris sich scherzhaft. »Ich denke, du brauchst mich in den nächsten Nächten noch.«

»Wirklich?« Katjas Stimme hob sich fragend. »Köln ist voller Männer.«

»Keiner ist wie ich.«

»Angeber!«

»Es sei denn, du hast Peter hergeschmuggelt.«

»Nein, der hat es vorgezogen, wieder nach Hause zu fahren. Aber ich habe seine Nummer für den Fall der Fälle.«

»Ich würde jetzt nicht sagen, wirf sie weg, doch es wäre schön, wenn du ihn nur im Notfall anrufen würdest. Die Nacht zusammen mit ihm war genug für mich, bei dem Prügel bekommt man ja Minderwertigkeitskomplexe.«

»Die brauchst du nicht zu haben« Katja gab ihm einen langen Kuss. »Jetzt lass uns fahren, ich muss dir im La Fleur jemanden vorstellen.«

Als sie die Bar betraten, musste sie jenes geheimnisvolle Glühen umgeben, das einen umgab, wenn man gerade tollen Sex gehabt hatte. Oder sie rochen beide noch nach Schweiß von der Anstrengung. Auf jeden Fall drehten sich die Gäste allesamt nach ihnen um, und auch Enrico hielt mit seinem Shaker inne und starrte sie an.

»Na, sieh mal einer an, wer kommt denn da?«, fragte er, legte sein Arbeitsgerät aus der Hand und stürmte hinter dem Tresen hervor. Etwas, das er zuvor noch nie gemacht hatte – jedenfalls nicht dann, wenn Katja im Lokal war.

Auch die anderen Gäste schienen solch eine Geste nicht von ihm gewohnt zu sein, denn sie steckten die Köpfe zusammen und tuschelten.

»Du bist also wieder hier!«, sagte Enrico, nachdem er sie abgebusselt hatte, und warf sogleich einen Blick auf Chris. »Wie ich sehe, hast du dir was Nettes mitgebracht.«

Katja nickte. »Ja, der Kurs war ein voller Erfolg. Ich weiß gar nicht, wie ich es wiedergutmachen kann, dass du mich im Vollrausch gezwungen hast, die Anzeigen zu lesen.«

»Das würde ich jederzeit wieder für dich tun. Willst du mir deinen Auserwählten nicht zuerst vorstellen?«

»Klar, entschuldige. Das ist Chris. – Chris, das ist Enrico, der Barmann meines Vertrauens und Retter in allen Lebenslagen. Freundet euch besser an, denn ich will mich nicht zwischen einem von euch entscheiden müssen.«

Die beiden Männer reichten sich die Hand zum Zeichen, dass sie der Aufforderung nachkommen wollten, dann grinste Enrico sie an. »So ernst ist es also?«

Katja blickte zu Chris und nickte.

»Okay, ich glaube, ich habe da einen passenden Drink für euch. Anschließend möchte ich alles hören. Wirklich alles!«

Damit verschwand er wieder hinter dem Tresen, und wenig später standen zwei Gläser mit einer cremigen Flüssigkeit darin vor ihnen.

»Ein Orgasmus ist das aber nicht«, stellte Katja nach einem Schluck fest.

»Ich glaube, den besorgt dir gerade ein anderer«, flüsterte Enrico ihr zu und erklärte dann laut: »Das nennt man Liebesstarter. Es ist kein Alkohol drin, denn ich denke mal, dein Freund muss noch fahren. Für dich ist es auch besser, wenn du keinen bekommst. Nicht heute Nacht.«

»Sei nicht so grausam!«, entgegnete Katja, wusste jedoch, dass er recht hatte. Genauso recht wie mit seiner Behauptung, Liebe sei einem guten Cocktail ähnlich. Der Cocktail, der sich ihr Leben nannte, war im Moment jedenfalls gut. Sehr gut sogar.

Liebesstarter

18 cl Orangensaft
2 Eigelb
2 Barlöffel Milchpulver
1 Stück Vanille ausschaben
2 EL dunklen Honig

Zutaten gut vermischen und genießen!

Die Namen sämtlicher Kondome in diesem Roman sind frei erfunden, was jedoch nicht heißt, dass man sie inoffiziell nicht so nennen kann. Die Drinks dagegen sind real, man kann sie in jeder besseren Bar ordern oder selbst mischen.

Viel Spaß dabei!

Raffiniert, sinnlich und ohne Tabus:
Erotische Romane bei Knaur

Karens Männer

von Mariah Greene

Viele Jahre war Hamilton ein leicht angestaubtes Warenhaus – bis Karen kam. Mit frecher Werbung und ungewöhnlichen Konzepten machte sie aus dem Traditionsgeschäft einen Luxustempel der besonderen Art, in dem fast jeder Wunsch erfüllt werden kann. Diese kleine Lücke will Karen nun auch noch schließen – und plant, eine Abteilung zu eröffnen, in die nur Frauen eingelassen werden, um dort ungestört sinnliche Wäsche und exotische Spielzeuge zu kaufen. Doch bevor The Garden eröffnen kann, gibt es viel Arbeit für Karen – und eine Menge Männer, die ihr gerne dabei helfen …